Leah Rudolph
Ohne Abschied

Ich hätte ohne die Ärzte Dr. Jürgen Gundlack, Dr. Ferenc Steidl, und Dr. Axel Walz, nicht eine Geschichte über die Welt im Krankenhaus erzählen können.
Ihnen will ich den Roman widmen.

Christiane Barz, die mir eine ausserordentliche Freundschaft schenkt, und Reinhold Schubert, der das Lektorat machte, möchte ich Danke sagen.

Leah Rudolph

Copyright: Leah Rudolph, 2015
Lektorat: Reinhold Schubert
Umschlaggestaltung, Satz und Layout: 1stof8.com
Herstellung und Verlag:
BoD-Books on Demand, Norderstedt
ISBN 978-3-7392-7661-8

Ohne Abschied

Es gibt kein wahres Leben im falschen.
Theodor W. Adorno

I

»Wolff ist tot«, sagte er.
Worauf einer lachte.
Und er stand da, verdammt elend, aber auch kalt genug, und sagte ihm - ihnen deshalb noch hart: »Er hat sich umgebracht«, und niemand lachte mehr. Niemand seiner Kollegen. Nur: »Scheisse«, ging einem durch den Kopf.
Sie waren in ihrem Dienstzimmer. Zehn Ärzte in ihren weissgrauen Kitteln. Hier in ihrem Zimmer, das zwei Fenster hatte und in der Mitte einen grossen Tisch, um den sie wie immer sassen oder standen. Und sie hatten gerade davon geredet, was es im Laufe des gestrigen Tages und der Nacht im Dienst auf der Intensivstation gegeben hatte. Dass einer der beiden Oberärzte von ihnen schon seit zwei Stunden im OP stand, weil ein schwerer Unfall gewesen war. Und sie wollten noch darüber sprechen, was es weiterhin für Operationen gab - wie sonst so ihr Tag im Hospital aussah.
Ihr Kollege Christian Lenz, der die Nacht Notdienst gehabt hatte, trug noch seine andere Dienstkleidung. Weisse Hosen, weisses T-Shirt und die rot-blaue Jacke mit der Aufschrift: Notarzt.
Sie hatten schon auf ihn und Wolff gewartet. Und jetzt sahen sie ihn in der Tür stehen - zwanzig oder fünfundzwanzig Minuten zu spät - und mussten hören, dass einer von ihnen, und dann noch Wolff, sich das Leben genommen haben soll.
Kurt Schaad, ein grosser, kräftiger Mittvierziger und Facharzt, der gerade hatte sagen wollen, dass Herr Meyer, ein älterer Herr, den er gestern noch für eine Narkose vorbereitet hat, heute eine Hemikolektomie links bei stenosierendem Sigmatumor bekommt, sagte nichts. Ihm blieb das Wort Hemikolektomie im Hals stecken.
Der Chefarzt, Prof. Detlef Klink, sass auch am Tisch. Er war eigentlich noch nicht ungeduldig gewesen oder nur ein wenig, weil er glaubte, dass Christian Lenz, der Notarzt gefahren war, noch unterwegs sein konnte. Nur bei dem viel zu pünktlichen Martin Wolff, da hatte er schon vorhin zu sich gesagt, er werde, wenn Kurt Schaad seine Narkosen mitgeteilt hat, bei ihm anrufen und fragen lassen, warum er noch nicht hier ist. Er sah Lenz an und wollte es nochmal ganz genau

wissen: »Sie sind sich da sicher, Herr Kollege?«
»Ich kam zu spät.«
Und jetzt war eine Stille im Raum, die man nur fühlte.
Tiefste Stille.
Sie schauten alle einander an. Immer wieder an. Und schauten auch zu ihm, wie er noch in der Tür stand und in den Raum und zu einem der Fenster sah, die nach Osten gingen. Es war ein besonders frühlingshaftes Wetter an diesem Montagmorgen gegen Ende April. Sehr weisse Sonnenstrahlen kamen herein. Er sah aber nicht das Licht, in dem sich geladener Staub bewegte.
Sein Chef, der so am Tisch sass, dass er die Sonne im Rücken hatte, deutete dann mit einer kleinen Handbewegung auf einen leeren Stuhl neben sich: »Setzen Sie sich lieber.«
Und nun trat er in den Raum und schloss die Tür hinter sich. Er trat an den Tisch und sank auf den Stuhl.
»Berichten Sie.«
Er berichtete nicht. Er sass da - nun wie vereist - weil ... Wolff im Kopf. Er presste den Mund zusammen und nahm sein Gesicht zwischen die Hände.
Der Professor wartete.
Ein paar Kollegen dachten, dass er gleich zusammenbrechen würde. Doch er raffte sich auf. Brutal nüchtern suchte er jetzt nach einem Anfang: »Ein Jogger hat ihn gefunden. Nicht weit von hier.«
Der Jogger, der jeden Morgen lief, war kurz nach sechs auf ein Auto gestossen, das da stand, und hatte, als er weiterlaufen wollte, einen Mann gesehen, der sich nicht rührte, und ihm war klar, als er ihn anschaute, dass er da hinter dem Wagenfenster zum erstenmal in seinem Leben einen Toten zu sehen bekam. Er hatte sein Smartphone dabei und rief sofort die 112 an.
»Und wir waren innerhalb weniger Minuten da. Wie auch die Sanitäter. Als wir aus dem Audi stiegen, sahen wir seinen Wagen unter einem Baum stehen. Und ich sagte mir: Mann, der Typ hätte doch wenigstens die Wagentür öffnen und den Motor abstellen können - sah dann aber, dass Wolff die Tür verriegelt hatte«.
Und seine Worte - seine Gedanken - waren noch einmal von dem Gefühl begleitet, das er gehabt hatte, als er auf den Wagen zuging. Jenes unheimliche Gefühl, das nicht genau weiss - aber sicher ist - und auch darauf besteht, dass etwas Schlimmes passiert sein musste.

»... und als wir ihn in seinem Auto sitzen sahen, in seiner schwarzen Jeans und seiner schwarzen Lederjacke, wusste ich ...«, und allen, die vor ihm sassen oder standen, fuhr es durch den Kopf: »... dass er tot war.«
Nun schaute er auf. Vor sich seine Kollegen, die ihrerseits die Augen auf ihn gerichtet hatten. Irgendwie weinte einer einmal. Er fror plötzlich. Und jetzt biss er sich auf die Lippen. In seinem Kopf wieder die Bilder, wie er nähergekommen war und es gleichzeitig gesehen hatte: Wolffs Kopf - auf das Lenkrad gesunken. Ein Arm hing mit offener Hand herab.
Er sah kurz zu der Tür, in der er vorhin gestanden hatte. Er schaute zu seinem Chef. Er atmete einmal tief und sagte, ihm zugewandt: »Als einer der Sanitäter eines der Fenster einschlagen wollte, kam schon die Polizei. Ich erklärte, dass wir dienstlich hier sind. Ich sagte ihnen, dass der Tote ein Kollege von mir war, nannte dann seinen Namen und die Adresse der Klinik dazu.«
Nun sagte er, und mit diesen Worten wandte er sich wieder an alle: »Dann kamen zwei Kriminalbeamte. Ein Typ um die vierzig«, dem er in einer anderen Laune ein kinoreifes Gesicht gegeben hätte, weil er ein gleichmässiges, auch schönes Gesicht hatte, »und ein junger Kerl. Sie stellten die üblichen Fragen.«
Obwohl die Fragen der Kriminalbeamten noch in seinem Kopf waren, hielt er sich nicht bei ihnen auf. Er sagte als nächstes: »Unsere Sanitäter sind gleich wieder gefahren. Einer der Polizisten hat einen Leichenwagen herbeigerufen. Ein anderer schlug ein Fenster ein und öffnete alle Türen.« Und er atmete ein, und hatte wieder die erdrückende Luft, die aus dem Wagen gekommen war, in der Nase - und aus, und sprach weiter: »Ich setzte Wolff auf. Seine Augen waren starr und auf seinen Händen konnte man schon Leichenflecken sehen. Er musste seit Stunden tot sein.«
Jetzt bedeckte er sich wenige Sekunden lang die Augen. Seine Kollegen warteten. Niemand sagte etwas. Auch Kurt Schaad stand da und bedeckte mit einer Hand die Augen.
»Ich konnte der Polizei nur noch versichern, dass Wolff tot ist.« Er wurde eiskalt: »Irgendwer legte die Leiche ins Freie und die Kriminalbeamten begannen sie zu durchsuchen, nachdem sie sich von uns Latexhandschuhe geborgt hatten.«
Jetzt wollte er den ganzen Ablauf nur noch loswerden: »Sie durch-

suchten sein Auto. Wolff hatte einen langen Schlauch vom Auspuff in eines der beiden Fenster hinten gesteckt. Auf dem Beifahrersitz lag eine leere Flasche Rotwein. Das Beruhigungsmittel aber unter dem Beifahrersitz. Ich erkannte, dass das Valium aus der Klinik war und sagte das. Er hatte alle zehn Tabletten genommen. Ich sagte dann, dass es wohl so aussieht, als ob Wolff sich selbst das Leben genommen hätte. Einer der Kriminalbeamten antwortete mir, auch sie sähen keinen Hinweis auf ein Tötungsdelikt, nur wüssten sie es noch nicht sicher: »Wir werden es aber bald wissen.«

Er holte nach diesen Worten erneut tief Luft. Dann erwähnte er, dass sie den Jogger gehen liessen. Und danach kam er zum Ende: »Inzwischen war der Leichenwagen gekommen, und zwei Männer nahmen Wolff, um ihn in die Pathologie zu bringen. Ich beantwortete noch ein paar Fragen. Danach stiegen mein Fahrer und ich ins Auto und fuhren wieder hierher.«

Und nun stellte er die Frage, die ihn beschäftigte, seitdem er die Klinik wieder erreicht hatte: »Verdammt, warum hat Wolff das getan?« stiess er hervor und hob den Kopf und schaute dabei in den Kreis. Aber es hatte niemand eine Antwort.

Man hatte Martin Wolff gemocht, weil er fachlich sehr kompetent und sehr kollegial gewesen war. Und es tat allen jetzt leid, hören zu müssen, dass er tot war. Aber man war keine Familie. Ihr gemeinsamer Kollege, den man fast jeden Tag gesehen hatte, er hatte nicht verändert gewirkt. Auch nicht schwermütig. Also, wie hätte man erkennen können, dass es so schlecht um ihn gestanden hatte?

Der Kollege, der Christian gegenüber sass, der wie er Bob Dylan liebte und zu allen seinen Konzerten fuhr, die dieser noch gab, nahm seine Brille ab und bewegte sie wie wahnsinnig hin und her.

Ein Assistenzarzt, der sich auf seine Facharztprüfung vorbereitete, grübelte: »Wolffs Stelle wird frei. Wer weiss, vielleicht gibt mir Klink seinen Vertrag.« Und überlegte, wen er unauffällig danach fragen könnte, nach der Stelle, die sie wieder würden besetzen müssen.

»Wie furchtbar«, sagte jemand.

Eine junge Kollegin, die auf dem Bett sass, das in der Ecke stand, schluchzte: »Mein Gott, und dann noch Wolff.«

Der Assistenzarzt, der mit ihr auf dem Bett sass, griff nach ihrer Hand.

Und einer der Fachärzte, der einen Mund hatte, der etwas schief war, versuchte irgendwie eine erste Erklärung zu finden: »Wolff war sehr sensibel«, sagte er. »So grossherzig. Keiner der Patienten war für ihn x-beliebig.«

»Es gibt noch andere hier, für die keiner der Patienten x-beliebig ist«, kam von einem der Kollegen unberührt.

»Wolff war aber auch menschlich für sie da.«

»Aber offenbar liess ihn das nicht am Leben. Und selbst jemand wie Wolff hatte wohl eine Geschichte; eine heimliche, die keiner kannte.« Er zögerte und sagte dann mit Absicht: »Und deswegen musste er sterben.«

»Warum sagst du sowas?« wollte nun eine Ärztin, die mit Vornamen Katja hiess, wissen.

Andere hoben die Brauen.

Kurt Schaad entgegnete ihm, nun ohne die Hand vor seinen Augen: »Ich versteh' auch nicht, warum Sie jetzt in Wollfs Suizid einen Mord suchen.«

»Nun, schliesslich ist er tot.«

»Das ist undenkbar! Ein Mord an Wolff, der ein hervorragender Arzt und einfach ein richtig guter Mensch gewesen war. Der hatte mehr Grösse als wir alle zusammen.«

»Finden Sie?«

»Ja, finde ich«, sagte Schaad und schaute ihn an und er schaute Schaad an und es war, als hätten sie beide zuviel getrunken.

Christian Lenz sah in das Gesicht von Prof. Klink, in ein Gesicht mit zusammengewachsenen Brauen, grauen Augen und vollen Lippen. Sein Chef strich sich das Nackenhaar, sagte nun: »Lassen Sie uns jetzt in den Tag gehen.«

Dann fragte er ihn: »Was hätten Sie heute zu tun.«

»Aussendienst.«

Der Professor sah ihn überlegend an: »Das Anlegen von Venen- und Schmerzkathedern könnten wir für Sie mitmachen. Und Ihre Lungenfunktionsuntersuchungen, die können Sie auch morgen machen.«

Dann wandte er sich an die anderen und fragte: »Wo waren wir vorhin stehengeblieben?«

Und Kurt Schaad sagte, dass bei dem alten Herrn Meyer, den er gestern prämediziert hat, heute die linke Hälfte vom Dickdarm entfernt wird.

Detlef Klink nickte.

»Was hätte Wolff heute alles gemacht?« fragte er dann und schaute zu dem Assistenten, der ihm zur Rechten stand. Der blickte auf ein Blatt und las, dass Wolff, der heute im OP gestanden wäre, als erstes bei einem zehnjährigen Jungen, dem die Mandeln entfernt werden sollten, die Narkose gemacht hätte. Er nannte die weiteren Eingriffe.

»Wer macht den Saal?«

»Ich«, sagte der leitende Oberarzt, der sich heute eigentlich in allen Operationssälen aufhalten sollte, vertretend und kontrollierend; der selbst nur Narkose machen sollte, falls eine Komplikation auftrat und Hilfe gebraucht wurde, oder wenn jemand eine Kaffeepause machen oder essen gehen wollte.

»Dann werden Sie bei dem Buben die Tonsillektomie machen«, wies Detlef Klink ihn jetzt an.

Er wandte sich wieder an Christian Lenz: »Wie viele Einsätze hat es heute Nacht gegeben?«

»Zwei. Eine Frau mit einer Herzinsuffizienz und Wolff.«

»Haben Sie beide Einsatzprotokolle schon geschrieben?«

»Das erste habe ich. Aber Wolffs Protokoll noch nicht. Und die Formulare liegen noch im Auto.«

Darauf sagte ihm der Chefarzt: »Holen Sie sich ein Ersatzformular bei meiner Sekretärin, füllen Sie es aus, und dann gehen Sie nach Hause und ins Bett.«

Danach erhob er sich und wünschte allen einen guten Tag. Er drückte Christian Lenz die Hand. Dann ging er. Der Arzt mit dem schiefen Mund folgte ihm.

Und auch die anderen erhoben sich und verliessen den Raum. Sie fuhren im Lift nach unten in die Etage, wo die Operationssäle lagen, oder begaben sich auf die Intensivstation, die zwölf Betten hatte. Christian Lenz ging zuerst in die Abteilung der Chirurgie, um dem Kollegen, der die nächsten Stunden Notarzt fahren wird, seinen Piepser zu übergeben. Dann besorgte er sich das Ersatzformular.

Und jetzt sass er für sich allein im Dienstzimmer am grossen Tisch, um das Notarzteinsatzprotokoll zu schreiben. Er begann das Formular auszufüllen. Ein Informationsblatt für Ärzte diente als Unterlage. Er schrieb das Datum des heutigen Morgens, das Todesdatum Wolffs, dann die Daten seines Kollegen. Es war das letzte Mal, dass er Wolffs Namen schrieb.

Das Schreiben strengte ihn an. Er blickte ein paar Mal zu den Fenstern. Er las das Protokoll und konnte kaum glauben, was er da geschrieben hatte:
Patienten auf Fahrersitz sitzend aufgefunden, vermutlich Suizid mit sicheren Todeszeichen wie Leichenflecken.
Er hatte einen Patienten beschrieben, der gestern Abend gegen sechs Uhr noch sein Kollege gewesen war. Der nun, am nächsten Morgen, nicht mehr war. Und was hatte er selbst in Wolffs tödlicher Stunde getan? Er war angezogen auf diesem Bett gelegen. Im Dunkeln, bis zum Alarm des Piepsers. Nachdem er gehört hatte, dass an einem nahen Waldrand, fünf Minuten von hier, ein Mann in seinem Wagen gesehen worden war, war er sofort nach unten gegangen.
Er war in den Audi gestiegen und mit seinem Fahrer dorthin gefahren. Er hatte gemeint, er werde irgendeinen Patienten untersuchen; dann diesen Mann - oder Frau - notversorgen, während sie im Krankenwagen in die Klinik zurückfuhren. Mit Martin Wolff hatte er nicht gerechnet.
Er sah plötzlich Wolff vor sich, wie er gestern noch Vorbehalte gegenüber einem weiteren Behandlungsverlauf bei einem alten Mann geäussert hatte, der an der Dialyse hing.
Martin Wolff, der hier und mit einer Frau in einer anderen Stadt gelebt hatte; den jeder nur bei seinem Nachnamen gerufen hatte.
Nun war er mit dem Protokoll fertig. Mit seiner Unterschrift beendete er es. Die Unterschrift fiel ihm schwer, denn sie liess Wolffs Tod ganz gelten. Ein einmaliges Leben brachte er jetzt mit ein paar Buchstaben nochmals zum Sterben. Wie, wenn einer ein Todesurteil fällt. Und es war ein Todesurteil. Das machte sein Name. Dieses fahrige Lenz.
Er sass dann zusammengesunken. Er war total am Ende. Er könnte heute keinen Toten mehr berühren. Weil er in jedem Toten mehr sehen würde als einen Patienten; nämlich Martin Wolff.
Nach einem Blick auf seine Unterschrift richtete er sich auf und sah sich um. Er schaute zum Waschbecken. Er schaute einfach nur hin und sah einen Kunststoffbecher, der da stand. Ihre Zahnbürsten waren in ihm verteilt. Und was er auch sah, war seine Zahnbürste.
Stimmen tönten auf dem Flur, tönten in sein Zimmer, erreichten ihn. Jemand rief einen Namen. Dann wurde es plötzlich wieder still. Und in dieses Stillwerden spürte er innerlich: es gab zwei Möglichkeiten: Dass er sich fallen liess, oder jetzt ging.

Er wollte gehen. Er las noch einmal das Protokoll. Dann erhob er sich aus seinem Stuhl. Er ging kurzentschlossen zum Waschbecken. Er drehte den Wasserhahn auf und benetzte sein Gesicht. Nah waren die Zahnbürsten. Nah seine eingesunkenen Augen. Und dazu wieder das Bild des Kollegen, der sich in dieser Nacht das Leben genommen hatte.
Er hatte das Gefühl, alles in ihm drehte sich. Etwas zersprang und einen Atemzug später weinte er. Und während er weinte, begann sich in der Klinik die Nachricht zu verbreiten, die man morgen in der Zeitung dieser süddeutschen Kleinstadt, die etwa dreissigtausend Einwohner hat, lesen würde: dass der vierunddreissigjährige Anästhesist M.W., vom städtischen Klinikum, sich in der Nacht von Sonntag auf Montag das Leben genommen hatte.

Diese Klinik mit dreihundertfünfundsiebzig Betten verfügte über zehn medizinische Abteilungen. Das waren die Anästhesie und interdisziplinäre Intensivmedizin, sowie die Unfall- und Allgemeinchirurgie, die Neurochirurgie, die innere Medizin und Onkologie, die HNO-Heilkunde und die Gynäkologie und Geburtshilfe. Und es war eine Zahnarztpraxis für Oral- und Kieferchirurgie mit acht Belegbetten angeschlossen.
In der ersten Etage waren zwei Washräume und fünf Operationssäle, die von den Ärzten und Krankenpflegern Zellen genannt wurden. Und der erste der beiden allgemein chirurgischen Säle war heute ausnahmsweise für die Mund-Gesichts-Kieferchirurgie eingerichtet worden. Es wurde dort bereits seit zwei Stunden operiert, um bei einer Frau eine schlimme Gesichtsfraktur zu beheben.
Im zweiten Operationssaal wird der alte Herr mit der Hemikolektomie operiert werden, von dem vorhin Kurt Schaad gesprochen hatte und im dritten, im Saal der Hals-Nasen-Ohrenärzte, in dem normalerweise auch die Oral und Kieferchirurgen operierten, dem Buben, den Martin Wolff hätte narkotisieren sollen, die Mandeln herausgenommen werden, weil diese chronisch entzündet waren. Im vierten, in der Unfallchirurgie, lag eine sehr alte Frau mit einer Schenkelhalsfraktur. Und im fünften Saal, dem gynäkologischen, eine Frau um die fünfzig mit einer sogenannten vaginalen Hysterektomie. Das heisst, dieser Patientin wird in etwa einer halben Stunde von einem Mann, der Bogart genannt wurde, die Bauchdecke aufgeschnitten und die Gebärmutter herausoperiert werden.

Als Kurt Schaad mit seinen Kollegen vor der Tür stand, die in eine der beiden Schleusen führte, das waren längliche Räume mit einer Reihe Spinde, in denen die Männer und Frauen der Operationsteams sich umzogen, kam einer der Chefärzte der chirurgischen Abteilung vorbei. Prof. Robert Bergmann, ein grosser, strenger Mann um die fünfzig. Er wurde von Schaad gar nicht, von anderen sehr höflich gegrüsst. Dieser Professor zeigte wie immer kaum eine Mundbewegung. Sie sahen ihn verschwinden.

Jetzt machte Schaad die Tür auf und war in der Schleuse. Er zog seine Kleidung für den Operationssaal an. Blaue Hosen, ein blaues Hemd, leichte Socken, OP-Schuhe. Dann die blaue Schürze. Und noch den Mundschutz. Er wusch sich die Hände. Anschliessend ging er in den Einleitungsraum, in dem die Patienten narkotisiert werden. Der alte Herr Meyer war bereits in den Raum geschleust worden und lag schon vorbereitet auf dem OP-Tisch. Er lag gewaschen und unbekleidet unter einem OP-Tuch. Er sah bange zum Arzt. Schaad nickte ihm zu und sagte, dass er keine Angst haben müsse. Er erwog, ihm über den Kopf zu streichen. Aber konnte es nicht. Er musste an Martin Wolff denken, der ebenso wie er dem einen oder anderen Patienten über den Kopf gestrichen hatte. Er versuchte dafür ein kleines Lächeln. Der alte Herr schloss darauf tapfer die Augen. Er gab ihm dann die vier üblichen Injektionen in die gelegte Plastikkanüle.

Nun legte er ihm die Zunge beiseite und fasste nach dem Beatmungsschlauch. Er musste erneut an Martin Wolff denken, während er den Beatmungsschlauch in die Luftröhre legte. Er sagte jetzt mit leisen Worten seinem Anästhesistenpfleger, was passiert war.

»Das glaube ich Ihnen nicht«, reagierte der Anästhesistenpfleger.

Kurt Schaad schaute ihn nur an.

»Mein Gott. Unser Wolff«, murmelte der jetzt.

Sie sahen dann beide zu dem alten Herrn. Er war in seinen zweistündigen Schlaf gefallen. Kurt Schaad sagte: »Wir müssen. Wir sind spät.« Und sie brachten ihren ersten Patienten in den blaugrün gekachelten Saal zwei.

Alle waren schon da, und der Operateur, kleiner als Kurt Schaad, sagte, als sie noch kaum eingetreten waren: »Wir warten schon seit zehn Minuten auf euch, Kurt.«

Schaad zeigte ein verzerrtes Lächeln. Und der Chirurg sah an seinem Gesichtsausdruck, dass etwas geschehen sein musste, was ihm nahe

ging, und fragte: »Ist alles in Ordnung?«
Kurt Schaad schwieg.
Der Chirurg fragte noch einmal: »Ist alles in Ordnung, Kurt.«
»Er weiss es noch nicht«, dachte Schaad und schaute ihm in die Augen und sagte ihm: »Wolff ist tot«, und sagte noch: »Christian hat ihn vor einer guten Stunde in seinem Wagen gefunden.«
Pause.
»Scheisse«, bemerkte der Operateur dann und trat an den Operationstisch. Der Leib des Alten war schon von seinem Assistenten gestreckt, seine Beine auf einen Beinhalter gelegt worden. Auch Schaad und sein Anästesistenpfleger stellten sich an den Tisch. Der Chirurg sah auf das OP-Gebiet, auf den gespannten Bauch des Patienten.
»Er liegt zu hoch. Stellt mir den Tisch tiefer«, sagte er jetzt.
Alle am Tisch schauten zu Schaad. Und alle dachten dasselbe. Ob er auch heute antworten würde: Ja, auf chirurgisches Niveau bitte. Er machte immer diesen Witz. Doch heute schwieg er.
Der Operateur nickte ihnen zu. Dann zeigte er auf das gedeckte OP-Besteck. Die OP-Schwester reichte ihm ein Messer. Er setzte das Messer an, seine Hand war gespannt. Er durchtrennte die ersten beiden Hautschichten. Er gab das Messer wieder ab. Er bekam ein anderes, man nennt es das tiefe Messer. Damit konnte er die Hautschichten bis zum Bauchfell durchtrennen.

Im kleineren Einleitungsraum lag auf dem Operationstisch der Junge. er lag blass wie eine Opferkerze. Er lag zum erstenmal im Krankenhaus. Und gerade kam der Oberarzt in den Raum und lächelte dem Patienten zu. Sein Anästhesistenpfleger versuchte den Buben zu beruhigen. Er redete ihm gut zu.
Während der Oberarzt narkotisierte, betrat der Operateur den OP-Saal, um sich des jungen Patienten anzunehmen. Er hiess August Lehmann und war als Belegarzt an dieser Klinik.
Er hatte selbst eine Praxis, weil er nicht den repressiven Strukturen einer Klinik ausgesetzt sein wollte. Er wollte seine eigenen Entscheidungen treffen.
Er behandelte und operierte Kassenpatienten wie Privatversicherte. Er kannte Kollegen, die nur noch Privatpatienten operierten und kleine Operationen leichter nahmen; während für ihn jeder Eingriff

gleich konzentriert durchzuführen war. Und er war jemand, der nicht nur gerne zuhörte; er redete auch gerne. Er liebte es, sich zu unterhalten. Auch bei einer OP, wenn möglich. Und auch er hatte noch nicht erfahren, dass Martin Wolff nicht mehr am Leben war. Allerdings hatte ihm der Anästhesistenpfleger schon gesagt, dass der Anästhesist sich heute etwas verspäten würde.
Und jetzt sah er den leitenden Oberarzt mit dem Buben in den Saal kommen. Er wusste, dass heute eigentlich Christian Lenz mit ihm im Saal stehen sollte, und fragte deshalb den Kollegen, nachdem er ihn gegrüsst hatte: »Was machen Sie denn hier?«
»Ich komme, weil Wolff gestorben ist.«
»Sie sagen sofort, dass das nicht wahr ist.«
»Christian Lenz hat ihn gefunden, als er einen Notarzteinsatz fuhr.«
Zwei drei Sekunden verrannen.
Jetzt fragte August Lehmann: »War es ein Unfall?«
»Vermutlich Selbstmord.«
Sie atmeten nun beide ein wenig schwer.
Und dann richtete August Lehmann seine Augen auf den Jungen, der abgedeckt vor ihm lag. Er sagte: »Darf ich bitten.« Er legte den Kopf des kleinen Patienten zurück, nickte dann seinem Operationspfleger zu; der wusste, dass er ihm als erstes den Mundsperrer zu reichen hatte.
Er operierte schweigend.

Während seine Kollegen in den Operationssälen standen, in dieser Welt ohne Tageslicht, oder auf der Intensivstation oder auch auf anderen Stationen zu tun hatten, hatte Christian Lenz das Einsatzprotokoll bei der Sekretärin des Professors abgegeben.
Anschliessend lief er Treppen nach oben, um sich umzuziehen. Er lief mit gesenktem Kopf durch lange Gänge. Vorbei an schweren Türen. Ein abgeschiedener Flur. Eine Tür, die in einen kleinen Raum führte. Hier hängte er seine Notarzt-Sachen in einen Spind, zog seine blauen Jeans an, einen blauen Pullover; seine anderen Schuhe. Er nahm seine Jacke und ging wieder. Junge Krankenschwestern kamen ihm entgegen. Sie hatten von dem Unglück schon gehört. Sie sahen ihn. Sie wollten ihn eigentlich grüssen. Aber wurden unsicher. Er kam ihnen verstört vor. Sie nickten dann flüchtig. Er sah sie nicht. Sie schauten ihm nach.

Er lief jetzt treppab und dann aus dem Gebäude mit dem flachen Dach. Er hielt sich rechts. Ging langsam einen kleinen Weg. An Bäumen und blühendem Buschwerk vorbei.

Ein paar Minuten später führte der Weg zu drei Häusern. Ärzte wie er konnten hier einfach möblierte Zimmer mieten. Jedes Zimmer hatte ein Keramikwaschbecken mit Spiegel, die Möbel waren alle im gleichen Stil, auch die Anordnung war ungefähr gleich. Ein Bett, das nicht das eigene Bett war, auf der einen, ein grosser wuchtiger Schrank auf der anderen Seite. Ein Tisch und zwei Stühle vor einem Fenster. Für viele waren die Zimmer nur eine Möglichkeit, um zu übernachten. Man fühlte sich nicht zu Hause. Die Mitbewohner waren austauschbar. Man sagte guten Morgen, guten Abend. Man wusste von vornherein, wie lange man blieb. Ein paar Monate. Ein, zwei Jahre zur Weiterbildung. Und wer in dieser Klinik länger blieb und sich dazu in dieser Kleinstadt heimisch fühlte, der suchte eine angenehme Wohnung, ein angenehmes Haus.

Christian Lenz wohnte unter dem Dach. Mit Donald, einem Chirurgen, der nur selten mehr als einmal in der Woche da war, und mit einer Frau - sie arbeitete nicht in der Klinilk - mit der er sich aber ganz gut verstand, die hier zwei der vier Zimmer bewohnte und mit eigenen Möbeln eingerichtet hatte. Denn bevor in diesem Wohnheim Zimmer leerstanden, wurden sie ab und zu auch an Fremde vermietet.

Nun sperrte er die Haustür auf und ging nach oben. Dort angekommen, öffnete er eine Glastür. Kaffeegeruch strömte durch den Gang. Er ging nicht, wie er vorgehabt hatte, in sein Zimmer, das sich gegenüber der Glastür befand. Er ging auf die Küchentür zu, die auf der rechten Seite vom Gang war. Seine Mitbewohnerin sass in der Küche und frühstückte. Sie grüsste ihn. Er grüsste nicht zurück. Sie schaute ihn an und erfasste im selben Moment, dass etwas passiert sein musste, und fragte erschrocken: »Was ist denn passiert, Christian?«

»Wolff ist tot.«

»Tot?«

Sie sprach das Wort nicht. Sie flüsterte es beinahe. Sie buchstabierte es.

»Begreifst du, Luisa?«

Farbe wich aus ihrem Gesicht. Sie schaute auf und stand im selben Moment auf.

Er setzte sich. Er sprach dann noch einmal von seinem Erlebnis. Er sprach heiser. Er sagte dann: »Klink hat mir freigegeben.«
»Es gibt noch anständige Chefärzte.«
»Es gibt keine anständigen Chefärzte«, erwiderte er. »Aber Klink ist wenigstens ein anständiger Mensch.«
Er schloss die Augen.
Sie dachte: »Mein Gott, was hast du heute Morgen erlebt, Christian.« Ihr nächster Gedanke war: »Julian.«
Julian Sanders war mehr als nur ein Freund von Wolff. Sie waren beste Freunde gewesen. Er war der Kieferchirurg, der an diesem Tag bei der Frau die Gesichtsfraktur operierte. Er war zweiunddreissig. Er hatte wie Luisa graublaue Augen und ein erfrischendes Äusseres. Er lebte, wenn er nicht hier war, mit seiner Familie in einer Stadt in Ostdeutschland.
Mit Luisa hatte sich ein guter Kontakt entwickelt, und sie kannten sich sogar schon ganz gut. Und er hatte sie gern. Aber er kam nicht auf die Idee, mit ihr eine Affäre haben zu wollen - obwohl er ihr immer mal nachschaute. Doch er war jemand, der zurückhaltend war. Auch Luisa war zurückhaltend. Dabei war er ein Mensch, für den sie Gefühle hatte. Aber er war ihr vor allem als Mensch wichtig. Sie dachte nicht darüber nach, was das war, was sie für ihn empfand. Nun ja, sie wollte auch gar nicht darüber nachdenken. Sie fühlte sich so wohl. Die Abende mit ihm waren amüsant. Die Gespräche besonders.
Julian Sanders hatte noch seine Jugend. Sie war erwachsen und fühlte sich auch so. Sie war jetzt in einem Alter, in dem man spürt, dass man älter wird. Sie war zweiundvierzig Jahre. Und von denen sah man ihr in diesem Augenblick jedes Jahr an.
Luisas Welt bestand aus Bildern. Sie war Malerin. Sie hatte September letzten Jahres im Wohnheim zwei unmöblierte Zimmer gemietet. Einen kleinen und einen grossen Raum, der nach Norden schaute. Sie lebte und arbeitete in diesen zwei Zimmern.
Sie verklärte ihr Leben als Künstlerin nicht. Sie konnte - nach langer Zeit - davon leben. Ihre ruhigen Bilder gefielen. Und im Herbst packte sie immer ihre Koffer. Es gab eine Insel in Griechenland, mit der sie ein Verhältnis hatte, wie sie sagte. Sie lebte dann in einem Haus am Meer.
»Mensch, Luisa ...«, sagte er und sah auf.

Und sie, die eben an Julian Sanders gedacht hatte, sie kam wieder hierher, wo sie war. In diese Küche mit diesem Mann, der bleich auf dem Stuhl sass, mit Rändern unter den Augen.

»... ich hab mir schon einige Tote anschauen müssen. Nur wenn man einen Toten betrachtet, den man kennt und für den man Sympathie hat, das tut weh.«

Sie schluckte. Dann streichelte sie ihn, was sie nie tat, über das Gesicht. Aber in diesem Moment gab sie einfach ihrem Gefühl nach. Sie streichelte über Stoppeln.

Ihr erzählte er, dass die Kriminalbeamten Fragen gestellt hatten.

»Und was haben die so gefragt?«

»Wie mein Verhältnis zu Wolff war. Und ob er mit einer Frau lebte. Ausserdem fragten sie, was Wolff für Freunde hatte. Ich habe ihnen erzählt, dass er mit Julian befreundet war.« Er fragte: »Ob sie Julian vernehmen werden?«

»Sie werden.«

Er seufzte.

»Wann haben dein Fahrer und du ihn gefunden?« fragte sie jetzt.

»In aller Frühe.«

Er ging in Gedanken zu der Stunde zurück, als der Tag bereits angebrochen, am Himmel bereits ein helles Blau war. »Vögel hatten geschrien«, fiel ihm plötzlich ein.

»Möchtest du vielleicht einen Kaffee?« fragte sie.

Er schwieg.

»Ein Glas Orangensaft?«

»Ja.«

Sie holte ihm ein Glas Orangensaft und reichte es ihm. Er trank und gab ihr das Glas zurück, sagte: »Am Waldrand hörte ich Vögel.« Und nach einem kleinen Zögern: »Ich hätte nie gedacht, dass Wolff sich das Leben nimmt. Ich habe immer gedacht, Wolff hat alles, was er sich wünscht. Er hatte eine tolle Frau. Er gehörte zu den Kollegen, die geschätzt waren. Er war sogar beliebt.«

Er schaute sie an.

»Vielleicht war es eine Krankheit?« fragte sie.

»Wenn es eine Krankheit gewesen wäre, wüsste das die ganze Abteilung«, erwiderte er.

»Vielleicht war die Klinik ein Grund?«

»Das möchte ich nicht glauben. Aber es ist denkbar.«

»Denke, Christian, wie oft er gesagt hat, dass er mit der Trostlosigkeit einer Intensivstation nicht gut zurechtkommt.«

»Dienste auf der Intensivstation sind ja auch schlimm«, sagte er. »Aber Wolff war ja fast nur im OP gestanden und da stand er an seinem Monitor und konzentrierte sich auf die Atemwegsicherung und die Lagerung seines Patienten. Sein Platz war ja am Kopf des Patienten.«

»Hat er da von einer OP nichts mitbekommen?«

»Na, ja«, sagte er, »falls er von einer Operation nichts sehen wollte, konnte er sich hinter dem OP-Tuch verstecken.«

»Du weisst, wie sensibel er war.«

»Ja, schon.«

»Er verschanzte sich nicht einmal hinter so rüden Sprüchen wie andere von euch.«

»Das bildest du dir ein, auch Wolff hat so gesprochen. Vielleicht nicht ganz so krass. Aber was willst du machen, wenn du immer wieder Menschen unglaublich leiden siehst, Luisa? Du bekommst das ja auch mit.«

»Nicht wirklich.«

»Doch, schon ein wenig«, meinte er und nickte ihr zu: »Also, gestern zum Beispiel kam einer, der einen Unfall überlebt hatte, aber ohne seine Beine. Die lagen zerschmettert beim Unfallort. In welcher Verfassung, glaubst du, befindet sich dieser Mensch?«, fragte er und schaute sie wieder an.

Sein Blick traf sie.

»Solche Bilder sehen Klinikärzte jeden Tag.«

»Ist es nicht möglich, dass Wolff aufgrund solcher Bilder ...«

Beide schwiegen.

»Ihr habt einen harten Job«, sagte sie dann.

»Ja, der Job laugt aus«, bestätigte er.

Pause.

»Irgendeinen Grund muss es gegeben haben, dass Wolff sich einfach das Leben nahm«, sagte sie dann in die lange Pause hinein. »Und das kann doch mit der Klinik zusammenhängen. Er könnte sich das Leben nicht nur wegen der Klinik genommen haben, aber auch deswegen.«

»Ja, vielleicht«, sagte er.

Sie sagte nichts.

»Der letzte Sinn in Wolffs Leben war der Tod«, dachte sie.

Sie sah zu ihm hin.

»Was ist?« fragte er.

»Wolff hatte wohl nicht allmählich, sondern eher ganz plötzlich beschlossen, seinem Leben ein Ende zu setzen«, sagte sie.

»Hätte er dann das Valium aus der Klinik genommen?« fragte er.

»Aber ich weiss es nicht«, sagte er dann ermüdet und lehnte sich zurück. »Ich bin jetzt doch müde«, sagte er im nächsten Augenblick und gähnte plötzlich.

»Komm, Christian, leg dich hin.«

»Ich leg mich auch hin«, erwiderte er und stand auf. Er griff nach ihr und zog sie zu sich. Sie hielten sich; hielten sich einen langen Moment in völliger Reglosigkeit.

Dann gingen sie in den Vorraum.

»Stört es dich, wenn ich mich einfach auf das Sofa lege?« fragte er, der gern auf diesem Sofa sass.

»Nein.«

Sie sah nach einer Decke. Er nahm die Rückenpolster weg. Er wickelte sich in Luisas Wolldecke und liess sich in ein Kissen fallen.

»Schlaf gut«, sagte sie.

»Mhm«, kam von ihm.

Sie machte noch in der Küche das Fenster auf. Dann zog sie sich in ihr grosses Zimmer zurück, das drei Glastüren hatte, mit Blick auf eine Apfelbaumwiese. Sie ging auf eine der Glastüren zu. Sie verschränkte die Arme. Sie richtete ihre Augen auf einen grossen Baum. Der Wind wiegte den Baum ein wenig. Sie stand eine ganze Weile in diesen Anblick versunken und dachte an den toten Wolff.

Inzwischen war es Mittag geworden und in der Krankenhauskantine, sprach man an allen Tischen nur von Martin Wolffs Tod. Dass er in seinem Wagen an einem Waldrand gefunden worden war, dass es sich vermutlich um Selbstmord handelt. Man schleuderte die Nachricht quer durch den Raum, die dann gekaut wurde und wieder zurückkam.

Julian Sanders, der Mund-Gesichts-Kieferchirurg und Freund des Toten, hörte von dessen Selbstmord, als er gegen ein Uhr mittags in die Kantine kam.

Normalerweise wäre es unmöglich gewesen, diese Neuigkeit nicht zu erfahren, er aber war ohne Pause fast sechs Stunden im OP gestanden.

Die Klinik hatte ihn nachts gegen vier angerufen und man hatte ihm mitgeteilt, er müsse sofort in die chirurgische Ambulanz. Eine Patientin, die einen schweren Motorradunfall gehabt hätte, käme gleich mit dem Hubschrauber. Und er war mit schlechter Laune aufgestanden, hatte sich eine Minute gewaschen, sich eine Minute die Zähne geputzt, sich in seine Anziehsachen gequält.

Es war zum drittenmal seit zwei Wochen, dass es ihn um diese Zeit, in der der Himmel noch schwarz war, getroffen hatte. Er war dann an der Zimmertür seines Freundes vorbeigekommen und hatte in Gedanken zu ihm gesagt: »Und du schläfst noch faul«, und schwach dazu gelächelt.

Dann sah er seine Füsse Steinstufen laufen, vor das Haus treten und um keine Zeit zu verlieren den kleinen Weg bis zum Krankenhaus rennen, weil sein Rad, das vor dem Haus stand, einen Platten hatte. Nicht nur er fand sich kurze Zeit später in der chirurgischen Ambulanz. Da waren neben den Ambulanzschwestern schon zwei Pfleger, einer der Oberärzte von Prof. Klink, ein Unfallchirurg, ein Allgemeinchirurg, und auch ein Neurochirurg. Sie redeten. Sie fluchten. Jeder wäre lieber im Bett geblieben. Sie erzählten. Einer der Chirurgen erzählte von seinem geplanten Urlaub.

Julian Sanders gähnte.

Sie mussten eine ganze Weile warten. Sie tranken Kaffee, den eine der Schwestern anbot, eine Person mit nettem Augenaufschlag.

Julian Sanders wartete mit geschlossenen Augen. Er würde sofort wieder einschlafen, wenn nicht etwas geschieht. Er hörte, wie einmal eine der Schwestern erschien und sagte, der Hubschrauber käme gleich. Aber weder eine Patientin - noch ein Hubschrauber kamen.

»Das dauert wieder ewig«, sagte der Neurochirurg.

»Woher kommt sie überhaupt?«

»Ich weiss nicht.«

»Es hiess, der Unfall war auf der Autobahn.«

»Wo auch immer, sie könnten wirklich kommen" sagte der Unfallchirurg. Julian Sanders stand bei geschlossenen Augen und sagte nichts. Aber er dachte dasselbe.

Zwanzig Minuten warteten sie schon. Doch dann hörten er und die anderen plötzlich hinterm Haus das Geknatter des Hubschraubers und sie gingen alle in den Schockraum.

Und in diesem Augenblick wurde die Patientin, die etwas über vierzig Jahre alt war, auf einer Liege in den Schockraum getragen. Und eine Unfallärztin, die Art Frau, die Julian gefiel, kam mit ihr. Sie hatte rötliches Haar und einen blassen Teint. Und helle Augen, die Julian Sanders flüchtig musterten. Dann ging ihr Blick wieder über die Patientin: »Ihr Kreislauf ist stabil, der Blutdruck war immer normal«, sagte sie.
Nun übernahm der Oberarzt von Prof. Klink die Patientin. Er hing sie an ein Beatmungsgerät, prüfte nach, ob sie sich gut beatmen liess.
Er fragte die Ärztin, wie die Intubation gewesen war.
»Es gab keine Probleme«, erwiderte diese.
Alle schauten auf die Patientin.
Julian Sanders sah auf sie, die Arme verschränkt, während die Ärztin noch hinzufügte: »Mit 50% Sauerstoff hat sie eine sehr gute Sättigung.«
Er wurde wacher. Er dachte: »Dishface.«
Man könnte auch Tellergesicht sagen. Das Jochbein in ihrem Gesicht war nach hinten weggerutscht; die Augen quollen zwischen einem zertrümmerten Nasenbein heraus. Ihre Wangen waren teils herausgerissen. Ihre Gesichtswunden tief.
Er vergass seine Müdigkeit. Er wusste, diese Patientin gehörte ihm.
Er murmelte: »Frakturen in der Lé Fort III Ebene.«
Er sah zum Anästhesisten. Der stand am Kopf der Patientin und verband gerade die Schläuche der Beatmungsmaschine mit ihrem Tubus. Seine anderen Kollegen sahen auf ihre OP-Gebiete. Die Augen des Allgemeinchirurgen suchten ihren Bauch, die des Unfallchirurgen ihren Thorax. Der Neurochirurg fragte die Unfallärztin, ob die Frau am Unfallort wach ansprechbar oder bewusstlos gewesen war. Die Frau wäre bewusstlos gewesen, sagte sie ihm.
Sie verschafften sich alle genau Gewissheit, ob es nicht einen Anhalt für innere Verletzungen, sowie Knochenbrüche gab.
Der Kollegin wurde noch gedankt, und sie ging wieder.
Und nach etwa zwanzig Minuten sah der Unfallchirurg zu Julian Sanders und meinte: »Ich denke, dass ist eure Patientin.«
Julian Sanders griff sich ins wirre Haar und erwiderte nickend: »Wir brauchen ein CT.«
Auch der Neurochirurg brauchte eine Computertomographie des Schädels. »Für alle Fälle«, meinte er.

Der Anästhesist erklärte jetzt, dass ihr Allgemeinzustand stabil sei, und die Patientin kam hoch ins CT.
Julian Sanders ging auf seine Station und trank dort noch einen Kaffee, weil er sich noch zerschlagen fühlte.
Eine halbe Stunde später standen alle Ärzte in der Radiologie und warteten auf den röntgenologischen Befund.
Draussen wurde es langsam hell. Die Ärzte in dem Flur, sie standen herum. Halbe Abwesenheit mischte sich mit Neugier. Und dann erschien der Radiologe, ein sportlicher Mensch, und hob die Aufnahme und erklärte den Befund. Er sprach fast eine Viertelstunde lang. Und es war so, wie Julian Sanders vermutet hatte: Eine schlimme Gesichtsfraktur.
»Ich will dann mal«, sagte der Neurochirurg. »Der Thorax ist frei«, und beeilte sich, zu gehen.
»Viel Spass, Julian«, sagte der Unfallchirurg. Dann ging auch er. Und auch die anderen verabschiedeten sich - zogen sich auf ihre Stationen oder in ihre Betten zurück.
Julian Sanders, nun hellwach, sagte einer dicken Schwester: »Ruft im Zentral-OP an und sagt der Schwester, dass wir eine Gesichtsfraktur haben und eine Primärversorgung durchführen wollen.«
Dann rief er die diensthabende Schwester an, richtete ihr aus, was passiert war, und sagte ihr noch: »Und stell mir das grosse Fraktur-Instrument bereit«, hörte ein Okay und legte auf.
Dem Anästhesisten sagte er, dass die Operation etwa vier Stunden dauern wird.
»Sechs«, dachte dieser und nickte. Es ist ein beherrschendes Wissen bei jedem Anästhesisten, dass es kaum einen Chirurgen gibt, bei dem eine OP-Minute nicht 90 Sekunden dauert. Aber er verlor kein Wort darüber. Er würde die Patientin für eine sechsstündige OP vorbereiten.
Sie begaben sich dann in die Schleuse, um sich für diese Operation umzuziehen.
Dann war der Anästhesist im Einleitungsraum und Julian Sanders im Waschraum. Er zog seinen Mundschutz an. Dann wusch er sich die Handflächen; sagte zu sich, als er dann nach der sterilen Wurzelbürste griff: »Es dauert ja nur sieben Minuten.«
Er konnte das Bürsten nicht leiden. Und ein zwei Minuten liess er denn auch die Handwaschung früher enden und begab sich in den

OP. Man erwartete ihn. Die Patientin war auf den OP-Tisch gelegt worden. Der Oberarzt sass bereits hinter dem OP-Tuch, die Augen auf dem Monitor.

Der Pfleger, mit dem Julian Sanders schon lange zusammenarbeitete, und der etwas älter war als er, nickte ein Guten Morgen. Die Schwester hielt ihm die Latexhandschuhe hin. Er zog sie an. Er kam an den OP-Tisch. Er machte eine Pause. Dann nickte er allen zu und fragte: »Also, wollen wir?«

Der Pfleger und der Anästhesist nickten zurück. Die Schwester, die neben ihm stand, schaute nach den Instrumenten, die sie ihm zu reichen hatte. Er fasste nach dem Oberkiefer und rüttelte. Er nickte noch einmal. Das war das Zeichen, ihm das Skalpell zu reichen und er griff es und zog links und rechts einen schnellen Schnitt an der lateralen Augenbraue, schnitt auch beidseitig am unteren Auge entlang, bis unter die Haut.

Und nun schauten sie auf kalkblasse Frakturknochen, die gleich mehrmals zertrümmert und an den Enden verschoben waren. Sie hatten was von einem zersplitterten Stück Holz. Die Schwester erschrak richtiggehend.

»Sie wäre besser nicht Motorrad gefahren«, sagte sein Pfleger.

Der Anästhesist schaute seelenruhig von ihrem Gesicht auf seinen Monitor und sagte nichts.

Auch Julian Sanders sagte nichts. Er verengte nur seine sehr guten Augen. Dann holte er tief Luft, um aus diesen Trümmern wieder ein Gesicht zu machen, was gut zwei bis drei Stunden dauerte, und ihn ganz in Anspruch nahm.

Jetzt packte er einen einzinkigen Haken und stiess diesen mit Kraft unter ihre Wange - ihr Jochbein, und dann zog und rüttelte er solange, bis die verkeilten Knochen wieder auf ihrem naturgegebenen Platz waren.

»Wollen Sie jetzt die Miniplatten?« fragte die Schwester.

Er nickte einmal. Und dann reichte sie ihm einen Schraubenzieher, und er trieb die Schrauben in die Miniplatten und in die Knochen und befestigte auch noch Platten über dem Frakturspalt, der die Knochen teilte. Er schraubte von oben nach unten. Und gab so in fast einer Stunde den zertrümmerten Knochen den Halt zurück.

Und jetzt hob er den Kopf und liess sich von der Schwester Schweissperlen von der Stirn tupfen, die sich lösen wollten.

»Ah, danke.«

Dann rüttelte er wieder kurz am Oberkiefer, um festzustellen, ob das Mittelgesicht beweglich war.

Das ganze Mittelgesicht war noch beweglich.

Er war nicht überrascht. Aber es zuckte doch kurz sein Gesicht, und er sagte mit wieder verengenden Augen: »Dann gehen wir jetzt in den Mund.«

Und jetzt nahm er wieder ein Skalpell in die Hand und schnitt zum zweiten Mal im offenen Mund der Patientin, schnitt von rechts nach links die Schleimhäute durch, und bereitete dann in vielleicht zwanzig Minuten alles so vor, präparierte so, dass er ihre ganzen Frakturknochen offen legen konnte.

Sie warfen einen Blick auf die obere Zahnreihe.

Ihre Zähne hingen und baumelten hin und her. Aber sie waren nicht betroffen, da der Oberkiefer oberhalb der Zahnwurzeln gebrochen war. Sie würden wieder fest sein, wenn er den Oberkiefer verplattet hatte. Und er konnte lässig sagen: »Kein Zahn muss raus.«

Und nachdem der ganze Oberkiefer freigelegt war, verplattete er erneut. Erst am distalen Oberkiefer links, und dann rechts, dann paranasal rechts und dann links. Und anschliessend rüttelte er wieder am Oberkiefer, der halten sollte, und - er hielt. Was alles in allem wieder etwa zwanzig Minuten gedauert hatte.

Und nun blickte er mit einem kleinen Funkeln in den Augen um sich und sagte: »Das war eine ganz schöne Arbeit«, und die ganze Anspannung der letzten Stunden wich und er war ganz gelöst jetzt, überaus erleichtert.

Der Anästhesist suchte seinen Blick, sagte: »Klasse, Julian.«

Auch sein Pfleger und die Schwester schenkten ihm Anerkennung.

Jetzt nahm er noch Nadel und Faden und fing an zu nähen. Erst im Mund, dann in ihrem Gesicht. Und nach dem ersten Stich dauerte es noch etwa fünfzehn Minuten, und dann war diese OP zu Ende. Sie hatten doch fast sechs Stunden gebraucht. Die OP war ein Erfolg. Die Frau dürfte in ein paar Wochen wieder aussehen wie vor dem Unfall. Nicht einmal sichtbare Narben werden bleiben.

»Wir haben sie wirklich wieder hingekriegt«, sagte Julian Sanders. »Und sie wird wieder ein hübsches Gesicht haben und lachen können«, und er sah noch einmal auf ihr Gesicht, das jetzt völlig eingewickelt war. In einen festen Verband.

»Sehen wir uns noch in der Kantine?« fragte er jetzt und schaute zum Anästhesisten.

»Natürlich«, sagte der, fasste nach dem Bett der Patientin und schloss sich mit etwas schweren Schritten seinem Anästhesistenpfleger an, um die Frau in den Aufwachraum zu fahren, wo sie allmählich wieder zu sich kommen wird.

Julian Sanders schaute zu seinem Pfleger, und er teilte ihm durch ein Nicken mit, dass auch er in die Kantine kommt, sobald er kann.

Und dann ging auch Julian Sanders mit etwas schweren Schritten aus dem OP, und in ein Diktierzimmer hinein, das noch innerhalb des OP-Traktes lag, während sein Pfleger dafür sorgte, dass die Instrumente zum Sterilisieren kamen.

Und nachdem er den lästigen OP-Bericht diktiert hatte, ging er nach oben, um nun in der Kantine etwas zu essen.

Oben angekommen, wunderte er sich, als er den grossen Speisesaal betrat. Es war ein seltsames Geraune.

Er schritt zur Abfertigung. Wenige vor ihm und so las er die Gerichte. Sie machten eine italienische Woche. Er grübelte, was er nehmen soll und sah zugleich die schönen Beine einer Kollegin vor sich.

»Was bekommen Sie, Herr Doktor Sanders?« fragte die Frau, die das Essen ausgab und schaute ihn mitleidig an.

Er nahm eine Pasta und ein Mineralwasser und dankte lächelnd.

Dann ging er mit seinem Tablett und hielt Ausschau nach seinem Pfleger und dem Anästhesisten, aber fand die beiden nicht.

Und so steuerte er auf eine kleine Gruppe zu. Er setzte sich zu ihnen. Er fühlte ihre Blicke auf sich. Er hörte, wie einer am Tisch scheu zu ihm sagte: »Das muss heute ein schlimmer Tag für dich sein, Julian«

Er wollte fragen, warum, da hatte ein anderer schon geantwortet: »Wo doch Wolff tot ist.«

Er fragte mit einer kleinen Verzögerung: »Tot, wer?« Und dann sagte er: »Wolff ist nicht tot«, und sein Gesicht nahm für Sekunden einen verzerrten Ausdruck an. Er schob seinen Teller weg. Er wollte sagen, ihr spinnt wohl. Aber er sagte nichts. Das Herz würgte ihn.

Der Mann sagte ausserdem noch, geradezu hartnäckig: »Er hat sich sogar selbst umgebracht.«

Julian Sanders hörte nicht, was er sagte. Er hörte auch nicht eine Frage, die jemand an ihn stellte. Er sass in seiner Fassungslosigkeit. Der Raum wankte. Er wusste jetzt nicht, wie er heute Nachmittag Pati-

enten behandeln sollte. Und seine Professorin konnte er wohl nicht bitten, ihn deshalb zu beurlauben. Einige Weisheitszähne waren zu resektieren. Er starrte auf die Gesichter der Leute an seinem Tisch; die Gesichter hatten keine Farben. Er stammelte dann: »Ihr entschuldigt mich«, und floh aus der Kantine. Er rannte hinauf in den zweiten Stock, wo die ambulanten Behandlungsräume waren. Er trabte mit zusammengepressten Lippen vorbei am Wartezimmer, in dem die ersten Patienten sassen. Alle zu pünktlich und teils ängstlich.
Er kam in den Behandlungsraum, er wusch sich die Hände. Sein Atem wurde ruhiger. Und zu der Assistentin sprach er wieder. Er fragte: »Wen hast du als erstes vorgemerkt?«

Luisa stand immer noch so wie vorhin, auf ihrem Platz mitten im Zimmer. Sie stand still, die Arme verschränkt, und blickte auf die Landschaft - auf die Apfelbäume, die unter einem unendlichen Himmel standen. Sie befand sich in Gedanken immer noch bei Martin Wolff. Sie erinnerte sich an Abende. Sie lächelte. Ein Lächeln, das steckenblieb. Sie dachte: »Wolff - warum du? Du warst noch nicht einmal fünfunddreissig Jahre alt.«
Eine der Glastüren stand weit offen. Es ging etwas Wind. Ein kühler Wind, der nun in ihr Zimmer kam und in einem ihrer Skizzenblöcke blätterte.
Sie versuchte ein zweites Lächeln und dachte dazu an die Zeit vor vier Jahren, als sie glaubte, ihr Leben sei zu Ende.
Sie wandte den Blick von den Bäumen ab und schaute zur Wand hin, wo die grossen Keilrahmen standen. Und daneben war eine Gitarre angelehnt. Sie hatte noch seine Gitarre. Und nun hatte Luisa sein Bild vor Augen: Er wollte zu Ihr. Aber dann geschah das Unglück. Ein Geisterfahrer kam auf seine Spur. Er konnte nicht mehr ausweichen. Er raste auf einen Baum zu. Die letzten Stunden in einem Krankenhaus. Seine letzten Gedanken bei ihr. Sein letztes Wort: »Luisa.« Dann war er an den inneren Verletzungen gestorben.
Luisa hatte danach das Gefühl gehabt, zu zerbrechen. Sie blieb ewig im Bett. Sie dachte nur noch an ihn. Sie konnte nicht mehr malen. Sie war haltlos. Sie wollte nicht mehr leben. Es war ihr auch gleich, wovon sie lebte. Aber Freunde waren da. Und ein guter Bekannter, der ihr einen Kredit anbot. »Ich glaube an dich«, sagte er. Und Luisa nahm das Geld und versuchte es noch einmal. Weiterzuleben. Es war

schwer. Sie hatte ihre ganz Kraft dazu gebraucht. Aber es war ihr irgendwie gelungen.

Inzwischen wusste sie, dass im Leben vieles möglich war. Man konnte verzweifeln, und man konnte danach Träume verwirklichen. Man konnte Schulden bezahlen.

Heute lebte sie wieder im Vertrauen auf das Leben.

»Wolff hat den Schlussstrich gezogen«, dachte sie und hob den Blick, und sie sah nun zu einem ihrer Bilder; ein grosses Bild, das über einer Kommode hing. Der Hintergrund und ein Teil der Kalkstrukturen hatten den selben lichten Farbton. Sie mochte das Bild. Sie hatte es in einer für sie sehr schönen Zeit gemalt.

Heute hingen diese ruhigen Bilder von ihr in jenen Galerien, die vor Jahren nicht einmal den Eingang ihrer Bewerbung bestätigt hatten. Und ihre Ehrlichkeit und eine gewisse Härte verrieten, dass sie imstande war, zu überleben, um zu leben. Der Mann, den sie so geliebt hatte, er hatte sie allein zurückgelassen. Sie war so voll und so erfüllt von ihm gewesen. Die grösste Liebe aller Zeiten, hatten er und sie ihre Liebe genannt. Heute gab es nur noch die Gitarre und ein winziges Foto von dieser grössten Liebe. Und sie schwieg über diese Liebe. Über die Jahre mit ihm. Sie schwieg über Orte und Geschehnisse. Sie konnte darüber nur schweigen. Sie sprach auch nicht über die Zeit nach seinem Tod, die sie fast umgebracht hatte, in der sie monatelang nicht hatte arbeiten können.

Auch Wolff hatte nicht über das Leid in sich gesprochen.

»Wolff, der nicht gleichgültig blieb. Worüber stürzte er in dieser Welt?« fragte sie sich jetzt. »Er hatte auf mich nicht zu müde gewirkt, als wir uns die letzten Male begegnet sind. Er täuschte mich. Und ich täuschte mich in gewisser Weise, dass ich seinen Zustand für leidlos erklärte. Ich zog keinen Schluss aus seinen sorgfältig gebrauchten Worten. Hätte ich erkannt, wie das Leben an ihm zehrte, wenn er hier auf dieser Etage gewohnt hätte? Hätte er sich mir geöffnet, mir von einem zerrüttendem Leben erzählt?« Und sie fragte sich auch: »Macht es Sinn, darüber nachzudenken? Ich kannte ihn nicht gut. Ich weiss nicht, was der Auftakt seines Selbstmordes gewesen sein konnte. Worüber er nicht hinweggekommen ist. War es seine schöne Freundin, die sein Leben unglücklich gemacht hatte? Die Klinik? Was es auch war, was seinen Selbstmord ausgelöst hatte, nur Gott weiss bisher, warum. Gott, der uns aus dem Nichts gezaubert hat.

Wenn Gott existiert. Und jetzt ist Woff zu ihm zurückgekehrt.«
Sie seufzte.
Dann blickte sie in den Raum.
In einer Ecke standen Keilrahmen, die sie aufgespannt und grundiert hatte. Sie sah die Keilrahmen an. Sie drückte die Augen leicht zusammen. Sie blickte wieder auf. Und dann holte sie einen der weissbespannten Rahmen und klemmte ihn an die Staffelei. Danach setzte sie sich vor ihre Staffelei und griff nach einem weichen Pinsel. So sass sie zwei drei Minuten lang - und merkte, wie still es im Raum war. Viel Stille jetzt. Aber bald holte sie ein Glas Wasser. Sie lief noch zum Soundsystem hinüber und machte den iPod an. Sie setzte sich wieder. Sie sah nun auf eine der Farbtuben und öffnete sie.
»Und während man dann in den Tod hineingeht«, fragte sich Luisa jetzt und roch an der Tube, »während man also ihm sein Leben übergibt, findet dann die Seele für einen Moment zu sich selbst? Die menschliche Seele, die in meiner Vorstellung immer etwas von einem Kind hat. Ein Kind, das sich mit dem Leben plagen muss. Bis zu seiner Todesstunde.«
Sie drückte lichten Ocker auf die Palette.
»Der Tod - er ist es, der immer gewinnt. Und die Angst vor dem Tod, die wird immer besiegt «, dachte sie dann.
Doch jetzt drängte es sie, zu malen, sie hatte die Farbpalette auf dem Schoss. Sie hob die Gedanken auf. Sie lächelte, um sich zu trösten. Sie fasste nach einer zweitenTube. Einer dritten. Sie griff nach einem Pinsel. Sie nahm etwas Ocker. Etwas Zinkweiss. Etwas Umbra. Leichte Pinselstriche bestimmten dann die nächsten Stunden. Zügige Pinselstriche und Bachs Französische Suiten. Auch Tränen fielen auf die Farbpalette. Luisa wusste nicht, was das Bild für ein Gesicht bekommen sollte. Sie wusste aber, in welcher Weise sie vorgehen wollte, welche Farben zusammen sprechen und welche auf der Leinwand stören sollten. Sie wollte ein Farbgebilde schaffen, das den, der es sah, innerlich berührte. Wie die Musik von J.S. Bach. Diese Musik bestärkte und tröstete sie. Mit jedem Ton. Und auf ihrem hellen Ockergrund liefen feste Pinselstriche, liefen Tränen.

Sie malte und bemerkte nicht, dass nun, um viertel nach zwei, in diesem Haus etwas vor sich ging. Es war eine Etage tiefer. Es war in

Wolffs Zimmer, das die Zimmernummer 23 hatte. Die Kriminalpolizei war da. Der Beamte um die vierzig, dem Christian Lenz ein kinoreifes Gesicht gegeben hätte, und sein Kollege, der junge Kerl. Sie waren vom Krankenhaus gekommen, wo sie ein paar Fragen an Prof. Dr. med. Detlef Klink gestellt hatten.
Sie sahen auf die Wände. Die Tapeten waren etwas verdreckt. Sie sahen näher hin und lasen einen Satz, den Wolff eines Nachts mit Kugelschreiber auf eine Karte geschrieben und an die Wand gepinnt hatte.
»Jeder Augenblick, der vergeht, ist Ewigkeit.«
Sie wussten nicht, wen er da zitierte. Sie sahen sich an.
Sie gingen von einem Möbel zum anderen, um nach einer Spur zu suchen. Sie gingen immer von oben nach unten vor. Der ältere der beiden stand gerade vor dem Keramikwaschbecken. Im Waschbecken entdeckte er noch Zahnpastareste. Auf dem Rand stand eine leicht geblähte Tube Meridol.
Er untersuchte stur all die Dinge, die auf der Ablage unter einem Spiegel lagen: eine elektrische Zahnbürste, ein Duschgel, ein Herrenparfüm, ein Rasierapparat.
Jetzt schaute er in den Raum.
Auf dem Fensterbrett eine Pflanze. Neben dem Bett eine kleine Lampe, die noch brannte, und ein Wecker, der vorging. Das Bett ungemacht. Auf dem Tisch ein MacBookPro und ein paar medizinische Fachbücher. Sie sahen auch zwei ungespülte Gläser. Sie sahen das Ärzteblatt, das fast jede Woche erschien sowie einen Roman, den der Beamte mit dem kinoreifen Gesicht kannte. Ein Stuhl, auf dem eine Jeans lag, stand neben dem Tisch. Man sah, dass Wolff die Jeans ausgezogen hatte.
Der junge Kerl hob die Jeans ein wenig. Dann nahm er eines der medizinischen Bücher in die Hände und blätterte ein bisschen. Er runzelte die Brauen. Er klappte das Buch wieder zu.
Sie hielten es nicht für gewiss, dass sie etwas fanden. Sie hielten es aber für möglich. Einen Abschiedsbrief vielleicht, den er geschrieben hatte.
»Er hatte eine schöne Freundin«, sagte der um die vierzig, der eben einen Schrank geprüft hatte, in dem Kleidung von Wolff war. Und sie sahen zu einem gerahmten Foto, das an der anderen Wand hing. Es war das Foto einer Frau. Sie blickten in ein sehr schönes, sehr be-

zauberndes Gesicht. In blaue Augen. In ein Lächeln, das der Beamte mit dem kinoreifen Gesicht geradezu betörend fand.
Er trat nun an die Kommode und öffnete eine der Schubladen, um in allem Möglichen zu suchen.
»Hier hab ich was.«
»Was hast du?«
Er hatte einen Brief vor sich. Er betrachtete den Brief. Er runzelte die Stirn. Seine hellen Augen verhärteten sich. Er las ihn. Dann nickte er befriedigt und steckte den Brief zu sich.
Er schaute noch einmal zu dem Foto hin. Dann sagte er, und in seine Augen, die schon manches gesehen hatten, kam etwas Frost: »Sie hat ihm vorletzte Wochen geschrieben, dass sie das Kind nicht haben will. Auch wenn er der Vater sei.« Er öffnete die nächste Schublade, um vielleicht weitere Briefe zu finden. Was er fand, waren Kontoauszüge.
Sein Kollege hatte inzwischen den Computer eingeschaltet und das eine oder andere Programm geöffnet. Wolff hatte kein Passwort eingegeben. »Sie ist Model«, sagte er, mit dem Blick auf den Bildschirm, jetzt.
»Die lassen wir mal zu uns kommen«, sagte der Erste.
Es kam keine Antwort. Also war das klar.
Der Ältere nahm nun das Foto von der Wand. Er sah es noch einmal einen Moment lang an, dann steckte er es zu dem Brief.
Der Kollege schloss den Mac.
Und als sie gewiss sein konnten, jeden Platz im Zimmer durchsucht zu haben, schauten sie sich beide an, nickten sich fast unmerklich zu und wandten sich der Tür zu, um das Zimmer zu verlassen.
Im Türrahmen kehrten sie sich noch einmal um, liessen den Blick noch einmal über die Dinge schweifen, die sie ganz genau angeschaut hatten.
Und im nächsten Moment verschlossen sie das Zimmer, gingen mit raschen Schritten wieder hinunter und zu ihrem Auto, um zurück ins Präsidium zu fahren und dort einen Bericht zu schreiben. Den Schlüssel behielten sie.

Diesmal bemerkte Luisa, dass vor ihrer Zimmertür etwas war. In dem Augenblick, als David Fray die Partita No. 6 in E Moll von J.S. Bach spielte. Wahrscheinlich Christian, war ihr erster Gedanke, und hörte nicht weiter darauf. Sie machte trockene Pinselstriche. Ihr Blick blieb auf der Leinwand.

Oliv verwischte Ocker, und Weiss verflüchtigte sich, als sie Julian Sanders Stimme vernahm. Und nun stand sie auf, öffnete und sah ihn vor der Tür stehen. Seinem Gesicht konnte sie entnehmen, dass auch er es bereits wusste.

»Julian«, sagte sie, trat zurück und liess ihn herein und liess die Tür hinter ihm offen.

Julian Sanders schluckte.

»Ich hab's heute Morgen von Christian schon erfahren«, sagte sie und beschrieb mit der Hand ihre Hilflosigkeit.

Er schluckte wieder und schien sie einen Augenblick nicht richtig zu sehen. Er lächelte unnatürlich.

Er warf dann im Gehen offenbar einen schnellen Blick auf ihre Farbkomposition, die noch im Anfang war, aber er hätte nicht sagen können, was für Farben er gesehen hatte.

Sie holte neues Wasser und wusch flüchtig die Pinsel aus, die an einigen Stellen fransten.

Es gab ein kleines, ganz altes Sofa in diesem Raum, das sie schräg vor ein Regal gestellt hatte, in dem Bücher standen, von denen viele Kunstbände waren. Auf dieses Sofa setzte sich Julian Sanders jetzt.

Und so, wie er dann dasass, gelähmt im Kopf, blass im Gesicht, sass er einfach und schaute aus den breiten Glastüren, betrachtete, aber sah nicht die Apfelbaumwiese.

Sie setzte sich neben ihn, ein wenig abgerückt, und betrachtete sein Gesicht. Er schien sich mit seinen Augen irgendwie an einem Baum festzuhalten. Seine Augen blieben stehen. Dann begann er einen Satz. Und die ersten Worte, die er zu ihr sagte, waren gar nicht zu verstehen: »Das ist doch ein Wahnsinn, dass ...« und sie spürte, dass die Worte, die noch auf seinen Lippen lagen und die jeder Mensch ähnlich gesagt hätte, ihm in diesem Augenblick unüberwindlich waren. So sagte sie für ihn: »... dass Wolff nicht mehr am Leben ist.«

Und er zuckte völlig zusammen, als er das hörte, aber wandte sich dann zu ihr. Er sah sie sogar wieder. Ihr dunkelblondes Haar. In ihrem Gesicht ein etwas rauer Ausdruck.

»Bringt sich um«, sagte er. Und dann: »Hat einfach Schluss gemacht.« Und es klang zumindest für ihn verrückt, halb verrückt, verkehrt, als er sich das sagen hörte. Und damit er jetzt nicht von seinem Ge-

fühl, das er brennend spürte, schier versengt wurde - so fühlte er sich - hielt er an Etwas fest, was ihm schnell einfiel, und sagte so als Wahrheit: »Er hatte sicher seine schwarze Jacke an.« Er lächelte ein Lächeln, das nur flackerte, und sagte noch: »Wolff.« Er wiederholte seinen Namen und bekam feuchte Augen. Er streckte die Hand nach ihr aus.
Und sie, die etwas tun wollte, drückte ihn an sich. Auf eine mütterliche Art. Und er hielt sich auch an ihr fest.
Sie blieben so eine Weile.
Dann lösten sie die Umarmung, er sass wieder auf ihrem Sofa neben ihr, sah zu ihr und sagte vorsichtig: »Luisa, irgendwie ist es, als wäre auch etwas von mir gestorben.«
»Ja, das was du von Wolff hattest«, antwortete sie, die all das kannte, worunter er litt, und drückte seine Hand.
»Heute war ein Brief für mich da«, erwiderte er auf das und blickte wieder hinaus, »auf den ich schon Tage gewartet habe. Die Nachricht der Promotionskommission der Medizinischen Fakultät.«
»Und was haben sie dir geschrieben?«
»Dass mein Promotionsverfahren mit dem Gesamturteil summa cum laude abgeschlossen ist.«
»Gratuliere. Dann bist du nun Dr. dent., Julian Sanders«, sagte sie, die sich jetzt für ihn freute.
»Dr. med. dent.«, korrigierte er und lachte dünn. »Doktor medicinae dentare.« Er dachte an Wolff und sagte: »Das ist schon grausam. Ich komm weiter in dieser Welt, und er liegt in der Pathologie.«
Er senkte seinen Blick wieder.
Ihr Blick schien ihn wieder in die Arme nehmen zu wollen.
Und jetzt sagte er, obwohl er eigentlich noch an Wolff dachte: »Ich muss übrigens zur Kriminalpolizei. Sie haben in der Klinik angerufen und mich wissen lassen, ich möchte morgen mittag um zwei im Präsidium sein.«
Er sass dann, ohne sich zu rühren.
Auch sie sass, ohne sich zu rühren.
»Warum? Warum das?« fragte er dann unter seinem Schmerz.
»Wir werden vielleicht diese Frage nie beantworten können«, meinte sie ganz ruhig, »den Selbstmord von Wolff nicht begreifen oder erfassen können, Julian.«
»Wolff und ich«, sagte er jetzt, »wir waren doch Freunde. Ich hätte

doch irgendwas spüren müssen von einem Unglück in seinem Leben.«
Sie versuchte nun zu überzeugen, zu beschwören: »Wenn du gewusst oder nur geahnt, oder es ihm irgendwie angesehen hättest, Julian, dass er nicht wusste, wie es weitergeht, hättest du doch alles gemacht, um ihm zu helfen.«
»Natürlich. Ich habe es aber nicht gesehen«, sagte er übergangslos heftig.
Und Luisa, die sich an Wolff als einen ruhigen Menschen erinnerte, schaute ihm ins Gesicht und fragte schnell, noch bevor er sich noch einmal anklagte: »Ich habe deinen Freund persönlich fast nicht gekannt. Was hatte Wolff, das ihn dir so unendlich besonders machte?«
»Er hatte etwas, was nicht viele Menschen haben.« Und als sie fragte, was, warf er einen Blick auf sie und sagte: »Liebe zu den Menschen.«

Und an dieser Stelle ging die Flurtür auf und die Stimme von Christian Lenz, der mit Kurt Schaad gekommen war, drang durch den Gang: »Ich bin es, mit Kurt.«
Luisa, die Kurt Schaad auch kannte, schaute Julian an, ihre Augen fragten, und er straffte sich und nickte. Und sie erhoben sich, verliessen ihr grosses Zimmer und gingen in den Vorraum. Christian Lenz erschien. Kurt Schaad ging hinter ihm.
»Hallo«, hiess es von allen.
»Setzt Euch.«
Die beiden Anästhesisten setzten sich auf das Sofa. Luisa bemerkte, wie Schaad, der einmal schon hier gewesen war, das billige Mobiliar betrachtete, und sie blickte zu ihm und fragte: »Möchte wer was trinken?«
»Was hast du?« war seine Frage.
»Wasser«, sagte Luisa und verschwand in der Küche und holte Mineralwasser und Gläser. Julian Sanders brachte zwei Stühle. Dann sassen alle. Luisa schenkte sich und den anderen ein. Sie trank und fragte: »Und du, Christian, hast du schlafen können?«
»Eher gedöst«, sagte er. »Aber es hat gut getan. Und du, was hast du gemacht?«
»Was ich meistens mache«, erwiderte sie. »Ich habe gemalt. Und dann ist Julian gekommen.«
Julian Sanders nickte schweigend.

»Ihr habt heute Nacht eine schwere Gesichtsfraktur gehabt?« fragte ihn Christian Lenz.
»Ja.«
»Und die OP verlief gut.«
Julian Sanders sah ihn an, nickte.
»Kurt und ich, wir waren übrigens spazieren«, sagte Christian Lenz dann. »Wir haben die ganze Zeit...«
»Wir auch ...«, sagte Luisa.
»Das war schon ein Schock heute morgen«, sagte er jetzt.
»Keiner verstand heute morgen, was da geschehen war. Selbst Klink hat geschluckt«, sagte Kurt Schaad.
»Ich kann es immer noch nicht glauben.«
»Können wir verstehen, Julian.«
»Nimmt sich einfach das Leben ...«, sagte Kurt Schaad langsam. Und Luisa fiel auf, dass seine Stimme einen Moment nachzitterte.
»Dieser Selbstmord könnte aber auch Mord sein« sagte sie plötzlich, wie eine Frage, und sah dabei Kurt Schaad von der Seite an.
»Jetzt kommst auch du noch auf diese Idee«, gab er ihr zur Antwort.
»Luisa hat aber recht. Es könnte theoretisch auch ein Mord sein«, meinte nun auch Christian Lenz zu Kurt Schaad.
»Theoretisch ja. Aber gerade solche Taten sind gewöhnlich kein Mord, glaube ich. Oder hatte Wolff ein Verhältnis mit einer verheirateten Frau«, fragte er und sah Luisa an, »und wollte gemeinsam mit ihr fliehen? Und ihr Ehemann hat beschlossen, einen Mord als Selbstmord zu tarnen. Dann hätte er das ganz gut gemacht.« Kurt Schaad fragte noch mit einem schiefen Grinsen: »Also hatte Wolff ein solches Verhältnis?«
»Wolff liebte Beatrice, nur Beatrice«, sagte Julian Sanders.
»Aber vielleicht hat ihn diese Liebe so traurig gemacht ...« entgegnete Luisa und sah ihm in die Augen..
»Vielleicht. Aber das glaube ich nicht. Ich glaube nicht, dass er sich wegen Beatrice ...«
»Eine Frau allein ist kein Grund«, sagte Schaad, und Luisa sah ihn bei dieser Äusserung leicht spottend an.
»Ob er unten einen Abschiedsbrief hinterlassen hat?« fragte Christian Lenz jetzt und schaute mit seinen blauen Augen alle an.
»Vielleicht«, meinte Luisa.
»Was für einen Abschiedsbrief denn?« fragte Kurt Schaad. »Wahr-

scheinlich ist doch, dass er unerwartet den Entschluss gefasst hat, sich das Leben zu nehmen.« Er griff nach seinem Glas, als wollte er trinken. Er trank aber nicht, er sprach weiter: »Aber dass er es so in seinem Auto gemacht hat, wundert mich. Für einen Anästhesisten gibt es doch ganz andere Möglichkeiten.«
»Er hat Valium von der Klinik gehabt«, sagte Christian Lenz jetzt.
»Und nun denkst du ...«
»Möglich.«
»Das muss nicht unbedingt sein. Er kann das Valium auch ganz unentschieden genommen haben. Und ich glaube, es gibt auch keinen Abschiedsbrief«, sagte Schaad jetzt.
Christian Lenz wiegte leicht den Kopf.
»Ich weiss nicht«, sagte Luisa.
Julian Sanders sah Schaad an und fragte: »Wem hätte Wolff einen Abschiedsbrief schreiben sollen?«
»Zum Beispiel Beatrice.«
»Seinen Eltern.«
»Dir, Julian«, sagte Luisa.
In seinem Gesicht sahen sie, wie ihn das, was Luisa gesagt hatte, aufwühlte. Und sie empfanden mit ihm und schauten ihn an.
Dann fanden sie einen selbstverständlicheren Ton und redeten über Dinge, die Luisa nicht geläufig waren, also über Diagnosen und Vorfälle auf der Station. Über Operationen, die morgen stattfinden, über eine grosse Operation, die Bergmann machen wird. Und Luisa, sie sass nur dabei, da sie in ihren Termini sprachen. Sie lächelte geduldig, als Christian Lenz fragte: »Du bist morgen im OP?«
Schaad bejahte und sagte zu Luisa: »Weisst du, bei Bergmann.«
»Ist das nicht dieser Chirurg, der in der Klinik so unbeliebt ist?«
»Bergmann«, sagte ihr Schaad, »das ist der widerlichste Typ, mit dem ich arbeiten muss.« Er nahm einen Schluck von seinem Mineralwasser, sagte dann: »Aber dieser eingebildete Sack gehört zu den Chefärzten alter Schule. Weisst du, was das heisst?«
»Nein.«
»Allein und ausschliesslich er hat recht. Sogar wenn er unrecht hat.«
Dann sah er über sein Glas hinweg Luisa an und fragte sie: »Weisst du eigentlich, wieviel Bergmann hier jedes Jahr verdient?
»Wieviel?«
»Er hat noch einen ganz alten Chefarztvertrag. Hat also etwa eine

halbe Million im Jahr.«

Sie pfiff leise.

»Ja«, bestätigte Christian Lenz.

»Vielleicht ist deshalb seine Ehe nicht kaputt«, sagte Kurt Schaad und grinste wieder schief.

Schaad war geschieden.

»Soweit ich aber weiss, soll er wirklich ein guter Chirurg sein«, sagte Luisa.

»Er ist ein guter Chirurg«, antwortete man ihr. »Aber das macht noch lange keinen guten Arzt.«

»Und was macht einen guten Arzt?«

»Ein guter Arzt hat Professionalität und Menschlichkeit zu vereinigen. Ohne dass er sich zu arztgross vorkommt.«

»So wie Wolff es war. Aber nicht der anmassende Bergmann.«

»Weisst du, Luisa, Bergmann, das ist ein Kollege, den wir nicht nur siezen müssen«, sagte ihr Julian noch. »Er will, dass alle ihn mit Herr Professor ansprechen.«

»Warum seid ihr eigentlich alle noch hier?«

»Weil es in jeder Klinik einen Bergmann gibt.«

Sie fuhr sich durchs Haar. Dann fasste sie nach ihrem Glas und trank und fragte, noch das Glas in der Hand: »He, vielleicht ist Bergmann ein Grund?« und hob die Schultern ein wenig beim Sprechen.

»Wolff war ein zu guter Anästhesist, als dass Bergmann ihn hätte fertigmachen können«, antwortete ihr Schaad.

»Ja? Und wie denkst du darüber?« fragte sie jetzt Julian Sanders und liess die Schultern wieder sinken.

»Also, das ist es eher nicht«, sagte er und versuchte, bedachte Worte zu finden: »Man sollte bedenken, dass Wolff auf der Station von Professor Klink mit Klink jemanden hatte, den man als einen fairen Menschen kennt. Und doch: ich weiss, Bergmann hat ihm im OP das Leben jedesmal zur Hölle gemacht. Er hat ihm immer das Gefühl gegeben, gibt wahrscheinlich jedem Anästhesisten das Gefühl, er sei eigentlich gar kein richtiger Arzt, und er, Bergmann, könne gut auf ihn verzichten.«

»Das ist ja geradezu albern«, rief Luisa plötzlich.

»Bergmann denkt sicher auch, dass die Anästhesie aus der Chirurgie gekommen ist, obwohl es gar nicht so war«, spottete Christian Lenz jetzt.

Luisa, die den Witz nicht verstand, fragte: »Wie war es denn?«
»Aber das steht doch schon in der Bibel«, antwortete Kurt Schaad trocken, »dass der liebe Gott Adam zuerst bewusstlos gemacht hat, bevor er ihm die Rippe rausschnitt. Willst du etwa die Bibel widerlegen?«
»Will ich nicht«, grinste Luisa.
»Bergmann schon«, antwortete er und kam wieder auf den Chirurgen: »Man kann mit ihm nicht zusammenarbeiten. Weil er denkt, er ist der einzige, der wichtig ist im OP. Die anderen dürfen ihm nur zureichen, während er dasteht mit seinem Skalpell und jeden anherrscht.« Und dann griff er nach seinem Glas, trank wieder einen Schluck, um noch zu Luisa zu sagen: »Weisst du, Bergmann, er hat Macht. Und die nicht nur in der Klinik, er hat auch in der Stadt Macht. Er ist auch da einer der ganz Wichtigen. Er sitzt in Dachverbänden. Und man weiss, dass er Mitglied in einem dieser Zirkel ist, die es ermöglichen, dass man durch jede Tür kommt, durch die man kommen will. Das aber nur nebenbei.«
»Sagt, gibt es wirklich solche Zirkel unter Ärzten?« fragte sie jetzt neugierig.
Sie bestätigten ihr das und Schaad wusste, dass diese Zirkel nicht nur Ärzte umfassen, sondern Personen, die Macht haben und Geld. Sie sind unter sich. Sie leben in gehobenen Verhältnissen. Sie haben Erfolg. Sie helfen sich gegenseitig. »Und Bergmann, der gehört zu ihnen.«
»Kennst du ausser Bergmann noch jemanden, Kurt, der in so einem Zirkel ist?« fragte Luisa nach.
»Ich kenne so Leute nicht. Ich kenne auch Bergmann nicht«, und es lag Vehemenz in Schaads Stimme.
Jetzt kamen sie wieder auf Martin Wolff. Christian Lenz begann. Er sagte, was jeder schon laut oder stumm gesagt hatte: »Was muss Wolff erlebt haben, dass er nur noch in den Tod gehen konnte? Und was haben wir nicht getan, dass er vielleicht hätte bleiben können?«
»Na ja, vielleicht war wirklich der knallharte Job hier im Krankenhaus irgendwie mitschuldig, dass Wolff nicht mehr hat leben wollen«, sagte Schaad, stockte, und sagte noch, was ihm grad in den Sinn kam: »Er war schon jemand, der sich sehr vom Mitgefühl hatte leiten lassen.«
»Er hat aber seinen Beruf immer sehr geliebt. Wer von uns sagt das schon?« hörten sie Julian Sanders sagen.

»Du hast recht«, antwortete ihm Kurt Schaad. »Das hat er. Er war brillant als Arzt, keiner von uns geht auch so auf Patienten ein, wie er es tat«, und trank noch einen Schluck. Er trank noch einmal. Er fühlte sich etwas angespannt. Auch durch einen leichten Kopfschmerz.
»Wo bin ich morgen eigentlich?« fragte Christian Lenz nun und hob sein Glas.
»Du bist bei Bogart«, sagte ihm Kurt Schaad.
Luisa hob fragend die Augen.
Kurt Schaad lächelte jetzt: »Wir haben in der Gynäkologie einen Oberarzt, der so klein ist, wie Humphrey Bogart klein war. Zu klein, um ohne Schemel zu operieren.«
»Er muss sich auf einen Schemel stellen?«
»Ja, auf einen Metallschemel. Den hat jedes Krankenhaus in verschiedenen Höhen. Bogart braucht den höchsten.«
Christian Lenz fragte, was für Operationen er mit Bogart machen wird.
»Ihr habt auf alle Fälle eine Mastektomie und eine Mamma-PE«, gab Kurt Schaad seinem Kollegen noch Auskunft. »Und dann noch zwei Ausschabungen. Also ein ganz ruhiger Tag, wenn nicht noch was kommt.«
Luisa fragte nach, was genau eine Mamma-PE ist.
»Das ist ein chirurgischer Eingriff, hinter dem sich die Diagnose: Verdacht auf Brustkrebs verbirgt.«
Luisa verzog das Gesicht.
Jetzt sah Schaad zu ihr und bat noch um ein Wasser. Die Flasche stand neben ihrem Glas. Sie schenkte ihm nach.
»Danke«, sagte er und trank.
»Und dieser Bogart ist ein guter Arzt?« fragte Luisa noch, die es gut fand, von einem guten Frauenarzt zu wissen, und strich eine Strähne aus der Stirn.
»Er gehört zu den Besten«, sagte ihr Christian Lenz, und sie hörte an seiner Stimme, dass er ihn schätzte.
»Die Besten gehn«, sagte Schaad und schaute die drei an.
Betroffenheit in den Augen der anderen.
Und dann kam er auf jene Patienten, die einen Arzt ziemlich fordern können. »Vor mir lag mal ein Kerl zum narkotisieren, der ging mir wirklich an die Substanz«, erinnerte er sich jetzt. »Der Typ war vierundzwanzig und trug seine Gesinnung schon auf der Haut:«

»Oh, welch eine deutsche Freude«, warf Christian Lenz hin.
»Ja, ich mag das auch, wenn am Oberarm ein Hakenkreuz eintätowiert ist - *Made in Germany* - und ich ein Schmerzmittel geben soll.«
»Und - hast du ihm die Narkose gemacht?« fragte ihn Luisa.
»Ja«, sagte Schaad bitter und griff nach seinem Glas und stürzte sein restliches Mineralwasser hinunter. Und dann sagte er noch: »Da hat dieses unbesiegbare deutsche Reich eine der blutigsten Geschichten der Welt geschrieben. Und seitdem sind so viele Jahre vergangen. Aber in den Köpfen mancher ist immer noch nichts als Hitlers Erbe.«
»Dieses Erbe wird wohl nie passé sein«, meinte Christian Lenz.
»Ja, dieser deutsche Geist«, sagte Julian Sanders darauf voller Abneigung. Warf einen Blick auf die drei und sagte noch: »Aber Kriege kommen und gehen. Zu allen Zeiten. Das hört nicht auf.«
Und Luisa hatte die Frage, wieviele neue Kriege es im Augenblick auf dieser Welt gibt? Wieviel tote Soldaten? »Ich denke da nur an den soundsovielten Krieg im Nahen Osten.«
»Ja. Siegessicher für die Freiheit. Und den Frieden ...«
»Und wann - was denkst du - wann wird es endlich einen Frieden geben?« fragte sie und schaute Schaad an.
Und der blickte zurück, lächelte nun irgendwie melancholisch und sagte dabei: »Vielleicht im Sterben, im Tod«, und erhob sich vom Sofa, um sich jetzt zu verabschieden. Er sah Christian Lenz an, sagte: »Wenn du willst, dann kannst du mit zu mir nach Hause.«
Die Einladung, sie war Christian Lenz willkommen. Er holte nur rasch ein paar Sachen aus seinem Zimmer, dann brachen sie auf. Auch Julian Sanders kehrte in sein eigenes Zimmer zurück. Ja, und Luisa - sie ging, nachdem sie die leere Mineralwasserflasche und die Gläser in die Küche zurückgebracht hatte, wieder in ihr grosses Zimmer und fühlte sich ziemlich allein.

Spät am Abend war es. Julian Sanders lag auf seinem Bett. Er lag auf dem Rücken, mit offenen Augen und sah in die Dunkelheit. Die Dunkelheit war dunkelblau. Er bewegte sich nicht. Er hörte, dass jemand Musik hörte. Er schnitt ein Gesicht. Was war das für ein Tag gewesen. Was für ein Abend, als er wieder in seine Etage zurückgekehrt war.
Er war nach dem Besuch bei Luisa eine Zeitlang vor Wolffs hölzerner Zimmertür gestanden und hatte sie ungläubig angestarrt. Gestern

Abend war er in diesem Zimmer gestanden, und Wolff und er hatten noch miteinander gesprochen. Er, Julian, hatte noch einen Witz über eine Assistentin gemacht, die neu in der Kieferchirurgie war, und als er ging, hatte er sich nicht mehr umgedreht. Wolff hatte hinterhergerufen: Gute Nacht. Hatte er Gute Nacht gesagt?
»Warum, Wolff?« hatte er gefragt, hatte die Türklinke berührt und einen Finger auf dem silbernen Metall gerieben. Dann hatte er die Hand auf die Türklinke gelegt, sie gehalten und dabei die Stirn gegen das Holz gepresst.
Anschliessend war er in die Küche gelaufen und hatte sich zwei Brote geschmiert. Er hatte diese Brote gegessen und dazu Milch getrunken, aber er hatte nichts geschmeckt.
Danach war er zurück in sein Zimmer gegangen und hatte sich ausgezogen und hingelegt.
Und jetzt drehte er sich auf die Seite, sah zum Smartphone neben seinem Bett und dachte plötzlich an Beatrice, dachte, dass er sie anrufen und ihr seine Anteilnahme hätte sagen sollen.
»Ja«, sagte er.
Nun sah er aus dem Fenster, das offen stand. Blick auf dunkelschwarze Bäume. Blick auf das Krankenhaus. Von der Unfallchirurgie kam Licht. Er sah Wolff vor sich, der in dieser Chirurgie vorgestern noch narkotisiert hatte. Sah sein Lächeln in den Augen, die etwas aufgeworfene Nase, die schweren Lippen. Er lächelte und wunderte sich, dass er lächeln konnte. Er sah dann den Wolff, der nicht mehr da war. Der aus dem Wagenfenster schaute, in den noch dunklen Morgen. Er hörte seine Atemzüge. Seine panischen Atemzüge. Dann fielen ihm seine Augen zu. Das Lächeln in ihnen verlosch.
Und hier ging ein Hadern über Julians Gesicht. Er wollte, dass das nicht wahr war. Dass Wolff zurückkam, in seinem Zimmer war. Er spürte auf seinen Lippen ein Zittern, aber er weinte nicht.
Er hatte dann seine Frau angerufen und lange mit ihr telefoniert. Auch Babette war fassungslos gewesen über das, was heute morgen passiert war.
»Ruf Beatrice an«, hatte sie gesagt. »Auch wenn du kein gutes Verhältnis zu ihr hast.«
»Das mach ich morgen«, hatte er ihr versprochen. »Ich sag ihr morgen mein Beileid.«
Als sie weiter redeten, war ihm, als würde er jeden Augenblick wei-

nen. Aber er weinte nicht. Er konnte die Tränen, die in ihm lagen, nicht loswerden. Und als er sich besonders unglücklich fühlte, hatte er gesagt: »Ich kann nicht weinen«, und eine Hand vor das Gesicht gelegt.
»Doch«, hatte sie gesagt, »du wirst weinen.«
»Ich liebe dich, Babette.«
Und er hörte sie sagen, dass auch sie ihn liebe, und diese Worte klangen von beiden noch nicht abgenutzt.
Dann, als er mit seinem Telefon wieder allein war, sah er erneut Wolff vor sich. Und dabei flackerte ein Gefühl in ihm auf, wie Fieber. Es war ein Anfall von Verzweiflung. Sie hatten sich doch sehr angefreundet in den zwei Jahren, Wolff und er. Sie hatten ihre Wege, ihre kleinen Gewohnheiten gehabt. Hatten vieles zusammen gemacht. Spazierengehen. Joggen. Fussballspielen. Abende zusammen im Wohnheim verbringen, mal mit Kollegen, mal faul vor dem Fernseher. Und manchmal halbe Nächte in einer Kneipe sitzen und über Frauen reden.
»Das ist nur noch Erinnerung«, flüsterte er. Und während er eine Hand unter den Kopf legte, überlegte er, wie es früh Morgens mit Wolff gewesen war.
Wolff war als erster wachgeworden - war um halb sieben ins Bad, so um sieben in die Klinik gegangen, um in der Kantine zu frühstücken, und hatte, wenn er ging, Guten Morgen gerufen, während er, Julian, bis zur letzten Minute im Bett blieb. Er stand erst kurz nach halb acht auf, ging kurz unter die Dusche und zog sich an, trank ein Glas Milch, putzte sich noch die Zähne und fuhr mit dem Rad die zweihundert Meter zur Klinik. Doch sein Rad hatte leider seit Wochen einen Platten und so kam er seitdem immer eine Viertelstunde zu spät. Auch wenn seine Chefin jeden Morgen die Augenbrauen hochzog.
»Kein Guten Morgen morgen früh, Wolff«, sagte er leise und schaute nochmals zum Fenster. Er atmete tief und sagte sich: »Ich sollte jetzt schlafen«, drehte der Wand den Rücken zu und nahm noch einmal sein Telefon, um Luisa zu erreichen. Doch sie hatte ihre Mailbox eingeschaltet. Und so schlüpfte er in eine Jogginghose, in ein T-Shirt und lief im Dunkeln ein zweites Mal nach oben.
Auch Luisa lag wach. Auch sie lag auf dem Rücken, mit offenen Augen. Sie hörte ihn kommen. Ohne sein Pfeifen, mit dem er sonst erschien.

»Darf ich reinkommen, Luisa?«

»Ja.«

Sie richtete sich auf, suchte ihn mit den Augen. Sie machte ein kleines Lämpchen, das noch eine richtige Glühbirne hatte, an. Er trat in das warme Zimmer.

»Stör ich dich?«

»Du störst nicht.«

»Darf ich mich setzen?«

Sie nickte, sagte: »Ich habe nur leider keinen Stuhl«, und machte eine Handbewegung in den Raum. Auf den beiden Stühlen im Zimmer lag Kleidung. Er setzte sich an ihren Bettrand. Sie rückte ein Stück.

Er suchte ihren Blick und sagte: »Ich fand heute noch nicht den Mut, Beatrice anzurufen.«

Wie seine Frau machte Luisa ihm den Vorschlag, ihr seine Anteilnahme auszusprechen, meinte aber: »Nur würde ich es morgen machen. Erstens wird die Klinik oder die Polizei ihr schon den Tod Wolffs mitgeteilt haben, zweitens: inzwischen ist es nach zwölf.«

»Gut«, sagte er. Und es kam eine kleine Spannung in sein Gesicht. Sie sah ihm ins Gesicht: »Du magst sie nicht«, fragte sie ihn.

»Weiss nicht. Nein«, gab er dann zu, und versuchte, sich verständlich zu machen: »Weisst du, ich habe einfach keine Nerven für sie. Sie ist so wählerisch.«

Er wollte sagen, sprich nicht von Beatrice, bitte, mich macht diese Frau rasend. Da sah er die Frau vor sich, die Beatrice hiess - und sie schaute ihn an mit blauen Augen - und so erwiderte er: »Sie wirft die Haare immer so zurück. Aber das muss sie wohl. Sie ist Model.«

»Ist sie schön?«

Er wandte den Kopf und sah Luisa an. Und jetzt huschte fast ein Lächeln über seine Lippen. »Wahrscheinlich.« Er zuckte die Achseln, um noch zu sagen: »Man sagt ihr nach, sehr. Sie hat ein Lächeln«, sagte er, »das ist so leicht, so zart. Und doch glaube ich ihr dieses Lächeln nicht. Da ist nichts, was mir was gibt. Aber sie kann etwas vollkommen Anmutiges haben, diese Frau.« Er stockte und sagte dann: »Und Wolff bewunderte und liebte sie.«

»Und sie, liebte sie Wolff?«

»Ich bin mir nicht sicher.«

»Hast du ihm das gesagt?«

»Ja, hab ich.«

»Und?« fragte Luisa nach einer Pause.
Er schaute sie an und sagte: »Er liebte sie, wie sie ist.«
Er sass dann, mit Blick auf Luisas Bettbezug. Der Bezug war aus Leinen und hatte weisse und braune Karos. Er bewegte sich nicht. Er schluckte. Sie kauerte neben ihm und sah sein Gesicht von der Seite an. Sein Gesicht mitgenommen. Wie ihm helfen?
»Wolff, du bist einfach gegangen«, flüsterte er jetzt ankämpfend gegen Tränen. Er flüsterte die Worte noch einmal, dann hob er die Arme und vergrub seinen Kopf in den Händen. Luisa rührte sich nicht. Sie sah ihn einfach an.
Dann schaute er wieder auf. In ihren graublauen Augen viel Wärme. Sie streichelte ihn am Arm. Er nahm ihre andere Hand, schloss die Finger und hielt sie dann fest. Hielt sich fest. Er atmete dann wieder leichter. Er schien wieder gefasst. Er sagte dann, dass die Machtstrukturen in dieser Klinik Wolff manchmal schon viel ausgemacht hatten.
»Ja«, sagte Luisa.
»Und du weisst ja, dass der Klinikbetrieb auf dem Rücken williger Assistenten gemacht wird. Auch in der Anästhesie. Aber«, und er sagte wie nachmittags, »er hatte ja Klink als Chef gehabt. Also was war es dann? Wenn nicht die Klinik?«
Und dann atmete er ein, sah zu Luisa, sah, wie berührt sie war: »Was für mich aber wirklich unerträglich ist: jetzt zu wissen, dass er so unbemerkt unglücklich sein konnte. Wie konnte das sein?«, hörte sie sagen: »Ach, Julian«, und sagte noch: »Luisa, so unglücklich, bis er nur noch sterben wollte.«
»Wollte er nicht«, sagte sie.
»Aber er hat nicht mehr leben wollen.«
»Das ja«, sagte sie und wandte ihm ein ernstes Gesicht zu.
Er verstand ihre Gedanken. Er fragte dann: »So ist es einem nichts schuldig, dieses Leben?«
Sie strich sich ein Haar aus der Stirn und sagte langsam: »Ich weiss das nicht. Aber ich will vom Leben, dass es trotz allem mit einem gut umgeht. Ich will, dass man Schäden gut übersteht, dass man ein gutes Ende hat. Einen leichten Tod. Und vielleicht hat Wolff ein gutes Ende gehabt«, setzte sie noch hinzu.
»So oder so. Er konnte zuletzt nicht anders, als sich töten«, und er lächelte schwer.

»Wenigstens sieht es so aus«,, bemerkte Luisa.
»He, vielleicht hätte er sich in einem anderen Leben nicht umgebracht? Wenn er zum Beispiel Fussballspieler gewesen wäre?«
»Er war aber Arzt«, antwortete sie.
Jetzt schwiegen sie. Er atmete, ohne sich zu bewegen, und sah einen Moment lang so aus, als würde er jetzt weinen. Aber er schluckte nur. Und dann kam erneut von ihm, fast brutal: »Wenn ich ihm angesehen hätte ...« Er drehte sich zu ihr: »Wenn ich gestern Abend nur länger geblieben wäre ...«
»... dann hätte er sich trotzdem das Leben genommen.«
Er sah sie mit brennendem Blick an. Und in ihm wuchs es, in jedem Winkel, und er wollte sein Gefühl sagen, aussprechen: »Ich habe Schuld.« Er sprach es nicht aus. Er senkte langsam den Kopf und schloss die Augen, damit sie die vielen Tränen nicht sah, die sich nun auf den Weg machten.
Er schluchzte auf.
Und jetzt überschütteten ihn die Tränen und er weinte, wie er es noch nicht kannte.
Sie merkte, er bedurfte Trost. Sie nahm ihn fest in den Arm. Er tauchte sein nasses Gesicht in ihr blondes Haar. Er fühlte sich ohnmächtig in ihrem Arm. Er weinte und weinte. Sie sprach nicht. Auch kein tröstliches Wort. Sie streichelte ihn. Sie war froh, dass er weinen konnte. Sie hielt ihn an sich gedrückt, bis er wieder ruhiger war. Als er sie dann ansah, war Bewegtheit in ihrem Gesicht. Mädchenhafte Bewegtheit. Er schaute sie eine Zeitlang an. Sie blickte zurück. Jetzt galt sein Blick ihrem Mund, ihrem schönen Mund. Sie atmete tief. Ihre Brüste hoben und senkten sich. Nun sah er auf ihre Brüste, und mit einem Mal griff er nach ihrem Hemd. Er zog es aus. Warum gerade jetzt, das wusste er nicht. Das wusste keiner von beiden. Sie sah ihn unverwandt an. Sie strich über sein Gesicht. Er küsste ihren empfindlichen Hals. Er berührte ihre Brüste. Er berührte sie sachte. Er küsste ihren Mund und beugte sich über sie. Seine Hände fassten ihren Bauch an, fassten langsam tiefer. Dass er sie so anfasste, und so zärtlich, überraschte, ja, verwirrte sie. Nun ihr ganzer Körper unter seinen streichelnden Händen. Unter seinen blassen schlanken Fingern. Ihre Gedanken gingen in Richtung seiner Frau, doch sie entzog sich ihnen - zog ihm das T-Shirt aus. Sie streichelte ihn auch. Ihre Berührungen wurden aufmerksamer. Er schaute sie an, bis sie ihn

auch anschaute. Dann drängte er sich an sie. Sie bewegte sich nicht. Ihre Schenkel zuckten und in dem Moment wurden ihre Körper eins. Er drang in sie, drang immer tiefer in ihren dunklen feuchten Körper. Versank in ihr.
Atem, nur noch der Atem von zwei Menschen, die sich einfach liebten.
Wenig später sagte er, als hätten sie eben nicht miteinander geschlafen: »Ich schulde ihm noch ein Mittagessen.«
Luisa lächelte kurz.
Er sah sie wieder an. Ihr Gesicht kam ihm lieblich und weich vor. Und der Raum war einen Augenblick lang von einer schläfrigen Fülle. Er spürte diese Fülle. Ein Lächeln in seinem Gesicht, ein unbestimmtes Lächeln.
Dann löste er sich langsam von dieser Fülle; stand auf, nahm seine Hose und sein T-Shirt und zog sich an. Schaute ihr noch einmal in die Augen und verliess ihren kleinen Raum.

II

Am Morgen danach wachte Luisa wie gerädert auf. Und sie sah einen Moment lang unsicher ins kleine Zimmer. Sie bemerkte, dass sich nichts rührte auf der Etage. Ihre Mitbewohner waren in der Klinik und die Putzfrau, die einmal in der Woche kam, sollte erst morgen kommen.
Sie hatte nicht gut geschlafen in dieser Nacht, hatte sich hin und her geworfen. Sie fühlte sich müde, war aber wach. Sie sah nach einem Wecker, der neben einem alten Teddy auf einer Kommode stand. Ein kleiner Wecker, der acht Uhr zeigte. Sie machte eine langsame Bewegung, drehte sich dann auf den Rücken und sah zum Fenster. Es war wieder ein schöner Morgen. Der Himmel war blau. Die Sonne schien. Der Gesang der Vögel klang nah.
Aber plötzlich dachte sie: »Julian und ich, wir haben zusammen geschlafen«, und setzte sich abrupt auf. Doch als sie aufgerichtet sass, war nicht mehr Julian in ihrem Kopf. Da war dieser Tod plötzlich. Der Tod Wolffs.
Sie lächelte jetzt leicht: »Wolff, er hatte immer so nett gegrüsst. Und immer eine schwarze Lederjacke getragen wie mein Ben.«
Und da sah sie einige Augenblicke einen grossen Mann vor sich: Ben. »Und ich war in gewisser Weise davon berührt worden«, sagte sie zu sich. »Ihn so zu sehen, hat mich wieder sehnsüchtig nach Ben gemacht.«
Ein schwerer Seufzer von ihr.
»Ich sollte mich nicht gleich nach dem Aufwachen in solchen Gedanken verlieren«, sagte sie sich jetzt, und im nächsten Moment stand sie auf.
Sie sass dann mit noch nassen Haaren am Küchentisch; die Hände im Nacken. Vor ihr eine Tasse Kaffee, von dem sie schon getrunken hatte. Essen konnte sie noch nichts.
Sie dachte wieder an Wolf: »Christian, Kurt, Donald, sie haben Erfahrung mit Toten. Aber auf Wolffs Tod werden sie nicht bloss mit ärztlichen Augen hinsehen können. Sie waren seine Kollegen, vielleicht auch seine Freunde gewesen.«
Dann ging ihr durch den Kopf: »Wir haben nicht bemerkt, wie un-

glücklich für ihn sein Leben war. Aber hätten wir ihm helfen können?« fragte sie sich und dachte an Julian Sanders: »Wolff war ihm der liebste Freund. Einer, den er, wenn er ihn ansah, sah. Aber auch er hat nicht gesehen, dass Wolffs Leben ein sterbendes war. Oder hat es nicht sehen können? Hätte vielleicht keiner es sehen können? Vielleicht wollte Wolff ja auch nicht, dass wir es sehen. Auch Julian nicht.«
Dann lächelte sie überrascht. Sie dachte jetzt, wie Julian gestern Nacht zu ihr gekommen war. »Das erste und einzige Mal?« Die vergangene Nacht fühlte sich für sie warm, glühend an, wie Julians Körper, den sie nicht gekannt, aber den sie, als es geschah, begehrt und heftig gespürt hatte. »Ja«, sagte sie und stellte sich die Frage: »War es überflüssig gewesen?« Sie sah aus dem geöffneten Küchenfenster und sagte: »Liebe Luisa, es war schön gewesen.«
Sie sprach seinen Namen aus. Einmal.
Dann trank sie einen Schluck von dem inzwischen erkalteten Kaffee.
»Luisa?«
Eine helle Stimme drang zu ihr.
»Die Putzfrau«, ging es ihr unvermittelt durch den Kopf, und sie erhob sich etwas unbehaglich und ging in den Flur. Und da öffnete sich schon die Glastür und eine kleine magere Frau trat herein.
»Ich bin ja heute eigentlich in einem anderen Haus. Aber ich hab mir gedacht, ich komm rüber und bring der Luisa die Zeitung. Sehen Sie, da steht von dem Doktor, der sich gestern umgebracht hat. Oder haben sie heute schon die Zeitung gelesen?«
Luisa schüttelte verneinend den Kopf.
»Eine halbe Seite haben sie über unseren Doktor geschrieben«, sagte die Frau und übergab ihr die Zeitung, als hätte sie selbst den Artikel geschrieben.
Luisa wusste, dass sie sich für die Gefälligkeit bedanken sollte, doch sie wünschte, dass die Frau möglichst wieder ging. Wobei sie nett war, aber sie redete so ungeheuer viel. Und man musste sich immer sehr viel Banales von ihr anhören. Und überhaupt, Luisa wollte für sich sein, mochte jetzt nicht mit ihr schwatzen. Und deshalb lächelte sie ergeben und sagte: »Ich wünsch Ihnen einen guten Tag.«
»Ich hab es kaum glauben wollen«, fuhr die Frau aber fort und kam weiter herein und stellte sich vor die Badezimmertür, die offen stand. Luisa fühlte sich wie ausgeliefert und musste sich jetzt schon an-

strengen, sie nicht einfach wegzuschicken, und hoffte einfach, dass sie nicht zu lange plapperte.

»Wie konnte er das tun?«

Luisa gab eine ausweichende Antwort.

»Er tut mir ja so leid.«

Darauf erwiderte Luisa nichts.

Die Frau schien auch nicht auf eine Antwort zu warten: »Aber unser Herr Doktor ist nicht der einzige. Von meiner Bekannten, der Mann, der hat sich dasselbe angetan«, und sie holte tief Luft und erzählte Luisa allerhand von dem Bekannten. Fand dann ein paar Worte für seine Frau.

»Sie war todunglücklich gewesen. Sie hatte doch nur ihn gehabt.« Und ihr Gesicht sah einen Moment lang so aus, als wollte sie weinen, aber schon plapperte sie weiter. Das heisst, sie wollte, aber sie konnte nichts mehr sagen, denn Luisa unterbrach sie.

»Wann war das denn, dass sich der Mann Ihrer Bekannten umgebracht hat«, fragte sie.

»Na ja, das war vor sechs sieben Jahren«, sagte sie und ihr Gesicht wurde ruhig. »Und sie geht immer noch jede Woche zum Friedhof, die arme Seele.«

»Ich muss gleich in die Stadt gehen«, betonte Luisa.

»In die Stadt?« wiederholte die Frau und schaute dabei ins Bad.

Luisa riss sich zusammen.

Die Frau sah einen Wollpullover auf dem Wäscheständer liegen. Luisa hatte vorgestern einen von ihren zwei Lieblingspullovern, die noch von Ben waren, mit der Hand gewaschen.

»Soll ich morgen das Bad putzen?« fragte sie jetzt sanft.

»Nicht diese Woche«, sagte Luisa nun mit einem ungeduldigen Lächeln. »Diese Woche brauchen wir Sie nicht.«

»Gut«, meinte die Frau und schien entschlossen zum Gehen.

Luisa sah sie für einen Moment ein wenig nervös an. Denn sie wollte sie diese Woche wirklich nicht sehen. Auch wenn sie eigentlich eine fleissige und auch nette Person war.

Sie sagte ihr nochmals, dass sie gehen müsse.

»Dann werd ich mal«, sagte die Putzfrau nach einer verabschiedenden Geste.

Luisa nickte.

Und dann war sie endlich weg.

Und Luisa setzte sich wieder an den Küchentisch. Nun aber mit der Zeitung. Und sie las den Artikel, der im Lokalteil stand. Wollte sie ihn lesen? Würde nicht jedes Wort sie bekümmern?
Der Artikel war sachlich geschrieben. Offenbar interessierte sich der Journalist nur für Fakten und nicht für Wolffs Gefühlswelten.
»Wolff war ja kein berühmter Arzt gewesen«, dachte Luisa.
Wie auch immer. Die erste Zeile lautete: »Narkosearzt des hiesigen Krankenhauses am gestrigen Morgen tot aufgefunden.«
Dann hiess es, dass er ein junger Mann von vierunddreissig gewesen war: »Und wie die Polizei inzwischen vermutet, ist es ein Selbstmord. Und man geht davon aus, dass dieser Fall heute oder morgen aufgedeckt sein wird, und die Leiche dann freigegeben werden kann.«
Weiter schrieb er, dass Wolff seit Jahren schon in diesem Krankenhaus gearbeitet hatte.
Luisa seufzte.
Er erwähnte noch, dass Wolff mit einem Model gelebt hatte. Er ging aber nicht näher auf Beatrice ein. Er schrieb auch nichts Näheres über die Klinik, die vielleicht ein Grund für seinen Selbstmord war.
»Die Beisetzung wird in der Stadt sein, in der Wolff gelebt hat«, gab er bekannt.
Und jetzt sah sie überrascht ein Foto von Wolff. Ein kleines Foto. Wolff hatte sein Lächeln in den Augen. Sie sah seine klaren Züge. Sie schaute auf. Sie musste plötzlich wieder an Julian Sanders denken.
»Für ihn wird dieser Artikel schlimm sein«, dachte sie.
Und dann flüsterte sie: »Julian, was machst du wohl gerade? Und wie geht es dir dabei?« und ihr Blick fiel auf eine rote Uhr, die auf dem Küchenschrank stand.

Inzwischen war es nach zehn Uhr. Und Julian Sanders, der den Artikel gelesen, aber nicht wirklich gelesen hatte, stand in dem grösseren der beiden Behandlungsräume, in dem zwei Behandlungsstühle waren. In dem kleineren Raum war seine Chefin und bei ihr sass ein halb verstockter Junge. Sie hatte sich auf Kinderzahnheilkunde spezialisiert.
Er beugte sich eben über einen Mann, die Zange in der Hand. Er konzentrierte sich auf einen Zahn oben rechts. Richtiger gesagt, er versuchte, sich auf diesen ruinösen Zahn zu konzentrieren, denn es erschien ihm heute so fremd, so unnatürlich, hier in diesem Raum zu

stehen und zu arbeiten; er wollte nur allein sein und schlafen. Nicht immer wieder den toten Freund vor sich sehen.

Vor zwei Wochen hatte Wolff noch auf diesem Behandlungsstuhl gesessen, und er hatte ihm gesagt, dass er mit seinen festen Zähnen kein guter Patient wäre. Vierunddreissig und noch nichts, nicht einmal eine Füllung.

Wolff war zu ihm runter gekommen, weil er ihn in der Mittagspause zu sich bestellt hatte. Er bestellte regelmässig seine Freunde zu sich, denen er dann den Zahnstein entfernte. Bezahlen tat das niemand. Es war sowas wie eine Gefälligkeit.

Er riss sich aus seinem Impuls, zu grübeln, und sah jetzt mit schmalen Augen den Zahn an, den er gleich extrahieren wird.

»Auf, auf«, sagte er.

Der Patient auf seinem Behandlungsstuhl vermittelte den Eindruck, als würde er Schmerzen empfinden. Dabei konnte er keine Schmerzen spüren, weil er ein Lokalanästhetikum bekommen hatte. Doch der Mann schaute mit wirklicher Angst zu ihm hoch. Seine Lippen zitterten.

»Sie brauchen keine Angst zu haben«, sagte Julian Sanders jetzt.

Diese erbärmliche Angst der Patienten, die legte sich immer auch auf ihn. Weil er in gewissem Sinn ihnen immer zu nahe war. Er war immer zu nah an ihren Gesichtern. Und für sie war er immer der Zahnarzt, der ihnen Schmerz zufügen wollte. Und das machte ihn hilflos und gleichzeitig hart. Denn er wollte ihnen überhaupt nicht weh tun. Das machte keine Lust. Und wenn er Patienten hatte, die sich in ihrer Angst völlig gehen liessen, fühlte er diese Angst wie ein Gewicht. Und wenn sie dann noch ihre Zähne nicht gepflegt hatten, und darum Mundgeruch, krampfte es ihm den Magen zusammen.

Seine Freunde hatten keine Angst. Oder vielleicht nur ein bisschen. Und manche Kollegen, die er behandelte, fragten im Scherz, ob er auch wüsste, was er jetzt bei ihnen tun will? Luisa hatte sich, als er bei ihr eine Wurzelbehandlung gemacht hatte, hinterher bedankt.

»Auf, auf«, sagte er wieder, und machte sich daran, diesem Mann mit seiner Angst einen Zahn zu extrahieren und ihm dann ein Provisorium anzupassen.

Und in den folgenden Stunden hatte er genug zu tun. Und das riss ihn aus seiner Traurigkeit etwas heraus. Der Schmerz, die Gedanken verflüchtigten sich mit der disziplinierten Arbeit. Sieben oder acht

Patienten waren es dann noch nach dem Mann, die zu ihm kamen, wie ein Pfarrer, dem ein Implantat zu setzen war, oder eine Frau, bei der er eine Parodontosebehandlung machte.
Später hätte er einem älteren Herrn, der sehr gute Zähne für sein Alter hatte, noch ein Inlay zu machen. Aber da will er einen Kollegen bitten, ob er das übernehmen würde, weil das der Termin für seine Vernehmung war.

Auf der Intensivstation, wo auch der Tod mitarbeitete, war gerade das vorletzte Bett belegt worden. Von einem Patienten mit einem Herzinfarkt.
Eine Tür weiter, eine Schiebetür weiter, lag ein Mann, der im künstlichen Koma gehalten wurde.
Visite war hier schon um acht gewesen.
Auch bei dem alten Herrn Meyer, der gestern von Kurt Schaad für seine Hemikolektomie vorbereitet und narkotisiert worden war, hatten die Ärzte nach seinem Befinden gefragt. Er war direkt nach seiner Operation hierher gebracht worden und sollte zwei Tage hier liegen.
Er fühlte sich schwach. Er hatte während der Operation Blut verloren. Er hatte auch Schmerzen. Doch der Schmerz war nicht schlimm. Nur ein leichtes Ziehen in seinem Bauch.
Er lag in dem selben Metallbett, in dem er gestern in den Einleitungsraum gefahren worden war. Über ihm hing ein Überwachungsmonitor. In ihm steckte noch der Venenkatheder, den sie ihm schon vor der OP gelegt hatten. Und an einem seiner Finger war ein Fingerhut geklammert. Er sah ihn grübelnd an. Die Schwester hatte Sättigungspulsoxymeter dazu gesagt. Er war grau und sah eigentlich aus wie ein Plastikkrokodil. Und die Schwester hatte mit dem Kopf genickt, als sie heute morgen seine Werte vom Monitor ablas, und dann in ein Blatt eine Kurve eingetragen. Und weil sie auch sein EKG am Monitor überwachte, waren drei Elektroden an seinen Körper geklebt.
Der alte Herr Meyer döste sanft vor sich hin und verfiel immer wieder in einen leichten Schlaf.
Neonlicht fiel in den Raum. Dabei gab es ein Fenster. Einen Fernseher gab es nicht.
Er drehte sich etwas. Er lag nicht allein in dem kleinen, vollklima-

tisierten Raum, den sie Box nannten. Auch auf der anderen Seite stand ein Bett, in dem ein anderer Patient lag, der am Abend zuvor seinen Namen gesagt, den der Herr Meyer aber nicht gehört hatte, weil er undeutlich gesprochen hatte. Der Mann war noch älter als er selbst. Aber er sah jünger aus. Er war froh, weil seine Operation so gut verlaufen war. Er war an der Galle operiert worden.

Er hatte gewusst, dass ein junger Arzt von hier sich das Leben genommen haben soll. Das könne nicht sein, hatte der alte Herr Meyer geantwortet, und der andere hatte noch einmal die Schwester gefragt. Und sie hatte ihnen gesagt, dass das leider wahr sei. Sie war gerade da gewesen und hatte sie gesäubert. Sie kam übrigens jede Stunde. Aber auch, wenn man nach ihr läutete.

Sie hiess Bärbel und war etwa dreissig. Sie hatte ihn vorhin gefragt, als sie nach ihm gesehen hatte, ob er später versuchen wolle, sich aufzusetzen. Er hatte ihr gesagt, er weiss nicht, ob er das schon kann. »Sie können das schaffen«, hatte sie versucht, ihn zu ermuntern.

Er sah etwas bleich zum Fenster hin, das keinen unkontrollierten Luftzug hereinliess. Er hatte Angst. Er dachte, er habe vielleicht doch einen bösartige Geschwulst im Darm, wo sie ihn aufgeschnitten haben. Auch wenn der Doktor, der junge Kerl um die vierzig fünfzig, der heute vorbeigekommen war, ihm gesagt hatte, dass er keinen bösartigen Tumor habe. Aber er blieb trotzdem beunruhigt.

Er wusste, seine Verdauung wird es noch nicht tun, weil Magen und Darm nach so einem Eingriff für ein zwei Tage ausbleiben. Das hatten sie ihm gesagt. Schliesslich war sein Darm frisch aufgeschnitten worden. Und der Intensivdoktor hatte ihm erklärt, dass sein Darm langsam wieder zusammennarbe. Deswegen auch hatte bei ihm eine Drainage gelegt werden müssen.

Er verzog etwas sein Gesicht. Etwas Blut von ihm kam da hinein, in diese leichten Schläuche. Gut, dass er das nicht sehen konnte.

Jetzt fuhr er sich mit der Zunge über die Lippen. Es war der Durst. Er hatte schon eine ganz trockene Kehle. Doch er bekam nur schluckweise Tee zu trinken. Er habe aber Durst, hatte er Schwester Bärbel gesagt und sie um mehr Tee gebeten.

»Vor ein paar Jahren noch hätten Sie gar nichts zu trinken bekommen«, hatte sie geantwortet, und mit ihren feinen Lippen gelächelt. Und dann war sie auf die andere Seite zu seinem Nachbar gegangen, der schon eine Suppe essen durfte.

Wie leicht es ihr fällt, eine erbarmungslose Krankenschwester zu sein. Erbarmungslos und unerbittlich, wie nur Frauen es sein können. Das Bild von seiner verstorbenen Frau blitzte kurz in seinem Kopf auf.
Und in ein paar Minuten wird sie wieder zu ihnen hereinschauen. Und wird bei ihm anfangen. Er wird das Gesicht zu ihr hindrehen. Sie wird ihn mit ihren blauen Augen fest ansehen. Ob sie jemanden hat, der sie in den Arm nimmt? Sie war, wie alle jungen Frauen heute, zu mager. Sie wird lächeln und ihm dann wieder etwas Tee einflössen. Er wird wieder dünnen Tee riechen, und ein bisschen ihren Atem. Sie wird ihn dann vielleicht noch neu legen, oder ihn schon aufsitzen lassen?
Sie tat immer alles so sachlich. Und sie hatte nie ein bisschen Zeit.
Er sah den Raum nicht mehr richtig. Er schloss wieder die Augen und döste wieder sanft.

Im Saal zwei stand das OP-Team von Professor Bergmann, über den gestern gesprochen worden war. Sie hatten gerade bei dem Knie eines alten Menschen eine Spiegelung gemacht. Und Bergmann war von Anfang an gereizt gewesen und hatte schnell operiert. Er hatte zwar alles ganz korrekt gemacht, aber so schnell, dass alle anderen im OP innerlich baten: »Um Gotteswillen, langsam.«
Aber einen Professor Bergmann sprach man nicht an. Nicht während einer OP.
Dann hatte er eine halbe Stunde Pause gemacht, wie üblich nach einer OP.
Und eben fuhren Kurt Schaad und sein Pfleger den nächsten Patienten in den gekachelten Saal. Es war ein kleiner Mann, bei dem heute ein Hüftprothesenwechsel links gemacht werden soll, eine TEP, wie sie hier sagten. Dabei würde man einen langen Metallschaft, der konisch zulief, im Oberschenkelknochen anbringen, den man dem Mann vorher genau anzupassen hatte. Das hatte Bergmann, der diese Hüfte vor einigen Jahren schon einmal operiert hatte, nicht gemacht.
Kurt Schaad blickte auf die Uhr. Sie waren in der Zeit. Bergmann konnte nicht meckern. Er schaute zu dem Patienten. Der erste Assistent von Bergmann strich noch die OP-Stellen ab. Der Anästhesiepfleger legte die Krankenakte auf den Monitor. Und eine der

OP-Schwestern schob den Wagen mit dem OP-Besteck, während Bergmann den Saal betrat.
Schaad richtete seine Augen auf den Monitor. Er lächelte befriedigt. Die Werte des Mannes waren okay.
Bergmann trat gross an den Tisch. »Messer«, sagte er knapp und streckte die Hand. Man reicht ihm ein Skalpell. Er griff danach, sah auf die Hüfte und machte einen glatten Hautschnitt - präparierte sich dann durch die verschiedenen Gewebeschichten bis zum Hüftgelenk. Und weil es bereits eine Prothese gab, musste diese nur von Bergmann luxiert werden. Mit anderen Worten: der Keramikkopf, der in der Gelenkpfanne steckte, musste nur herausgenommen werden.
Und nun hing das Bein zwar noch an der ganzen Muskulatur. Die Haut und die Gefässe, das war alles noch da. Aber der Mann könnte nie und nimmer stehen.
Bergmann kugelte nun das Gelenk aus. Und danach wurde das Bein über das andere geschlagen, in eine Viererposition gebracht. Das liess er den ersten Assistenten machen, der ihm gegenüberstand. Und der Schenkelhals drehte sich heraus.
Jetzt nahm der Chirurg den Keramikkopf ab und schlug ein Aufschlaginstrument ein, einen Metallbügel, den er aufsetzte, und auf dem sich ein Schlitzhammer befand. Die frühere Prothese rutschte heraus, aus dem Oberschenkelkopf. Und er fasste nach der Pfanne und schraubte sie heraus.
Dann setzt man die neue Prothese ein. Das kann man auf zwei Arten machen. Mit Knochenzement, den man mit einer Pistole einfüllt, oder sie wird geschraubt. Bergmann nahm Knochenzement, füllte diesen ein und setzte anschliessend die neue Prothese, soweit es ging, von Hand ein. Anschliessend gebrauchte er einen Hammer, um sie ganz einzuschlagen. Er richtete seine Augen auf die Einschlaghöhle, die es dafür gibt, setzte an, und mit Schwung gab es den ersten Schlag.
Jeder der anderen richtete seine Augen auf die Prothese, und jeder sah, dass sie zu gross war. Aber Bergmann selbst hatte diese Prothese gewählt. Er hatte nicht die Hüfte ausmessen oder sich die Prothese zeigen lassen. Er hatte einfach die Prothese, die für diesen Mann gekommen war, für passend befunden.
Der erste Assistent zögerte; sagte dann schnell und leise: »Könnte

die Prothese vielleicht nicht zu gross sein, Herr Professor?«
»Nein, das kann sie nicht«, fand Bergmann.
Nun wandte Kurt Schaad sich an ihn: »Die geht aber nicht rein, Herr Professor.«
Bergmann hob den Kopf. Seine Augen wurden klein. Er blickte Schaad an. Er blickte zu dem Assistenten, der auf der anderen Seite vom OP-Tisch stand. Er dachte kurz nach. Dann bat er ihn: »Wollen Sie bitte versuchen, die Prothese reinzubekommen?«
Nicht nur der Angesprochene wurde blass.
Schaads Stirn verdüsterte sich.
»Tut mir leid«, sagte der Assistent mit zittriger Stimme. »Ich kann das nicht«, und sah die Prothese, nur nicht Bergmann an.
Auch Bergmann sah wieder auf das Bein und schlug wieder auf die Prothese ein. Und der Sekundenzeiger der runden Uhr über der Tür zitterte, war eine Sekunde weiter. Eine weitere Sekunde weiter. Die Sekunden wurden eine Minute. Und die Minuten nahmen ihren Lauf. Und Bergmann hämmerte. Er hämmerte immer weiter. Er hörte nicht auf.
Und nun war ihm der Fehler passiert, der irreparabel war. Jeder hatte von vornherein gesehen, dass diese Prothese nicht passte. Jeder hatte gedacht, wenn er doch bloss den Schaft ausgemessen hätte. Oder wenn er geschraubt hätte. Dann wäre der Knochenzement nicht getrocknet, und die Minuten ihm nicht davongelaufen; diese acht Minuten, bis der Zement ausgehärtet ist.
Und Schaad sah angestrengt zu Bergmann, bis er sehr langsam sagte: »Man könnte meinen, Herr Professor Bergmann, dass Sie der einzige sind, der so eine Hüftprothese auswechseln kann.«
»Das wollen gerade Sie als Anästhesist beurteilen?« fragte der. »Sie tragen ja sogar die OP-Haube verkehrt herum.«
Die OP-Haube verkehrt herum tragen bedeutete, dass man die Enden nicht nach hinten wickelte und verknotete, sondern vorn am Hals zu einer grossen Schleife band. Kurt Schaad trug seine OP-Haube immer so, wenn er mit Bergmann im OP stand.
Schaad versagte sich eine zynische Antwort. Er warf bloss einen Blick auf Bergmann und murmelte unter seinem Mundschutz in sich hinein: »Er ist kein Mensch.« Doch in bezug auf das, was Bergmann gerade gemacht hatte, konnte er nicht schweigen, und deshalb hörte er sich im nächsten Augenblick sagen: »Sie sind ein Schwein, Herr Professor.«

Nun trat eine furchtbare Stille ein. Und in diese sagte Kurt Schaad noch einen Satz, der Bergmann erstarren liess. Er fragte laut: »Werden Sie ihn auch noch umbringen?«

Die Luft gefrierte förmlich.

Die Antwort von Bergmann: »Diese Beleidigungen werden ein Nachspiel haben.«

»Werden sie das?«, fragte Schaad mit einem unbeugsamen Lächeln.

»Passen Sie auf, Schaad.«

»Herr Professor«, sagte Schaad sehr ruhig und richtete die Augen fest auf das Gesicht des Chirurgen. »ich fürchte, Ihnen hat dieser Mann jetzt zu verdanken, dass er nicht mehr wird laufen können, sondern nur noch irgendwie hinken.«

Alle schauten Schaad an. Dankbar. Denn er hatte sehr klar und deutlich gesagt, was alle dachten.

Bergmanns Gesicht wurde böse.

Schaad fuhr fort: »Der Zement ist ja bereits ausgehärtet. Und das heisst, dass Sie diese Prothese auch nicht mehr rausbekommen werden. Oder wissen Sie das nicht mehr, Herr Professor?« fragte er noch deutlicher.

Bergmann schlug daraufhin noch brutaler auf die Prothese ein.

Und das wirkte auf alle ungeheuerlich. Das nahm ihnen die Luft. Die OP-Schwestern sahen nicht mehr hin. Sie ertrugen es nicht mehr, hinzuschauen. Der zweite Assistent wurde richtig bleich.

Bergmann presste seine dünnen Lippen jetzt ganz zusammen, schlug auf die Prothese ein und sagte dann geringschätzig zu Schaad: »Sehen Sie lieber in Ihren Monitor.«

Aber Schaad sah wieder zu Bergmann. Seine Augen liefen an: »Herr Professor«, sagte er wieder, »dank Ihnen stimmt mein Beruf nicht mehr.«

Und er wusste in diesem Augenblick, dass er diese Facharztstelle kündigen und damit sein Leben verändern wird. Und alle, die im OP standen, wussten es auch. Alle sahen ihn an. Bergmann auch. Und der lächelte und fragte: »Warum sind Sie dann noch hier?«

»Bald nicht mehr«, sagte Schaad und verschwand jetzt hinter seinem OP-Tuch. Er schaute aufmerksam wieder auf seinen Monitor. Er sah sich alle Werte an. Der Mann schien die OP verhältnismässig gut zu vertragen, die nun sehr schnell gegen ihr Ende ging.

Ohne ein Wort verliessen dann Bergmann wie Schaad den OP, wäh-

rend der Anästhesistenpfleger den Patienten in den Aufwachraum brachte. Etwa in einer halben Stunde wird er aufwachen, ohne erfahren zu sollen, dass der Operateur, den er sich ausgesucht hatte, und zu dem er mein Lieber Professor sagte, ihm eine zu grosse Hüftprothese angepasst hatte.
Kurt Schaad ging rascher als Bergmann und war schon im Vorraum und rief bei der Sekretärin seines Chefs an und fragte, ob sie ihm heute noch einen Termin bei seinem Chefarzt geben könnte. Er müsse mit ihm reden. Er sagte: »Unter vier Augen.«
Es täte ihr leid, sagte sie, aber Professor Klink wäre heute Nachmittag bei der wöchentlichen Chefarztkonferenz.
»Aber wie wäre es morgen um halb drei?« fragte sie dann.
»Gerne«, sagte er.
Er überlegte dann, ob er einen Kollegen, der zu Hause war, anrufen und fragen sollte, ob dieser ihm heute seine weiteren OPs mit Bergmann abnehmen könnte. Aber das wäre nicht er, dachte er, und ging als nächstes den Weg zum Aufwachraum, um nach dem Mann zu schauen, dem gerade die Hüftprothese ausgewechselt worden war.
Etwa eine halbe Stunde später kehrten er und sein Pfleger mit dem dritten Patienten im Narkoseschlaf, einem Mädchen, das noch zur Schule ging, in den OP zurück, wo inzwischen die chirurgischen Instrumente ausgewechselt worden waren - für die nächste OP schon wieder gesäubert und desinfiziert worden war und alles geordnet auf seinem Platz lag.
Während Kurt Schaad hinter ihr ging, ging die Tür auf und auch Bergmann kam herein. Er warf ihm einen finsteren Blick zu, als er den OP betrat. Schaad erwiderte seinen Blick.
Ohne ein Wort ging es dann weiter.

Inzwischen war es früher Nachmittag. Es war gegen zwei. Und gegen zwei war normalerweise die Übergabe bei den Schwestern vorbei. Es waren schon *die* Schwestern und Pfleger gekommen, die die Nachmittagsschicht hatten.
Patienten, für die es wichtig war, hatten jetzt neue Runden mit Infusionen. Auf der Onkologie gab es die nächsten Chemotherapien, Und es war auch die Zeit, in der Bluttransfusionen durchgeführt wurden.
Auf der Inneren nahmen Ärzte in dieser Stunde *ihre* neuen Patienten

auf. Sie hatten die Morgenstunden in ihren sogenannten Funktionen verbracht. Die Visite gemacht.

Jedoch nach der Visite war es meistens schon nach Mittag. Und weil es dann meistens schon halb zwei war, auch zu spät, um noch in die Kantine zu gehen.

Die neuen Patienten waren gewöhnlich vormittags angekommen und sie hatten schon ihre Krankenzimmer bezogen - ihre Sachen in Schränke geräumt. Man hatte ihnen Blut abgenommen, sie zum Röntgen geschickt. Manche von ihnen mussten zum EKG. Krankenschwestern hatten Blutdruck und Puls gemessen und gesagt, sie sollten sich hinlegen und ein wenig ruhen.

Jetzt aber lagen sie in ihren Betten und warteten, dass ein Arzt zu ihnen kam, um sie zu untersuchen, sich mit ihnen zu unterhalten. Und heute war Dr. Karsten Cremer dieser Arzt.

Wenn er, der auf die vierzig zuging, ein Krankenzimmer betrat, kam er ruhig in den Raum, schloss die Tür hinter sich, sagte Guten Tag und sah die Patienten gleichzeitig mit einem leichten Lächeln an.

Bei der Anamnese stellte er, so wie seine Kollegen, gezielte Fragen über ihre Beschwerden in einer Sprache, die sie verstanden. Hörte sich unlogische Antworten an. Oder wortkarge. Anderen liefen Tränen aus den Augen, wenn sie antworteten. Wieder andere verstiegen sich in Selbstdiagnosen. Und wenn ein Patient versuchte, sich seine Angst von der Seele zu reden, machte er eine anteilnehmende Bemerkung, liess aber kein längeres Gespräch zu. Er erinnerte den Patienten wieder an seine physischen Beschwerden. Er fragte, was für eine Vorgeschichte er hatte, was für Vorerkrankungen, und ob er vorher behandelt worden war.

Dann untersuchte er den Patienten. Und danach konnte er vielleicht schon erste Diagnosen stellen, sagen, an was für weitere Untersuchungen er denkt, welche Therapien ...

War mit allen Patienten gesprochen, begab er sich in sein Arztzimmer, ein kleines Zimmer, füllte seine Aufnahmebögen aus, und gab seine Röntgenanforderungen in den Computer.

Gewöhnlich wird dann gegen drei der Oberarzt auf die Station kommen und sich die Neuzugänge anschauen. Karsten Cremer wird ihm bei jedem einzelnen sagen, was für eine Vorgeschichte er hatte, welche Beschwerden jetzt. Welche ernsten Fälle heute aufgenommen worden waren.

Heute war beispielsweise ein fünfundsiebzig Jahre alter Mann gekommen, der Leberkrebs hatte und dies wusste. Und Karsten Cremer hatte aus den Befunden schon ersehen können, dass es ein unheilbarer Tumor war.
Doch noch war die Stunde um zwei. Die Zeit, wo man nach Mittag wieder die ersten Patienten herumlaufen sah. Und viele von ihnen liefen mit ihren Infusomaten, dem Gerät, das die Infusionen steuert. Sie gingen damit sogar in die Cafeteria oder nach draussen.
Und dort sassen sie dann auf den Bänken, die vor dem Krankenhaus aufgestellt waren und unterhielten sich. Sie erzählten von ihren Eingriffen, oder sprachen über irgend etwas. Über sich. Über ihre Arbeit. Doch heute unterhielten sie sich nur über den Tod von Martin Wolff. Die einen gaben an, dass sie alles wussten, andere wussten gar nichts. Aber man hatte doch das eine oder andere gehört. Die Schwestern hatten auch nicht immer acht gegeben und das eine oder andere gesagt. Und jeder hatte natürlich irgendwie mitgehört. Und dann hatte einer dem anderen über das erzählt, was er so erfahren hatte.
Sie fragten sich, wie das geschehen war. Das scheint ein Selbstmord gewesen zu sein. Kein gewöhnlicher Tod. Es war auch kein Mord, wusste jemand aus der Zeitung. Und er wusste, dass die Kriminalpolizei auch nicht mehr wisse. Sie wunderten sich, wie es sein konnte, dass so ein junger Arzt sich einfach so umbringt. Aber irgendeinen Grund musste sein Selbstmord gehabt haben. Der eine oder andere sagte, dass er sich den jungen Arzt manchmal angeschaut und sich gefragt hatte, ob mit ihm auch alles in Ordnung gewesen war. Er war ja auch immer sehr schweigsam gewesen. Und jetzt hat er sich wirklich das Leben genommen, sagten sie.
»Ob er sich gar wegen einer Frau das Leben genommen hat?« überlegte eine Frau. Sie könne das gut begreifen. Bei einem solchen Mann wäre das nicht zu begreifen, antwortete man ihr. Ein Arzt braucht doch einen starken Charakter. Und hat Anerkennung und festen Boden unter den Füssen. »Ein Arzt ist auch viel zu reich, um so unglücklich zu sein, dass er sich das Leben nimmt«, behauptete einer, der sich einbildete, dass Geld eben Leiden aufhält. »Kein Mensch ist wie ein anderer«, antwortete die Frau ihm darauf, »und dieser Arzt war auch nur ein Mensch. Vielleicht hat er eine Enttäuschung erlebt, die ihn eben so unglücklich gemacht hatte, dass er

nicht mehr leben konnte.« Eine andere gab ihr recht und fügte hinzu: »Und so reich sind Ärzte auch nicht.«
»Vielleicht hatte er Schulden?« dachte einer.
Und einer, der in einer Kneipe arbeitete, sagte ganz leise: »Vielleicht hat er getrunken?«
Inzwischen waren auch die ersten Besucher gekommen. Die Freunde. Die nahen Verwandten. Die Eltern. Die Ehefrauen mit Kindern. Und gewöhnlich gingen die Erwachsenen dann mit dem Patienten auf dem Gang spazieren oder sassen mit ihm vor dem Krankenzimmer, mit Blick auf spielende Kinder.
Andere wechselten den Ort und gingen in einen der Lichthöfe. Es gab hier schöne Lichthöfe, in denen man sich hinsetzen und eine ruhige Stunde verbringen konnte.
Manchmal lauerten sie an der Tür des Schwesternzimmers, und wenn sie eine der Schwestern sahen, liefen sie auf sie zu und sagten ihr, dass sie unbedingt den Arzt sprechen müssten: »Mein Onkel ist schon vier Tage in diesem Krankenhaus, und ich habe noch keinen einzigen Arzt gesehen.« Und damit kamen sie zu ihm, zu Karsten Cremer, der in seinem Arztzimmer sass. Er zögerte dann jedesmal, die Tür zu öffnen, derweil er sie schon öffnete, und schon fragte ihn sein Besucher: »Herr Doktor, hätten Sie kurz Zeit für mich?« Die hatte er eigentlich nicht. Eigentlich hatte er Wichtigeres zu tun. Ausserdem war der Mann doch gestern erst bei ihm gewesen. Und Karsten Cremer dachte, während er auf die Uhr sah: »Ich soll in zehn Minuten auf der Röntgenbesprechung sein. Und jetzt muss dieser Typ schon wieder mit seinem Onkel kommen.«
Nur - so war das immer.

Was war noch um diese Zeit? Im OP-Trakt war noch immer der Geruch von Jod und Lysol über allem. Immer noch wurde operiert. Es war schwer, das Ende eines OP-Tages genau zu bestimmen. Es konnte sein, dass zwölf dreizehn Stunden operiert wurde oder noch länger.
Bei dem Team von Bogart war das aber heute nicht so. Sie kamen schon raus.
Und gerade verliess Christian Lenz den OP der Gynäkologie. Mit einer Patientin, die noch etwas blass aussah. Auch der Anästhesist sah etwas blass aus.

Und Bogart kam aus dem OP. Zusammen mit seiner Assistentin, der er den Vortritt liess. Kittel und Handschuhe hatten sie abgelegt. Sie schaute zu ihm. Er sah gutgelaunt aus. Alle Operationen waren heute gut gelaufen.

Er hatte viertel vor acht Uhr angefangen zu operieren. Als Erstes die Mamma-PE an einer rechten krebsverdächtigen Brust, über die Kurt Schaad gestern noch gesprochen hatte.

Die OP-Lampe, die hatte Bogart sich, wie immer, selbst eingestellt. Der chirurgische Tisch war schon gedeckt gewesen. Und dann hatte er noch, bevor es losging, von seinem Schemel gefragt, ob nicht wer die CD von Jeff Buckley einlegen könnte? Das tat er fast immer, Musik hören, während er operierte; das machten auch viele Kollegen von ihm so.

Und dann hatte er, mit Blick auf das desinfizierte OP-Gebiet, nach dem Skalpell gefasst und den ersten Schnitt in die Haut gemacht. Einen Segmentschnitt unterm Dekolleté. Und Bogart hatte zu seiner Assistentin davon gesprochen, dass dieser Segmentschnitt, oder Radiusschnitt immer etwas anders ist. »Das kann man nicht ganz genau bestimmen, weisst du.«

Das wusste sie.

»Da lässt man seinen Blick, sein Gefühl entscheiden. Sein Gefühl für Hautschichten. Und dann weicht der Schnitt vielleicht zwei Millimeter ab, wie hier bei dieser kleinen Brust. Das ist die Intuition des Chirurgen, die nicht im Widerspruch zu seinem Tun steht. Das macht dann den guten Operateur. Verstehst du?«

Die Assistentin, die nun die Wundränder auseinander hielt, sagte: »Ja, ja«, und lächelte unter ihrem Mundschutz, während Jeff Buckley ein nächstes Lied sang.

Nun hatte Bogart eine Klemme in der Hand, womit er das fragliche Gewebe fasste. Dann entfernte er dieses vollständig mit der Schere. Anschliessend bewirkte er mit bipolaren Strom die Blutstillung.

Das Zunähen jetzt aber liess Bogart seine Assistentin machen. Im Zunähen war sie schon geübt.

»Gut gemacht«, sagte er jetzt zu seiner Assistentin und bedeckte die Wunde mit einem sterilen Verband.

Sie lächelte ihm zu.

Ein Pfleger brachte dann das entfernte Gewebe in die Pathologie. Sie warteten. Und als sie etwa eine halbe Stunde später erfuhren, dass die Sache nichts Ernstes war, atmeten alle auf. Der Tumor war gutartig.

Dann hatte Bogart in knapp drei Stunden eine Brustamputation gemacht. Hatte eine grosse schwere Brust radikal aus ihren Rippen geschnitten, die dann tot vor ihren Augen lag. Es war ein hässlicher Anblick. Die Frau wird hoffen zu überleben. Er wird ihr nicht sagen, dass er bei so einem fortgeschrittenem Tumorstadium nicht viel Hoffnung hat für sie.

Nach dieser OP hatte er Mittagspause gemacht. Wieder im OP-Bereich, mit seiner Assistentin, die für ihn Zuneigung fühlte, noch einen Kaffee getrunken, den er für sie am Kaffeeautomaten zog, und an die nächsten Eingriffe gedacht. »Die Schwestern dürften jetzt die erste Abrassio vorbereitet haben«, sagte er.

Eine Ausschabung war in der Regel kein grosser Eingriff. Das konnte schon ein Assistenzarzt. Doch bei Privatpatienten, da hatte es ein Oberarzt zu machen.

Aber dem Bogart, für den *jeder* ein Patient war, ob privat oder nicht, war das gleichgültig. Er machte sie, hörte dazu Musik. Zwei drei Songs, und das wars auch schon. Eine Abrassio dauerte vielleicht fünf bis acht Minuten. Wenn nicht irgendwo ein Tumor war.

Als sie in den OP zurückkamen, wo der Tisch schon gedeckt war, brachten Christian Lenz und sein Pfleger gerade die Patientin herein. Eine junge Frau.

»... oh, die ist hübsch«. sagte der OP-Pfleger überrascht. Dann legte er die Krankenakte ab.

Bogart sagte: »Legt ihr bitte die Beine hoch«, und warf dabei einen Blick auf das Gesicht der jungen Patientin.

Der Anästhesistenpfleger legte ihre Beine auf den Beinhalter, und die Assistentin legte ihr ein OP-Tuch auf den Bauch. Bogart liess sich das Hysteroskop reichen. Christian Lenz sah auf den Monitor.

»Sind ihre Werte okay?« fragte ihn Bogart.

»Sind ...«, und Christian Lenz unterbrach sich im gleichen Moment und erblasste. Er bat um den OP-Plan. Jemand reichte ihm das Blatt. Er griff nach der Akte, er las nach.

Bogart schaute ihn fragend an.

»Die Frau, die hier liegt, müsste fünfundfünfzig sein«, sagte er.

»So sieht sie grad nicht aus«, hörten sie den OP-Pfleger in sich hinein sagen.

Bogart dachte: »Kannst du nicht vorher in die Akte schaun?« und für eine Sekunde war Vorwurf in seinen Augen. Aber dann dachte er, dass der Kollege ja erst gestern Wolff gefunden hatte, und fragte nur: »Hast du die Akten vertauscht?«
»Ich muss die Akten vertauscht haben«, sagte Christian Lenz und entschuldigte sich: »Mir ist sowas noch nie passiert.«
»Es ist ja in diesem Fall nicht so schlimm«, versuchte Bogart jetzt zu mildern. »Wir haben ja noch eine Abrassio.«
»Aber sowas ist mir noch nie passiert«, sagte Christian Lenz nochmal, der ihm dankbar war, dass er so reagierte.
»Schwamm darüber«, und dann fügte Bogart hinzu: »Du hast erst gestern das mit Wolff erlebt.«
Er sagte dies nicht nur, um etwas zu sagen.
»Nein wirklich«, sagte er noch und musste plötzlich an die Freundin von Martin Wolff denken.
Beatrice war vor zwei Wochen bei ihm gewesen, und hatte sich von ihm untersuchen lassen. Und er hatte ihr danach, als sie wieder angezogen war, gesagt, sie sei eindeutig schwanger. Aber sie wollte abtreiben. Sie sieht sich nicht in der Mutterrolle, hatte sie ihm gesagt. Er hatte ihr hart geantwortet, einer Abtreibung könnte er nicht einfach zustimmen. Denn nichts spräche für ihn dafür. Sie könnte nicht arbeiten, hatte sie mehrmals gesagt. Arbeiten könne sie auch nach der Geburt wieder. Und sie lebe doch mit Wolff? Oder wolle sie sich von Wolff trennen? Wenn nein, dann hätte das Kind doch ein richtiges Familienleben. »Überlegen Sie es sich noch einmal, bitte«, hatte er noch gesagt, und dass im Ultraschall jetzt schon ein winziger Mensch zu sehen ist.
Er hatte erreicht, dass Beatrice sich noch einmal Gedanken über ihre Schwangerschaft machen und mit Wolff sprechen wollte. Sie beide wollten ein zweites Mal Ende April reden. Dann wäre sie in der neunten Woche.
Die ärztliche Schweigepflicht nahm Bogart ernst. Er verlor nie ein Wort darüber, was mit seinen Patientinnen gesprochen wurde. Auch jeder Satz mit Beatrice blieb bei ihm.
Er hatte schon viele Ausschabungen gemacht. Er hatte nicht ganz so viele Abtreibungen gemacht. Er trieb nicht gerne ab. Vor allem, wenn es keine medizinische Indikation gab. Dann war es quälend für ihn, zu entscheiden, ob man abtreiben oder ob die Frau das Kind

behalten sollte. Er fand, die Frauen schuldeten den Embryos von kleinen Söhnen und Töchtern eine Erklärung.

Er hatte die neue Akte holen und fragen lassen, wie alt denn die junge Frau sei, und Christian Lenz hatte erwidert: »Vierundzwanzig.« Und jetzt begann er mit der ersten Abrassio. Er sah zuerst mit dem Hysteroskop, einem Instrument, das lang wie eine Stricknadel, aber dicker war und eine Kamera besass, in die Gebärmutterhöhle. Er leuchtete sie aus. Er leuchtete auch die Gebärmutterinnenwand aus. Und in einem Monitor bekamen er und sein OP-Team zu sehen, dass in ihr keine Polypen oder sonstige Veränderungen vorhanden waren. »Schön«, meinte er dazu und er griff nach der sogenannten Kürette und führte die eigentliche Ausschabung durch. »Sieht gut aus«, fand er nun, und kratzte und kratzte, und das klang, wie wenn hartes Metall auf Sandstein kratzt. Und dann entschied er: »Das genügt«, und reichte die Kürette der OP-Schwester, die neben seiner Assistentin stand.

Wenig später brachte der Pfleger die andere Frau herein. Mit der Krankenakte von vorhin. Und über sie äusserte er nicht, wie hübsch sie war.

Bogart wollte noch ein Lied von Jeff Buckley hören, und mit *I Shall Be Released* fingen sie wieder an und es dauerte wieder nur etwa fünf Minuten, dann war auch diese Abrassio beendet.

»Das wars«, erklärte er jetzt zufrieden und zeigte auf die Frau.

Alle nickten.

Er dankte allen.

Die Patientin wurde aus dem OP geschoben.

»Bis morgen«, sagte er noch zu den anderen. Dann sah er zu seiner Assistentin, die in der anderen Ecke vom OP stand, und fragte: »Wollen wir?«

Sie nickte, er nahm seinen Mundschutz vom Gesicht und sie verliessen den OP. Die Uhr über der Tür, die das Aussehen einer Bahnhofsuhr hatte, zeigte nach zwei.

Zur selben Zeit stand Julian Sanders an der Pforte des Polizeipräsidiums. Er war gerade hereingekommen, und ein älterer Beamter fragte ihn, zu wem er möchte.

»Zum Kriminalhauptkommissar«, sagte Julian Sanders und schaute ihn freundlich an. »Ich habe heute bei ihm um zwei einen Termin.«

Es war zwanzig nach zwei. Aber Julian Sanders war grundsätzlich über der Zeit. Und es tat ihm immer leid. Doch heute war es nicht zu lange. Weil er sofort einen Parkplatz gefunden hatte.
»Wie heissen Sie?«
»Julian Sanders.«
»Er kommt gleich«, sagte der Pförtner und schaute ihn nicht an.
Julian Sanders musste nicht lange warten, schon kam ein Mann, gross wie er, sportlich wie er. Der Kriminalhauptkommissar selbst, der wirklich ein kinoreifes Gesicht hatte, holte ihn an der Pforte ab. Sie gingen sehr lange Flure. Während sie gingen, sagte Julian Sanders, es tue ihm leid, dass er sich etwas verspätet habe.
Ob er heute Dienst gehabt habe, fragte der Beamte.
Julian Sanders nickte.
Der Kriminalhauptkommissar nickte zurück, hielt eine Tür auf und führte ihn in einen hellen Raum, der das Vernehmungszimmer war. Er führte ihn nicht in sein Büro, weil dort Stempel lagen und Beweismittel liegen könnten, die nicht für fremde Blicke bestimmt waren.
Als sie das Vernehmungszimmer betreten hatten, waren moderne, weisse Büromöbel zu sehen, wie zwei Schreibtische, mit Stühlen zu beiden Seiten.
An einem der Schreibtische sass eine Frau, die noch sehr jung war. Sie war auch hübsch. Sie hatte sie kommen hören und aufgeschaut und Guten Tag gesagt. Sie hatte Julian Sanders Namen gewusst.
Auf ihrem Schreibtisch stand ein Computer. Auf dem andern lagen zwei Handys. »Auch wir haben Bereitschaftshandys«, sagte der Kriminalhauptkommissar jetzt zu Julian Sanders Blick auf die Telefone, den er wahrgenommen hatte.
Auf dem Fensterbrett standen zwei Palmen in weissen Übertöpfen. An einer Wand hing ein Plakat, auf dem stand: Keine Macht den Drogen.
Der Kriminalhauptkommissar bot ihm Platz an dem Tisch ohne Computer an. Dann setzte er sich ihm gegenüber. Julian Sanders hörte Kommen und Gehen. Eine Tür schlug. Er hörte eine Stimme. Der Kriminalkommissar betrachtete ihn.
Die junge Frau, die unweit von ihnen sass und die seine Antworten in den Computer schreiben wird, fragte ihn: »Möchten Sie etwas trinken? Einen Kaffee? Ein Mineralwasser?«
»Ein Wasser.«

Sie brachte ihm ein Mineralwasser. Sie ging zu ihrem Chef, der von ihr einen Kaffee mochte. Sie schenkte sich dann ebenfalls einen Kaffee ein, mit viel Zucker.

Der Kriminalhauptkommissar sagte jetzt, dass er ein paar Angaben zu seiner Person bräuchte. Und Julian Sanders hörte sich seinen Namen sagen, sein Alter, seine Adresse, seinen Familienstand, seinen Beruf.

Er betrachtete den Beamten, während er das alles sagte, und hatte den Eindruck, dass da ein freundlicher Mensch vor ihm sass. Und er sah, dass er feste, ein wenig unregelmässige Zähne und auch keine Entzündungen am Zahnfleisch hatte.

»Wie lange kannten Sie Martin Wolff?«

»Seit etwa zwei Jahren«, sagte Julian Sanders. Und sagte ihm, dass es eine richtige Freundschaft gewesen war, und sie auf einer Etage zusammengelebt hätten.

»Dann hat er Ihnen auch persönliche Dinge gesagt?«

»Ja«, erwiderte Julian Sanders und trank vom Wasser. »Aber er war nicht jemand, der viel von sich geredet hat«, und dachte: »Ich muss doch dem nicht erzählen, was ich von Wolff weiss.«

»Und Sie selbst? Erzählen Sie von sich?«

»Auch nicht sehr«, wollte er jetzt sagen, aber er nickte. Dann sah er sein Glas vor sich stehen und griff danach.

»Dann waren Sie sehr verschieden, Ihr Freund und Sie.«

Noch das Glas in der Hand, meinte Julian Sanders: »Nein.« Er trank. Und als er getrunken hatte, wurde er gefragt: »Sie wohnen im Nebenzimmer?«

»Ja, ich war sein Zimmernachbar.«

Der Kriminalkommissar verzog keine Miene: »Hätten Sie sich vorstellen können, dass er einen Suizid macht?«

»Nein«, antwortete Julian Sanders, der nicht mehr darüber sagen wollte.

»Ja?« fragte der Beamte auffordernd.

Für einen Augenblick zögerte Julian Sanders. Aber dann sagte er leise: »Wenn ich es mir hätte vorstellen können, dann hätte ich nicht tatenlos zugesehen ...« Und der Kriminalbeamte, der ihn anschaute, sah in seinen Augen, wieviel Zuneigung er für seinen Freund gehabt hatte - und spürte, wieviel Leid in ihm sein musste. Und gab ihm einen Moment Zeit. Dann fragte er ihn, ob er und sein Freund sich viel gesehen hätten.

»Doch«, sagte Julian Sanders und sah ihn an. Der Blick wurde länger, wurde nachdenklicher. »Also, in der letzten Zeit machten wir schon weniger«, sagte er dann. »Und vielleicht war er auch schweigsamer als früher.«

»Verstehe«, sagte der Beamte sanft.

»Ich dachte mir, er wäre erschöpft von seinem Job in der Klinik. Er war oft zehn zwölf Stunden im OP. Und dann seine vielen Dienste.«

»Und dann hat er sich auch nicht ausgesprochen«, sagte der Kriminalhauptkommissar.

Julian Sanders schüttelte den Kopf, und der Beamte nickte und fragte dann weiter: »Wie heisst eigentlich seine Freundin?«

»Beatrice«, antwortete Julian Sanders etwas zögernd. Ihren Nachnamen sagte er nicht.

Die Schreibkraft machte einen Absatz. Sie lächelte ein wenig. Sie hatte gemerkt, dass Julian Sanders ihrem Chef gefiel. Auch auf sie machte er einen netten Eindruck.

»Haben Sie mitbekommen, wie oft er seine Freundin gesehen hat?«, fragte der Kriminalhauptkommissar dann, der auch dieses Zögern bemerkt hatte.

»Hab ich«, sagte Julian Sanders. »Wenn er Zeit hatte, fuhr er immer zu ihr nach Hause. Er lebte mit ihr.«

»Und wie ihre Beziehung war, ob sie ein Problem hatten, wussten Sie das?«

»Also, auch was Beatrice betraf, war Wolff nicht sehr gesprächig«, antwortete Julian Sanders widerwillig.

»Aber Sie haben sie gekannt?« fragte der Beamte jetzt und trank einen Schluck von seinem Kaffee.

Danach gefragt, wollte er schon antworten, er kenne sie eigentlich nicht. Aber das wäre eine Lüge. »Ich habe sie ein paarmal gesehen«, gab er zu und strich sich übers Gesicht.

Der Kriminalhauptkommissar nickte wieder. »Und Sie mögen sie nicht?« fragte er jetzt und sah ihn aufmerksam an.

»Nein«, antwortete Julian Sanders bedacht. »Aber ich weiss, Wolff hat sie sehr geliebt«, sagte er noch im gleichen Ton. »Er wollte sie sogar heiraten. Aber Beatrice wollte nicht.«

Der Kriminalkommissar, der Beatrices Brief gelesen hatte, stellte nun keine Frage. Er beobachtete Julian Sanders.

Julian Sanders warf einen Blick durch den Raum. Schaute das Plakat mit den Drogen an. Sah dann wieder den Kriminalbeamten an.

»Ihr Freund hiess ja Dr. Martin Wolff«, sagte der jetzt. »Sie sagten nicht Martin?«

»Martin hätte ihm keiner abgenommen«, lächelte Julian Sanders.

Auch der Kriminalhauptkommissar lächelte. Dann fragte er: »War die Frau, mit der er lebte, auf irgendeine Art ein Hindernis ihrer Freundschaft.«

»Nein«, sagte Julian.

»Bestimmt nicht?«

Julian Sanders wurde einen Augenblick verlegen. Die Augen des Beamten betrachteten ihn gespannt.

»Sie denken doch nicht ...«

»Hatten Sie was mit ihr, Herr Sanders?«

»Nein«, sagte er. »Ich liebe meine Frau, ich liebe sie«, und der Kriminalhauptkommissar hörte in seiner Stimme Schärfe, und gleich hinterher Ernst.

»Es gibt keinen Grund, ihm nicht zu glauben«, dachte er. Und dann fragte er noch: »Was denken Sie, mochte Beatrice Sie?«

»Ich fragte mich nicht, ob sie mich mochte«, antwortete Julian Sanders und schaute dem Beamten in die Augen. »Sie war Wolffs Freundin, die anders über das Leben dachte als er, und ich konnte nicht verstehen, wie er mit ihr zusammensein konnte.«

»Haben Sie das auch ihrem Freund gesagt?«

»Manchmal«, gab Julian Sanders zur Antwort und fragte sich, was er wohl als nächstes sagen würde.

Der Kommissar sagte nichts. Er schaute ihn an. Und danach fragte er: »Haben Sie gewusst, dass seine Freundin schwanger war?« Und bei dieser Mitteilung krampfte sich etwas in Julian Sanders zusammen und er zeigte einen Zug im Gesicht, der den anderen im Raum sagte, dass er das bestimmt nicht wusste.

Der Kriminalhauptkommissar nickte wieder. Er sagte ihm nicht, was er in dem Brief gelesen, den Beatrice an Wolff geschrieben hatte. Was sie sein wollte. Wie sie sich das Leben dachte. Er fragte: »Ihr Freund Wolff hat Ihnen also auch davon nichts gesagt?«

»Ich frage mich eben, ob er es gewusst hat«, erwiderte Julian Sanders.

»Hat er«, dachte der Kriminalhauptkommissar, bevor er fragte: »Glauben Sie denn, dass er es Ihnen gesagt hätte?«

»Ich weiss nicht. Vielleicht. Ja.« Und er sagte: »Wir waren doch Freunde.«

»Ja«, gab der Kriminalhauptkommissar zurück.

Und jetzt hatte Julian Sanders Beatrices Bild vor Augen, und ganz plötzlich kam ein Gedanke in seinen Kopf, einer, der ihn trieb, und ungestüm sagte er: »Mal angenommen, er wusste, dass sie von ihm schwanger war, und sie wollte abtreiben und hat ihm das gesagt ...«
»Sie wissen das nicht«, unterbrach der Beamte.
»Aber das wäre doch ein Grund für seinen Suizid.«
»Sie können nicht einfach solche Vermutungen machen.«
»Aber es könnte doch so gewesen sein«, sagte Julian Sanders und fragte: »Könnte doch?«
»Ja«, sagte der Kriminalhauptkommissar jetzt wieder, und die beiden Männer blickten sich wieder in die Augen.
»Wir werden das untersuchen«, sagte er noch, zeigte ein Lächeln und fragte: »Wollen Sie noch ein Mineralwasser?«
»Ja, gern«, sagte Julian Sanders, und nun erhob der Beamte sich, schenkte ihm Mineralwasser und sich und seiner Schreibkraft Kaffee nach. Und nach einem Schluck von einem wieder heissen Kaffee fragte er ihn: »Wissen Sie, ob ihr Freund persönliche finanzielle Probleme hatte?«
»Ich weiss das nicht. Aber ich bin mir sicher, nein.«
»Ja?«
»Ja, das hätte Woff mir gesagt«, antwortete Julian Sanders und hörte die Schreibkraft tippen.
»Sie haben ihn gestern noch gesprochen?«
»Ich habe ihm noch Gute Nacht gesagt«, sagte Julian Sanders, »und er mir. Und ich dachte doch nicht, dass ...« Er legte einen Moment die Hände vors Gesicht, dann schloss er: »Doch ich musste in derselben Nacht noch in die Klinik. Eine Gesichtsfraktur.«
»Wann?«
»So gegen halb fünf.«
»Sie haben Wolff am Morgen nicht mehr gesehen?«
»Nein.«
»Und nicht mehr gehört?«
»Nein. Warum fragen Sie das?«
»Wir vermuten, dass er um diese Zeit noch lebend an einem Waldrand geparkt hat, aber ungefähr eine halbe Stunde später war er tot.«
Der Beamte drehte sich kurz zu der Frau um, die eine neue Computerseite begonnen hatte, während Julian Sanders seine Erschüt-

terung hinunterschluckte. Dann fragte der Mann wieder. Er fragte noch ein paar Einzelheiten. Wer noch mit ihnen wohnte. Ob es etwas gab, was er wissen müsste. Ob Wolff die Klinik verlassen wollte.
»Nein.«
Und jetzt fragte er, es war nicht eine Frage, die er als Kommissar stellte Er fragte, weil er wissen wollte, ob es auch Ärzten immer wieder zuviel war, Tote sehen zu müssen. Er fragte auch, weil er sich nicht an seine toten Opfer gewöhnen konnte. Er sagte: »Sie müssen mir auf diese Fragen nicht antworten; doch wie ist es für Ärzte - für Sie persönlich, wenn jemand von ihren Patienten stirbt?«
»Wenn einer der Patienten stirbt, vor allem einer, wo man geglaubt hat, der wird wieder«, sagte Julian Sanders ihm, »ist das schlimm. Es ist was verloren. Aber es darf uns dann nicht zu sehr berühren, weil schon die nächsten um Hilfe rufen.« Er fügte noch hinzu: »Das ist aber nicht Gefühllosigkeit oder Abstumpfung. Es ist einfach professionelles Wollen.«
»Sagen Sie, war ihr Freund Wolff auch so professionell gewesen?«
»Natürlich«, antwortete Julian Sanders ein wenig hart.
»Aber er war doch empfindsam, nicht hartgesotten.«
»Und doch hat er sich nicht ein anderes Studium gesucht. Er hat jahrelang Medizin studiert und es dann in einem OP jahrelang ausgehalten. Er fand das völlig normal.«
»Ja?«
»Es gibt ja auch Patienten, denen man helfen kann. Das sind sogar die meisten.«
»Dann würden Sie sagen, dass ihr Freund Arzt geworden war, weil es das war, was er wirklich machen wollte?«
»Schon«, sagte Julian Sanders. »Wolff war ein Arzt, der Leben retten wollte, keine vorteilhafte Zukunft suchte. Er kämpfte um seine Patienten«, und ihm fiel ein, was Wolff mal zu ihm gesagt hatte, und liess das nun auch den Kriminalhauptkommissar wissen: »Wolff hat mal gesagt«, sagte er, »wir kämpfen nicht, weil wir ein Leben erhalten wollen, sondern weil es den Tod gibt.«
Der Beamte sah Julian Sanders erneut in die Augen und war gleichzeitig in Gedanken noch bei diesem letzten Satz.
Julian Sanders ging durch den Kopf: »Er könnte jetzt aufhören.«
»Hatte ihr Freund oft über den Tod gesprochen?« war die nächste Frage.

»Nein, nicht mehr wie Ärzte sonst auch über den Tod reden.«
»Dann hat er auch nicht in einem Gespräch gesagt, dass er schon mal mit dem Gedanken gespielt hat, sich das Leben zu nehmen.«
»Nein«, sagte Julian Sanders kurz.
»Sie haben ihm nicht irgendwie angesehen, dass er nicht mehr konnte?«
»Ich denke, ich hab ihm nichts angesehen«, erwiderte Julian Sanders nun, und er sah weg von seinen prüfenden Augen, sah Wolff vor sich. Er hob die Schultern: »Aber was red ich, er hat sich umgebracht, nicht wahr?« fragte er und sah den Kriminalhauptkommissar wieder an.
»Es war kein Mord.«
»Nein.«
»Es war kein Mord«, sagte der andere wieder, und schaute ihn an, der nicht gleich verstand: »Wir wissen das ziemlich sicher.«, Und sprach weiter: »In diesem Fall ergeben sich zumindest keine Widersprüche.«
Und Julian Sanders erfuhr, dass die Kriminalpolizei auch jeden eindeutigen Suizid untersucht wie einen Mord.
»Wir haben heute seine Leiche freigegeben«, sagte der Beamte jetzt und wies noch darauf hin, dass Wolff wohl diese Woche beerdigt werden soll.
In die Augen Julian Sanders kam etwas Unruhiges.
»Was schaun Sie so?« fragte der Kriminalhauptkommissar.
»Werden Sie seine Freundin noch vernehmen?« fragte Julian Sanders zurück.
»Ja«, erwiderte der Beamte und hatte noch eine letzte Frage: »Würden Sie sagen, dass Sie Einfluss auf Ihren Freund hatten.«
Julian Sanders wurde nachdenklich. Der Beamte sah ihn ruhig an. Er drängte ihn auch jetzt nicht auf eine Antwort.
»Wahrscheinlich hat man Einfluss, wenn man eine Freundschaft mit einem anderen Menschen hat«, sagte Julian Sanders dann fast schon hilflos.
»Man könnte auch keinen haben«, warf der Kriminalhauptkommissar ein.
»Nur, ich machte mir darüber keine Gedanken«, sagte Julian Sanders hinterher. »Bei der Freundschaft mit Wolff waren solche Gedanken nicht da.«
Und jetzt schaute er zu dem Kommissar, der gerade noch einmal von

seinem Kaffee getrunken hatte, und in seinen Augen war die Bitte, ihn nicht weiter zu fragen.

»Danke, dass Sie mir auch unbequeme Fragen so offen beantwortet haben«, sagte der.

Julian Sanders dankte mit einem kleinen Lächeln.

»Das wars«, sagte der Kriminalhauptkommissar nun und stand auf. »Ich begleite Sie noch hinaus.

Auch Julian Sanders stand auf und machte sich zum Weggehen bereit. Er verabschiedete sich von der hübschen Schreibkraft, die jedes Wort von ihm festgehalten hatte, und ging dann mit ihrem Chef hinaus. Dieser führte ihn wieder durch lange Flure, und als sie an der Pforte standen, wünschte er ihm alles Gute, drückte ihm fest die Hand und verbeugte sich leicht.

Julian Sanders dankte ihm auch für seine Worte, und verliess nach diesem Händedruck das Polizeipräsidium. Er lächelte fast für einen kurzen Augenblick. Er war froh, dass es vorbei war. Er ging eine lange Strasse zurück. Die Sonne wärmte jetzt. Ein Junge kickte mit einem Fussball. Er nahm ihn nicht wahr. Er sah im Gehn seine Schuhspitzen. Er dachte im Gehn an: Nichts? Wenig später wechselte er die Strasse. Jetzt ging er wie jemand, der zu spät kommt. Und dann führte ihn sein Weg rechts, wo im Schatten eines Baumes sein Auto stand. Er stieg ein, trat aufs Gaspedal. Er fuhr eine Hauptstrasse, zu einer Kreuzung hin, um nun gleich nach links abzubiegen. Als er dann weiterfuhr, kam er auf die Strasse, auf der man zur Klinik und auch zum Wohnheim fahren kann. An der nächsten Ampel hatte er rot. Er überlegte, ob er nicht wieder in die Klinik fahren sollte oder doch ins Wohnheim.

Er wartete.

Noch ein paar Sekunden bis grün.

»Schlafen«, sagte er, und fuhr bei gelb los.

»Schlafen«, dachte Luisa, die in den letzten Stunden an dem neuen Bild gearbeitet hatte, und schaute nach draussen. Draussen war es sehr hell. »Ich könnte aber auch zu den Apfelbäumen gehen«, überlegte sie und riss eine Schublade auf, um nach ihrem Schlüssel zu suchen, den sie verlegt hatte.

Jetzt trat sie in die Nachmittagssonne, ging sogleich zu einem Weg, der leicht abfiel und kam wenig später auf einer Wiese heraus, auf der etwa fünfzig Bäume standen. Lauter blühende Apfelbäume. Sie hob ihrem Blick zu den Bäumen und ging hinein in die Gräser. Ging von Baum zu Baum. Und befand sich nun in der Mitte der Wiese. Umgeben von alten Apfelbäumen und Stille.

Sie setzte sich unter einen der Apfelbäume und lehnte sich an den Stamm. Und dachte, während sie dann eine Hand durch Gräser gleiten liess, an den Mann, dem sie sich in dieser Nacht hingegeben hatte: »Sein Mund an meinem Mund. Sein Körper an meinem Körper. Wie gern hätte ich dieses einander Spüren wieder und wieder.« Sie seufzte: »Nur - ich kann nicht darauf hoffen. Der verheiratete Julian wird bald wieder nach Ostdeutschland gehen. Und wenn er für immer geht, wird er mir fehlen und das Wohnheim schnell ein Ort sein, mit zu vielen Leuten, an dem ich mir ziemlich alleine vorkomme.«

Sie sah auf die friedlichen Bäume, atmete die friedliche Luft, sah nun auf einen Baum, der etwas abseits stand. Er stand sehr breit da, reckte seine Äste. »Ich könnte diesen alten Baum malen. Vielleicht in Oliv, mit einem Zinkweiss als Licht.« Sie nickte dem Baum zu und dachte zugleich: »Ich fühle aber, dass ich hier weg muss, weg will. Ich gehöre hier nicht her.«, und hob den Blick in den Himmel, schickte ihn ins Licht, das zu einem Blau wurde.

»Warum gehöre ich hier nicht her?« überlegte sie jetzt. »Weil ich in diese Kleinstadt ging, als Ben starb? Dabei ist es hier gar nicht so schlecht. Ich mag die Spaziergänge in dieser Landschaft. Und die Stadt ist schön. Die Leute fragen, wie es einen geht. Sie fragen nicht beiläufig. Man spricht miteinander. Oder beinahe. Und was mir gefällt: hier kommt auf einem Sonntag immer noch der Montag. Aber es bleibt, ich brauch' auch was anderes. Es reisst mich einfach wieder fort.«

Gräser flatterten. Der Wind schüttelte Äste und Ästchen. Und im blendenden Licht trieben weisse Apfelblüten. Die Blüten stoben ineinander ... Luisa ins Gesicht. Luisa lachte: »Das müsste eine Filmkamera einfangen, diese ganzen Äste und Zweige auf einer satten ungemähten Wiese unter dem sonnigen Himmel hier, und diese sehr weissen Blüten. Lächerlich weiss. Nur den verführerischen Duft, den könnte sie nicht einfangen. Menschenskinder Wolff. Das Leben kann doch auch unsagbare Fülle sein.« Sie nahm ihre Hand und betrachtete eine Blüte: »Aber das hättest du in deinem Kummer nicht mehr

sehen können. Und auch fünfzig Bäume und ein grosszügiger Wind hätten da nicht mehr gezählt.«
Die Blüten wirbelten durcheinander. Flirrten vom Licht. Sie sass mit schweifenden Augen: »Wie der Flug dieser Blüten hier ist, so möchte ich noch einmal in meinem Leben mich fühlen. Noch einmal mich wie von Sinnen freuen, auf der Welt zu sein - wieder staunen - lieben - geliebt sein. Ja, und wenn mir abermals *der*, von dem ich träume, über den Weg läuft, glauben, dass die Liebe heilt.«
Sie stand dann auf. Blüten auf ihrem Pullover, zwischen ihren Haaren. Sie lief ein Stück. Im Schuh drückte ein Stein. Sie löste die Schnürsenkel, schüttelte Steinchen auf den Boden. Sie blickte noch einmal zu den Apfelbäumen ... noch einmal in den Himmel. Lief dann den kleinen Weg wieder zurück, der direkt ins Wohnheim führte, vorbei an dem Parkplatz, wo unter Bäumen die Autos der Ärzte standen und kam wieder ins Haus, stieg hinauf. Und als sie an dem Flur vorbeiging, wo sie links, gegenüber der Küche, Julians Zimmer wusste, dachte sie: »Julian wird wohl noch nicht im Haus sein.« Sie hatte nicht nach seinem Auto, sie hatte nach den Fenstern im ersten Stock gesehen.

Julian war in seinem Zimmer, als sie das dachte. Das Fenster stand offen. Ein Vogel pfiff. Er warf einen Blick nach draussen. Dann nahm er ein Glas. Trank. Danach ging er zum Bett hinüber, zog sich aus und lag nun müde unter der Decke, den Kopf zur Seite gewendet, die Augen geschlossen. Und jetzt, während er bereits am Einschlafen war, kam ihm noch einmal ein Gedanke, doch noch kurz Beatrice anzurufen: »Dann hast du es endlich hinter dir.« Und er fasste sich ein Herz, nahm vom Bett aus sein Smartphone und musste nur drauftippen, um alle Nummern von Wolff zu sehen. Er nahm zuerst die private Telefonnummer.
Er lag regungslos, während er auf die Verbindung wartete, und hörte dann, wie es läutete. Er hörte sein Herz schlagen und dann jemanden sagen: »Das ist die Nummer von ...» Wolffs Stimme: »... uns ihre Nachricht. Wir rufen gerne zurück.« Eine Unordnung jetzt in seinem Kopf. Wolffs Stimme erschütterte ihn. Und er dachte für den Bruchteil einer Sekunde an Kafka's Käfer.
In der nächsten Sekunde hätte er etwas sagen müssen. Und seine Stimme tat so, als ob sie ein paar Sätze von sich geben würde, aber

scheiterte, brach, bevor sie nur ein Wort zu reden begonnen hatte. Sie wich zurück, verkroch sich. Und er beendete die Verbindung wieder. Er wusste nicht, wie lange er das Smartphone dann in der Hand gehalten halte. Er hatte das Gefühl - lange Zeit.
Er tippte nun auf die Mobilnummer, die Wolff hatte. Obwohl ihm natürlich bewusst war, dass Beatrice diesen Anruf nicht annehmen konnte. Er hörte wieder das Läuten. Er hatte wieder dieses erstarrte Gefühl. Aber nun fing er sich rascher wieder.
Jetzt hörte er wieder Wolffs Stimme: »Sie sprechen mit der Mailbox von Martin Wolff ...«
Man sprach nicht mit Dr. Martin Wolff am Telefon.
Ihm war, als drückte es ihm jetzt die Luft ab. Und er beendete auch diese Verbindung wieder. Er starrte dann zum Fenster. Er sah wieder Beatrices Gesicht.
»Was soll ich ihr sagen?« dachte er jetzt, runzelte die Stirn und nahm wieder die erste Nummer. Nach dem vierten Klingeln war es soweit. Er hörte wieder Wolffs Stimme. Wieder die Ansage. Er suchte sich zu beruhigen. Er versuchte, tief zu atmen; und jetzt schaffte er es, zu reden. Wenn auch der Klang seiner Stimme ihm fremder war denn je: »Ich bin es, Julian. Es ist einfach unfassbar, was gestern geschehen ist. Ich kann es noch nicht glauben. Und wenn ich etwas für dich machen kann, Beatrice, ruf mich an«, und endete: »Adieu ...« Weiteres zu sagen, fiel ihm nicht ein. Er beendete den Anruf und stellte dann das Telefon auf Flugmodus. Er fühlte sich irgendwie erleichtert. Und er war froh, dass er keine Handynummer von Beatrice besass.
Jetzt schaute er zu der tapezierten Wand, an die Wolffs Zimmer angrenzte, die dünn genug war, dass man den andern reden hören, sich unterhalten konnte. Und wie oft hatten Wolff und er dann auch Gespräche von Wand zu Wand geführt. Wenn jetzt sich jemand nebenan breitmacht, wird wohl jedes Geräusch ihn nur quälen. Nun, das konnte im nächsten Monat schon sein. Er drehte seinen Kopf und schaute hilfesuchend in sein Zimmer, sah zu einem der hässlichen Stühle im Raum. Und einmal nahm er sein Gesicht zwischen die Hände, und fühlte ein ihm noch unbekanntes Gefühl in sich aufsteigen, spürte, unglücklich, halb verrückt, wie masslos Wolff, der gestern gegangen war, ihm fehlte.
Er schaute dann ein wenig zum Fenster, sah in den freien Himmel, ohne etwas zu denken. Er wollte nicht denken, an nichts, und dachte

an einen Film: Alexis Sorbas. Wolffs Film, von dem er jede Szene gekannt hatte. Nichts war ihm neu gewesen. Und zuletzt hatten Wolff und er ihn im Fernsehen gesehen. Jenen alten Film: »Dieser Sorbas, er hat es begriffen, sagtest du. Sorbas schon«, dachte er. Und er erinnerte sich an die Szene, als Sorbas mit seinem Chef getanzt hatte. Wie hatte noch Anthony Quinn zu seinem Chef gesagt? Und er sagte es zu sich: »Lass uns tanzen.« Und zu seinem Freund, an den er dachte: »Diesen Film, ich schau ihn jeden Tag mit dir. Gegen dein Leben.« Und nun schloss er die Augen. Aber wieder vergebens. Er konnte auch jetzt nicht schlafen, nicht ein bisschen. Er konnte nur weitergrübeln. Er öffnete die Augen wieder. Die niedrige Zimmerdecke über ihm. Die Zimmertür, die er sah, als er sich etwas aufrichtete.
»Kommst du Fussballspielen, Wolff?«, schlug er ihm dann in Gedanken vor. »Vielleicht schiesst du ja heute ein Tor?« Und plötzlich erinnerte er sich an den Tag, als sie sich das erste Mal sahen, damals, als er im Aufenthaltsraum bequem auf einem der beiden Sofas sass und Fussball schaute.
Es war ein schöner Tag gewesen. Er hatte Bereitschaftsdienst gehabt. Er wusste noch, es war die zweite Halbzeit.
Und als er Wolff an diesem Samstag eintreten sah, wusste er sofort, dass dieser Mann der neue Mitbewohner war, und er war ihm vom ersten Augenblick an sympathisch gewesen. Wolff hatte sich entschuldigt, dass er einfach so reinkäme, und dabei einen Blick auf den Fernseher geworfen. Daraufhin hatte er die Augenbrauen hochgehoben und gefragt, welche Mannschaft denn gewinnen könnte. Es war enttäuschend 1:2 gestanden.
Wolff meinte, dass Dortmund noch gewinnen wird, und als Beweis hatte Lewandowski den Ausgleich geschossen.
Und er hatte genickt, und ihm gesagt: »Ich heisse Julian«, und dem neuen Kollegen von seiner Milch angeboten, weil er fast immer nur Milch trank, und er war kurz raus, um in der Küche ein Glas zu holen. Und dann sassen sie, und sahen zusammen dieses Spiel, und litten auch dabei, denn es gab noch ein drittes Tor. Und nachher stritten sie, warum das Spiel nicht war, wie es hätte sein können, erklärten sich, dass es an der mangelnden Chancenverwertung gelegen war, dass aber das Umschaltspiel furios, und so, wie die Laufbereitschaft war, hätte Dortmund siegen müssen, das sagten sie beide, und hatten noch über Grundsätzliches im Fussball, im Leben geredet, er

wusste es noch, und damit hatte auch ihre Freundschaft begonnen. Nun legte er den Kopf zur Seite. Er sah in den Raum und kam von Wolff auf Luisa. »Sie ist so sie selbst, so klar. Sie ist so verschieden zu Babette«, dachte er und war bei der Frau, mit der er lebte: »Meine Frau liebe ich, liebe die Kinder.« Und jetzt sah er seine Kinder vor sich, während er den Kopf zum Fenster drehte. Einen Buben, der seit Wochen um einen kleinen Hund bettelte, und ein Mädchen, zu der er Prinzessin sagte. Und dann war er noch einmal bei ihr - der Freundin von Wolff.
»Sie hat nie Kinder gewollt«, fiel ihm ein.
Und jetzt sah er sie noch einmal vor sich und sagte ihr, die Augen zum Fenster: »Und jetzt bist du es doch, die schwanger ist.« Von draussen drang der Ruf einer Amsel herein. Er hörte sie und sagte noch: »Wolff hat sich nichts sehnlicher gewünscht als ein Kind.« Er schluckte und dachte erneut: »Wusste Wolff überhaupt, dass sie schwanger war?« und fragte sich auch: »Hätte er das, was er getan hat, getan, wenn er ein wenig unnachgiebiger - oder auch mit ihr glücklicher gewesen wäre?«, und sein Herz schlug stürmischer. Er gab sich keine Antwort darauf, sagte sich nicht, dass er sicher war, nein. Er war jetzt nur müde, einzig und allein müde.
Den Kopf wieder an das Kissen gelehnt, schloss er erneut die Augen und zog die Bettdecke bis zur Nasenspitze.
»Schlafen«, dachte er, und dann lag er da und schlief.

Im Saal zwei war die letzte Operation gewesen. Eine sogenannte subcapitole Humerusfraktur an einem rechten Oberarm. Und mit diesem Patienten verliess Kurt Schaad für heute den OP, um ihn in den Aufwachraum zu bringen. Bergmann und sein Team hatten den OP bereits verlassen.
Es war nach vier.
Die Sache mit der Hüftprothese war über allen weiteren Operationen gelegen. Alle waren stundenlang mit schweren Gesichtern im OP gestanden. Nur der Professor hatte sich nichts aus der Sache gemacht. Mit der Miene des blasierten Chirurgen hatte er getan, als hätte er nicht einen Menschen um seine Gesundheit betrogen.
Kurt Schaad hatte wie versteinert seine weiteren Patienten überwacht und nichts mehr gesagt. Er hatte sich geweigert, auch nur ein Wort zu sprechen, und nur gemacht, was man von ihm verlangte.

Jetzt trat er aus der Schleuse, die Hände in den Taschen seines Arztkittels, das Gesicht sehr ernst. Er wusste, der Patient mit der Hüftprothese, der schon längst aufgewacht war und an seine Heilung glaubte, lag auf Normalstation. Und einer seiner Kollegen wird sich nun an sein Krankenbett stellen und ihm ein ermunterndes Lächeln zeigen. Er dürfte jetzt nicht zu ihm gehen. Er würde sonst auf den Gedanken kommen, ihm zu sagen, was ihm während seiner OP widerfahren war.

Er beschloss, in die Kantine zu gehen.

»Die Klinik und Bergmann können sich wirklich einen neuen Idioten suchen«, dachte er, während er so ging, und sah Christian Lenz, der gerade von der Chirurgie kam.

»Christian«, rief er, »gehst du auch einen Kaffee trinken?«

»Ja«, und sie gingen gemeinsam in die Kantine, holten sich zwei Kaffee, rückten zwei Stühle an einem Tisch und setzten sich.

Nur wenige Personen waren hier.

Kurt Schaad wandte den Blick in den Raum und machte ein sehr beherrschtes Gesicht.

»Du siehst etwas verstört aus«, fand Christian Lenz.

»So?«

»War was?«

»Ja.«

»Was?« fragte Christian Lenz nach.

Kurt Schaad seufzte. Dann sammelte er Kraft für eine Antwort: »Bergmann hat heute bei einer TEP dem Patienten eine Prothese angepasst, die viel zu gross für den gewesen ist«, sagte er und senkte nicht die Stimme. Christian Lenz sah ihn verblüfft an. Leute vom Nachbartisch sahen her.

»Das haben alle gesehen. Und das können übrigens alle hören«, sagte er noch laut und warf Blicke nach allen Seiten.

Einer blickte zurück.

Und dann beschrieb er seinem Zuhörer, was während der Operation passiert war. Erzählte ihm, was der Assistent und er gesagt hatten, wie Bergmann ihnen zum Trotz reagiert hatte.

»Als man ihn gefragt hat, ob er nicht eine Hüftprothese nehmen will«, sagte er, »die dem Mann passt, da hat er erst recht mit dem Hammer auf das Bein eingedroschen.«

Christian Lenz konnte es kaum glauben.

»Weisst du schon, was du machst?« fragte er dann leise.
»Ich weiss noch nicht was. Aber ich glaube, was ich nur noch machen kann, ist kündigen«, antwortete Schaad.
»Was? Du kündigst?«
»Ja, das erste, was ich mache, ist kündigen«, sagte Schaad noch einmal und sah aus dem Fenster. »Und morgen geh ich zu Klink.«
»Wahrscheinlich werde ich nie mehr Oberarzt«, sagte er dann ohne Übergang. »Aber die Karriere, das ist jetzt nicht das, was ich wissen will. Was der getan hat, das ist menschlich einfach ... das ist zu gemein - da find ich keine Worte«, und er sah vom Fenster weg und seinem Kollegen ins Gesicht. »Warum darf dieser Mensch operieren?« fügte er höhnisch hinzu und gab sich die Antwort, wobei er geringschätzig mit den Achseln zuckte. »Weil er halt in seinen Dachverbänden sitzt, wo man ihm Macht gibt. Hörst du, Bergmann?« Seine Augen flammten: »Du bist gestorben für mich.«
Er hob seine Kaffeetasse, wiederholte nachdrücklich: »Ich kündige«, trank einen Schluck, und sah sein Gegenüber an. Er trank noch einen Schluck, und fügte hinzu: »Weisst du, ich habe wirklich keine Lust, in einem Krankenhaus zu arbeiten, wo es darauf hinausläuft, dass Fehler...«
»... Fehler passieren«, unterbrach Christian Lenz.
»Ich weiss, dass Fehler passieren. Aber ob ein Fehler passiert, den man nicht gewollt hat, zu dem man sich bekennt, oder ob man wissentlich jemanden zum Krüppel schlägt, das macht den Unterschied«, erwiderte Kurt Schaad heftig.
»Da gebe ich dir recht«, erwiderte Christian Lenz hier etwas nervös und überlegte, ob er Kurt Schaad erzählen sollte, was ihm vor zwei Stunden passiert war. Aber Kurt Schaad blickte jetzt in seine Kaffeetasse und schien abwesend. Und merkte so nicht, dass sein Kollege was mit sich herumtrug. Er sagte plötzlich: »Ich werde mal zu meinem Anwalt gehen und hören, was der so sagt.«
»Du willst doch damit nicht sagen, dass du Bergmann anzeigen wirst?« fragte Christian Lenz und zuckte unwillkürlich zusammen.
Es war unter Ärzten eine unausgesprochene Sache, dass man einen Kollegen nicht in juristische Schwierigkeiten brachte, auch wenn er einen schweren Fehler gemacht hatte.
Kurt Schaad stutzte. Daran hatte er noch gar nicht gedacht. Er hatte bisher nur die Absicht gehabt, mit seinem Anwalt über eine Kün-

digung zu reden, und diesem Bergmann vielleicht mitteilen zu lassen, dass er dem Patienten eröffnen will, was sich bei der Operation wirklich ereignet hat. Dass der vielleicht dann etwas unternimmt. Dass der vielleicht eine Entschädigung bekommt. Er hatte nicht an einen Prozess gedacht. Denn gegen einen der seinen Rechtsschritte zu unternehmen, das fand auch er, konnte man nicht machen. »Aber jetzt bei diesem Mann wieder zur Tagesordnung übergehen, als wäre nichts gewesen, ihm seine Schuld zu erlassen, das mach ich einfach nicht mit. Das nicht«, entschied er in diesem Augenblick, und bestätigte diese Entscheidung für sich mit einer Gebärde, und gab seelenruhig zur Antwort: »Weshalb denn nicht?« und sah seinen Kollegen etwas herausfordernd an.

»Komm, weil man einen Kollegen nicht anzeigen soll«, meinte Christian Lenz.

»Warum denn nicht?« fragte Schaad nun lauernd.

Er bekam keine Antwort darauf.

»Sind dir die Patienten im Grunde auch gleichgültig?« fragte er plötzlich betroffen.

»Natürlich nicht. Aber Bergmann den Fehler, den er da gemacht hat, zu beweisen - ich weiss nicht«, sagte Christian Lenz jetzt und atmete aus.

»Oh, ich muss nichts beweisen. Ich will nur dafür sorgen, dass Bergmann dafür bezahlt, wofür er sich schuldig gemacht hat.«

»Du bist ganz schön radikal.«

»Was soll ich dir jetzt darauf antworten?« fragte Kurt Schaad.

»Aber was wird am Ende dabei rauskommen?« fragte Christian Lenz nun zurück und liess seinen Blick auf Schaads Gesicht. »Ein Professor, den das ganz kalt lässt, und der das auch verleugnen wird, und ein Patient, dem es noch schlechter geht, wenn er die Wahrheit seiner Operation erfährt. Willst du das?«

Kurt Schaad dachte einen Augenblick nach. Dann erwiderte er: »Christian, der Mann erfährt so oder so die Wahrheit, wenn ich gegen Bergmann juristische Schritte unternehme. Schon weil es dann in die Öffentlichkeit dringt. Doch die Frage, die sich mir stellt, ist: wann ich ihm es sage. Aber auch darüber will ich zuerst mit meinem Anwalt reden.«

»Was Bergmann angeht, da wirst du aber einen gewieften Anwalt brauchen«, meinte Christian Lenz darauf.

Und Schaad erwiderte: »Das ist er«, und sah seinen Anwalt vor sich, der was von Robert De Niro hatte.

Jetzt dachte Christian Lenz erneut an seinen ärztlich Fehler. Aber er wollte jetzt, dass Kurt Schaad es wusste, und erzählte ihm, wie er nicht aufgepasst und zwei Patientenakten vertauscht hatte. »Ich war schon sehr erleichtert, dass es zwei Ausschabungen waren«, sagte er dann. »Stell dir vor, es wäre nur die eine eine Ausschabung und die andere eine Hysterektomie gewesen.«

»Ja«, sagte Kurt Schaad, nachdem er sich das angehört hatte, und fragte dann: »Was hat denn Bogart dazu gesagt?«

»Er hat sowas gesagt wie, dass ich wegen Wolffs Suizid noch fertig sein muss. Das entschuldigt aber keinen Fehler, finde ich.«

»Du solltest die Sache mit Wolff nicht unterschätzen«, meinte Schaad.

»Trotzdem.«

»Und Fehler kommen vor«, redete Schaad weiter und schaute ihm ins Gesicht: »Nur du hast es nicht gewollt.«

Christian Lenz nickte, ohne zu antworten.

»Wollen wir?« fragte Schaad dann. Und sie standen auf und gingen hinaus.

»Hat Bergmann eigentlich von Wolff gesprochen?« fragte Christian Lenz noch, als sie auf einem der Korridore liefen.

»Nein«, antwortete Schaad. »Ihn interessiert doch der Tod eines Kollegen nicht.«

Dann ging Christian Lenz wieder in die Chirurgie. Zwei Patienten waren noch zu prämedizieren. Kurt Schaad wollte noch nach dem Patienten mit der Hüftprothese sehen.

Am selben Abend, es war gegen sechs, kehrte Christian Lenz in das Wohnheim zurück. Er warf einen Blick in sein Zimmer, einen in die Küche, und bemerkte, dass Luisa allein in ihrem grossen Zimmer war. Er rief ihr ein »Hallo, Luisa«, zu, was sie mit einem »Hi«, beantwortete. Er tat dann, was er häufig tat, wenn er aus dem Krankenhaus kam und der Tag furchtbar gewesen war. Er duschte und zog sich um. Luisa kannte das schon. Nach dem Duschen machte er in seinem Zimmer ein bisschen Ordnung. Dann ging er zu ihr, die an ihrem neuen Bild arbeitete.

Sie hörte seine Schritte nahen. Er klopfte an ihre Tür. Sie legte ihren

Pinsel aus der Hand, warf noch einen Blick auf das Bild, und dann kam sie zur Tür, kam heraus und sah ihn an; und sah, dass sein Tag wieder schlimm gewesen war.

»Sag, was hat es denn heute gegeben?« fragte sie und bekam von ihm als Antwort: »Ich habe heute nicht aufgepasst und bei zwei Patientinnen die Akten vertauscht, und Bergmann hat einem Mann eine zu grosse Hüftprothese verpasst.«

»Was hat dieser Bergmann? Und was hat es bei dir gegeben?« fragte sie dann und trat unwillkürlich wieder an das billige Sofa, wo sie schon gestern gesessen waren. Doch sie setzte sich nicht. Sie blieb stehen. Auch er blieb stehen. Er sah sie an und sagte jetzt: »Ich war noch mit Kurt, der mit Bergmann im OP war, in der Kantine …«

Und noch, bevor sie gross nachfragte, begann er, ihr von Anfang an zu beschreiben, was Schaad von Bergmanns ärztlichem Bravourstück erzählte hatte, und sagte ihr, dass Kurt deshalb kündigen werde.

»Der Kurt ist wirklich ein guter Typ«, sagte sie.

»Und er ist auch der einzige«, fügte er hinzu, »der Bergmann sagt, was er denkt.«

»Und Wolff, denkst du, ob Wolff etwas gesagt hätte?« fragte sie jetzt plötzlich, und schaute ihn dabei ein wenig berührt an.

»Oh, das kann ich nicht sagen«, sagte er. »ob Wolff das gewagt hätte. Auch wenn er sehr emphatisch war. Aber er war nicht so schonungslos wie Kurt.« Er zögerte kurz »Wir alle hier werden richtig verheizt in dieser Klinik; sind angepasst«, und sah ihr wieder ins Gesicht: »Und die Möglichkeiten, gegen diese Klinikmacht anzuleben, gegen das, was wir auf den Universitäten an Wissen und auch an Gesinnung erworben haben, sind gering. Ideale gibt es langsam nicht mehr. Und die Menschlichkeit geht auch dabei verloren. Wogegen aber eine Rücksichtslosigkeit, wie bei unserem Bergmann, bis zu einem gewissen Grad sogar als Charakter betrachtet wird.«

»Schöne kranke Welt«, sagte sie dazu. Und wollte ernsthaft wissen: »Und was wird Bergmann jetzt tun?«

»Ich bin überzeugt, er hat als erstes den OP-Bericht gefälscht«, erfuhr sie.

»Aber ist so ein OP-Bericht nicht eine Urkunde, auf die man sich juristisch beziehen kann?«

»Darum fälscht er ihn ja.«

Luisa schüttelte den Kopf.

»Kurt hat entschieden, Bergmann anzuzeigen«, sagte er auch.
»Das ist richtig«, sagte sie jetzt bewundernd.
»Obwohl man eigentlich einen Kollegen nicht anzeigt, wenn ihm ein ärztlicher Fehler passiert.«
»Aber das bei Bergmann ist doch was völlig anderes als ein ärztlicher Fehler«, warf Luisa hin.
»Doch wo kein Kläger, keine Klage.«
»Das ist doch nicht zu glauben. Da wird einem Patienten eine zu grosse Prothese eingepasst, bloss weil so ein Chirurg schlechte Laune hat. Und dann denkt ihr Ärzte nur an euch selbst«, sagte sie plötzlich ärgerlich.
Und sie war auch auf ihren Mitbewohner ärgerlich. Jetzt, wo er so unangenehm gleichgültig und unnahbar war. Sie strich eine Haarsträhne hinters Ohr und warf ihm noch an den Kopf: »Wenn man dich so reden hört, möchte man glauben, du schaust dir die Patienten an wie - die Tiere im Zoo.«
»Natürlich nicht«, wunderte er sich fast.
»Nein?« fragte Luisa kampflustig.
»Du weisst ganz genau, Luisa, dass es nicht möglich ist, das Leid der Patienten an sich heranzulassen.«
»Ich weiss es nicht«, versetzte Luisa und fügte streitlustig hinzu: »Aber ich weiss, es gibt eine Menge Patienten, die sich über die Herablassung von Ärzten beklagen.«
»Das ist jetzt albern«, erwiderte Christian Lenz und hatte ungefähr so laut gesprochen wie sie.
»Warum?«
»Luisa.«
»Da bin ich nur froh, dass man auch zu einem Heilpraktiker gehen kann, wenn man einen Arzt braucht«, sagte sie nun auf einmal und schaute triumphierend sein Gesicht an.
»Man geht doch nicht zu einem Heilpraktiker.«
»Wieso? Der kann auch heilen?«
Er schüttelte kaum merklich den Kopf, als wollte er sagen, ich dachte, man kann mit dir reden - sie sah es - und dann versuchte er, zwischen dem, was er dachte, und dem, worüber sie redeten, eine Erklärung zu finden, und suchte ein Beispiel, und sagte dann, fast gleichmütig: »Luisa, du wirst ja wissen, dass es immer wieder die Krebspatienten sind, die im Laufe ihrer Erkrankung eine nicht medi-

zinische, ja, eine nicht etablierte schulmedizinische Therapie in Anspruch nehmen.« Er wartete auf eine Antwort, die nicht kam. Und so ohne Antwort, sagte er noch: »Und auch, wenn solche Therapeuten glauben machen, sie helfen, wird meist ordentlich Geld gemacht damit, und da ist es doch unsere Verpflichtung, unsere Patienten vor solchen Scharlatanen zu warnen, eben weil sie aus der Notsituation eines Menschen nur einfach Profit ziehen.«

»Glaubst du nicht, dass es Therapeuten gibt, die ihre Arbeit gut machen?« fragte sie nun, neugierig, was er darauf sagte.

»Sicher gibt es die, die ihre Arbeit aus guter Überzeugung machen.«

»Ich sagte Arbeit. Nicht aus guter Überzeugung«, fauchte Luisa und ging ein paar Schritte.

»Bekanntlich gibt es mehr Scharlatane«, sagte er und folgte ihr.

»Ja?« fragte sie und strich die Haare zurück.

»Ja. Und ich bin wirklich der Meinung, dass diese Heilmethoden nichts bringen.«

Und sie, die gerade von ihm gehörte hatte, dass er der Naturmedizin skeptisch gegenüberstand, wollte jetzt, dass er ihr mal ganz einfach erklärte, warum seine Sicht so entschieden war. Sie lehnte sich an die Wand und fragte lauernd: »Und was sagt ihr Patienten, wenn sie euch von ihren nichtmedizinischen Therapien erzählen?«

Er lehnte sich an die Wand gegenüber, schob seine Hände in die Hosentaschen und antwortete ihr: »Wenn uns ein Patient erzählt, er erwägt eine Therapie zu machen, die paramedizinisch ist, sagen wir ihm, dass das von unserer Seite aus völlig in Ordnung ist. Nein, wirklich. Es ist ja nicht so, dass das, was er machen will, unsere Therapie berührt. Nur, wir können uns von der medizinischen Seite aus nicht vorstellen, dass diese andere Therapie einen gesundheitlichen Vorteil bringt. Nein, das können wir nicht«, sagte er nochmals, nun mit einem Blick auf sie, und fragte: »Was, glaubst du denn, bewirken solche alternativen Therapien?«

»Heilung?« fragte sie mit geradezu süsser Stimme.

»Oh Mann, das gibt's doch nicht«, dachte er und sagte: »Sie machen bestenfalls ein wohliges Gefühl im Körper. Und es gibt keine Nebenwirkungen oder die sind nur gering. Während wir bei unseren Therapien Nebenwirkungen geradezu in Kauf nehmen. Und jeder von uns greift bei aggressiven Krankheiten auch zu aggressiven Behandlungsmethoden, weil wir der Ansicht sind, dass sie helfen, oder helfen könnten, während solche anderen Therapien im Zweifel gar nichts bewirken«, und er fügte streng hinzu: »Das wäre ja noch schöner, von einer alternativen Therapie Nebenwirkungen zu bekommen. Ihre Augen trafen sich.

»Glaubst du nicht, es wäre fairer, den Patienten zu sagen, dass ihr denkt, dass alternative Therapien eigentlich nicht wirken?« fragte sie nun.

»Ich fürchte«, sagte er, »wenn wir ihnen das sagen würden, könnten sie das nicht verstehen.«

»Du meinst, sie würden euch nicht verstehen wollen.«

»Das nicht«, sagte er, und sagte ihr auch: »aber wir sind halt - schon wie wir denken - immer dem Prinzip der Kausalität verhaftet«, und schaute sie dabei an. »Das heisst, wir suchen immer ausreichende Gründe, warum jemand eine Krankheit bekommt.«

»Das tut ein Heilpraktiker auch.«

Jetzt erwischte er sich dabei, dass er einatmete und sich fragte, warum er mit ihr immer noch über seine Arbeit redete, was er doch sonst eigentlich so nicht machte, aber er atmete aus, und redete weiter und sagte ihr: »Dass es Menschen gibt, die hohe, und andere, die niedere Cholesterinwerte haben, das weisst du ja.« Und sie sah ihn mit einem Blick an, der besagte, dass sie das natürlich wusste. »Aber es ist einfach nur Glück, wer dafür anfälliger ist und wer nicht.«

»Da würde ein Heilpraktiker wahrscheinlich sagen, schon mit richtiger Ernährung ist viel getan«, dachte Luisa.

»Es kann natürlich viel durch die richtige Ernährung gemacht werden«, fuhr er fort, »doch nicht alles. Da muss man sehen, dass es eine familiäre Belastung gibt. Und hier finde ich eine Kausalität. Eben eine erbliche Disposition.«

»Spielt die Psyche dabei keine Rolle?«

»Man kann Krankheiten auch psychologisch erklären«, bemerkte er und sagte: »Und es ist auch so, dass der Lebenswille eine Rolle spielt. Doch es gibt Krankheiten«, fügte er dann noch an, »da ist alles, was man macht, nichts. Und da sind wir in der Schulmedizin geneigt, primär zu fragen, was es für fassbare Gründe hat von der Kausalität her, und die psychosomatischen sekundär zu betrachten.«

»Und was macht man, wenn jemand mit einer Depression kommt?« fragte sie ihn und meinte es ernst.

»Dann geben wir ein Antidepressivum.«
Und Luisa fand das schon wieder ärgerlich, aber beliess es jetzt dabei. Sie wollte, auch wenn genug Fragen blieben, nicht mit ihm über Medizin streiten. Ausserdem wusste sie, dass ihre Argumente nicht ausreichten. Nur, sie wollte aber auch nicht wirklich locker lassen. Sie erinnerte sich, dass sie irgendwo aufgeschnappt hatte, dass es der Körper selbst ist, der sich heilt, und fragte entsprechend. Und offenbar hatte sie einen Gedanken ausgesprochen, den er nicht für unsinnig hielt, denn er sagte: »Genaugenommen geht es nicht ohne Selbstheilung«, und auch: »Wir können sie in vielen Fällen nur unterstützen.«
Sie horchte auf.
»Jetzt stell dir vor, du musst einem Patienten ein Antibiotikum geben. Doch wenn die Immunabwehr seines Körpers nicht imstande ist, Krankheitserreger zu verbannen ...«
Sie erwiderte seinen Blick.
»... kannst du soviel Antibiotika geben, wie du willst, der Patient wird sterben.«
Sie nickte, aber fragte nichts mehr zur Immunabwehr. Sie hatte eine andere Frage im Kopf: »Ich weiss natürlich, man soll ein Antibiotikum nur im Notfall nehmen, weil das Bakterium immer resistenter wird«, und er nickte. »Aber muss es immer ein Antibiotikum sein? Kann man sich nicht bei der einen oder anderen Krankheit auch für ein pflanzenheilkundliches Mittel entscheiden?«
»Es gibt viele phytotherapeutische Mittel«, sagte Christian Lenz jetzt und lächelte verständnisvoll, »die bei einer leichteren oder sogar mittelschweren Erkrankung sehr wohl helfen können, die ich bevorzugen würde, bevor ich ein Antibiotikum schlucke.«
Auch Luisa sah ihn lächelnd an: »Ihr Ärzte habt manchmal so was Strenges.«
»Wir Ärzte sind halt darauf gedrillt worden, immer zu hinterfragen, ob Therapien, die wir vorhaben, wirken - wie die wirken. Und das heisst, ich möchte eigentlich auch immer Beweise für die Wirksamkeit einer Therapie.« Und er erklärte: »Was in der heutigen Situation eben nur über wissenschaftliche Studien läuft, verstehst du?«
»Nein.«
»Man sagt dazu: evidence-based-medicine. Das sagt, man sollte nur die Arzneimittel in seiner klinischen Praxis verwenden, über die man

weiss, dass sie eine nachgewiesene positive Wirksamkeit haben.«
Und er sagte ihr, dass es Studien gibt, bei denen dann signifikante Ergebnisse erzielt werden. Und in ihr fragendes Gesicht: »Okay. Stell dir vor, wenn ein neues Medikament etabliert werden soll, muss es sich zum Beispiel gegenüber einem guten alten Medikament behaupten.«
»Kann man da nicht beim alten bleiben?«
»Nein«, sagte Christian Lenz, »es wäre falsch, beim alten zu bleiben.«
»Aber das ist doch nicht logisch.«
»Aber wenn das neue Medikament sich in einer vergleichenden Studie gegenüber dem alten behaupten kann, wenn man es genauso gut oder noch besser als das vorige einsetzen kann, ist das nur gerechtfertigt. Es gibt nur ein ethisches Problem.
»Und was für ein ethisches Problem?« fragte Luisa.
»Man darf eigentlich einem Patienten eine erprobt wirksame Therapie nicht vorenthalten«, erwiderte er und suchte ein Beispiel, um es ihr verständlich zu machen, und nahm wieder einen Fall aus der Krebserkrankung: »Ich habe ein Medikament« sagte er, »ein Zytostatikum, von dem ich weiss, es hat bei einer Chemotherapie in 40% den Effekt, dass der Tumor sich verkleinert. Und nun habe ich vor, ein neues Medikament anzuwenden, von dem ich aber noch nicht weiss, wie und ob es auf den Tumor wirkt. Und das heisst, ich habe ein Problem.«
»Weil die Ethiker sagen, du kannst den Patienten nicht einfach wie ein Versuchskaninchen betrachten.«
»Und nicht einfach das zweite und neue Medikament nehmen und schauen: Funktioniert es oder nicht«, bekräftigte er. »Es muss mir aber auch klar sein«, sagte er noch, »dass ich in dieser Zeit dem Patienten eine wirksam erprobte Therapie vorenthalte.«
»Ach, so ist das?«
Er bejahte.
Und Luisa, die jetzt verstanden hatte, fragte nun: »Aber was machst du, wenn du beispielsweise zwei Patienten hast, die beide den gleichen Lungenkrebs haben. Da hat man es doch mit zwei verschiedenen Menschen und schliesslich mit zwei verschiedenen Tumoren zu tun?«
Da Christian Lenz nicht sofort darauf antwortete, formulierte sie diesen Gedanken nochmal anders: »Ich meine, könnte man da nicht

sagen, dass es eben nicht nur der Tumor dieses Menschen ist, der einer Therapie gegenübersteht, sondern dieser Mensch mit seiner Krankheit, der sich physischen wie psychischen Faktoren nicht erwehren konnte.«

»Diese Frage stellen wir uns natürlich auch«, erwiderte er. »Warum die Chemotherapie bei Patienten, die beispielsweise den gleichen Lungenkrebs haben, bei dem einen gut funktioniert und warum bei dem anderen nicht. Und so versuchen wir herauszubekommen, ob es genetische Unterschiede gibt, ob der eine Tumor nicht doch irgendwelche Zusatzfaktoren hat. Obwohl man«, schränkte er deutlich ein, »mit der heutigen Diagnostik noch gar nicht den genauen Unterschied nachweisen kann. Man sieht bisher nur, das eine ist ein Lungenkrebs und das andere ist ebenfalls ein Lungenkrebs. Sie sehen beide von der Zelle her gleich aus. Und dennoch reagiert der eine Patient auf das Chemotherapeutikum und der andere nicht.«

Und Luisa stand da und schaute ihn ganz aufmerksam an. Das Gehörte erstaunte sie. Dass die heutige Medizin noch keinen Unterschied bei zwei Menschen aufzeigen kann, die den gleichen Krebs haben. Sie sagte aber kein Wort zu dem Gehörten. Sie überlegte, dass man vielleicht ganz andere Antworten suchen muss, als bisher, und kam wieder auf alternative Medizin und bemühte sich um einen leichten Ton: »Aber wie ist das, Christian? Man hört ja immer wieder, dass es Menschen gibt, die statt einer Chemotherapie alternative Therapien machen, und, auch wenn die Lage noch so hoffnungslos war, wieder gesund werden?«

»Ich weiss, dass es immer wieder Krankheiten gibt, die wie durch ein Wunder heilen. Und bei Tumorpatienten sagen wir dazu: Spontanremission.« Er zeigte wieder ein Lächeln: »Das lässt sich bewundern. Nur ich glaube deswegen nicht an Wunder.«

»Warum nicht? Gibt es nicht Wunder?« fragte sie, und schaute ihn an mit einem ganz heiteren Gesicht.

»Dann kannst du auch fragen, gibt es Gott?« forderte er sie jetzt im Spass heraus, »den Allmächtigen, der diese Welt erschuf?«

»Ach, diesen Gott - mag es ihn geben. Ich weiss es nicht. Mir ist er unbekannt. Und ich suche ihn nicht«, gestand sie etwas leiser, und ihre Augen wurden ein klein wenig dunkel.

Er drückte es so aus: »Und selbst, wenn es ihn gibt, ist er der einzige, der wirklich weiss, ob es ihn gibt«, und noch bevor sie ihm darauf eine Antwort geben konnte, schaute er nach links, um ihr mitzuteilen: »Ich glaube, Julian kommt.«

Und gleich darauf stand Julian Sanders halb sichtbar in der Glastür und schaute die beiden an, die an ihren Wänden lehnten. Luisa freute sich, ihn zu sehen. »Komm herein«, sagte sie.
»Und setz dich«, ergänzte Christian Lenz, der ihn hatte kommen hören, und der nicht mehr länger stehen wollte.
Und jetzt sassen sie auf dem Sofa, wie bereits gestern. Das heisst: Julian hatte sich auf den einzigen Sessel gesetzt. Luisa gegenüber. Sie schlug die Beine übereinander.
»Wie war denn die Vernehmung?« fragte Christian Lenz, der neben ihr sass.
Julian Sanders hob beide Hände und winkte ab.
»So schlimm?« fragte Luisa.
»Dieser Kriminalhauptkommissar hat Fragen und Fragen gestellt«, sagte er. »Alles hat er wissen wollen. Bis ... ob Wolff irgendwelche finanziellen Probleme hatte.« Er schaute die beiden an: »Ich war danach wie erschlagen. Ich hab mich hinlegen müssen.«
Er versicherte ihnen, dass er sicher zwei Stunden verhört worden war - was aber nicht der Fall gewesen war - beschrieb, wie das Büro ausgesehen hatte, und auch, wie die Schreibkraft; sprach dann von den ganzen Fragen, die der Kommissar gestellt hatte, wie gut er aussah, und Christian Lenz horchte auf, und erkannte den Kriminalbeamten von vorgestern wieder und unterbrach: »Der hat mich auch vernommen«, und beschrieb nochmal, wie das am Waldrand gewesen war.
»Ein Wasser?« fragte Luisa jetzt wie gestern.
Christian Lenz sagte: »Nein, danke.«
Julian Sanders fragte: »Hast du auch Milch?«
Luisa nickte.
Sie ging in die Küche, und als sie mit einem Becher Vollmilch und einem Mineralwasser für sich zurückkam, sprachen die Ärzte gerade von dem Zeitungsartikel über Wolff.
»Hast du ihn gelesen?« fragte Christian Lenz.
Luisa nickte, stellte den Becher vor Julian Sanders hin, setzte sich wieder und trank von ihrem Wasser.
»Es war ein schönes Foto von Wolff drin«, sagte Julian Sanders,

dankte und griff nach seinem Becher. Und als er getrunken und den Becher wieder hingestellt hatte, schaute Christian Lenz zu ihm: »Dann weisst du es noch gar nicht, wenn du heute nicht mehr in der Klinik warst?«

»Was?«

Und Christian Lenz erzählte ihm noch einmal von dem Skandal, dem Gespräch, das er mit Kurt Schaad in der Kantine gehabt hatte.

»Auch wenn ich will, dass Kurt bleibt, kann ich ihn aber verstehen.«

»Kurt will ihn anzeigen. Nein, wirklich, schau mich nicht so an.«

»Wie findest du das, Julian?« fragte Luisa ihn.

»Man sollte nicht gerade einen seiner Kollegen anzeigen«, sagte auch er und nickte dazu. »Denn Fehler geschehen. Doch bei Bergmann, da finde ich das gut.«

»Glaubst du, Kurt kann gegen Bergmann gewinnen?«

Julian Sanders überlegte eine Weile. Dann fragte er: »Wer, wenn nicht Kurt?«

»Bergmann hat ein Gewissen gleich Null«, meinte Christian Lenz.

»Und Kurt hat Mut«, erwiderte Julian Sanders.

»Und ihr entschuldigt mich bitte?«, sagte Christian Lenz noch und ging ins Bad.

Als sie allein blieben, fühlte Luisa, dass Julian Sanders sie ansah. Sie gab ihm aber keinen Blick. Sie hatte ihr Gesicht geneigt und tat so, als mustere sie das Linoleum. Er trank Milch. Dann war die WC-Spülung zu hören. Und jetzt kam Christian Lenz wieder und fragte: »Julian, die bei der Polizei konnten dir aber noch nicht sagen, ob Wolffs Tod ein eindeutiger Suizid ist?«

»Doch es war Selbstmord.«

Sie hatten sich das ja schon gedacht. Trotzdem war ihnen für einen Moment etwas schwindlig, als sie hörten, dass ihr Gedanke nun mit der Realität übereinstimmte.

Und Julian Sanders merkte man an, dass ihn das wieder schmerzhaft bewegte, und so fragte Christian Lenz schnell: »Dann werden sie Wolff wohl noch in dieser Woche beerdigen?«

»Ja«, sagte Julian Sanders. »Aber ich weiss nicht, wann es stattfinden wird.« Und dann fragte er: »Wusstet ihr, dass auch ein Suizid wie ein Mord untersucht wird?«

»Nein«, erwiderten Christian Lenz wie Luisa überrascht.

»Wenn sie schon wissen, dass es Selbstmord war«, fragte Christian

Lenz jetzt: »werden sie dann noch Leute von Wolff vernehmen?«
»Sie wollen noch die Freundin vernehmen, hat mir der Kommissar gesagt«, erwiderte Julian Sanders.
Er sagte nicht, dass Beatrice schwanger war. Er sagte es nicht, nicht weil er glaubte, dass Christian Lenz zu anderen Kollegen über sie eine Bemerkung machen würde, aber dass man mit einem Menschen, der einem nahe war, darüber sprechen würde, war wahrscheinlich. War auch menschlich. Luisa wollte er es später sagen. Stattdessen wollte er ihnen jetzt sagen, dass er vorhin versucht hatte, Beatrice anzurufen; da klingelte ein Telefon.
»Das ist meines«, sagte Luisa, entschuldigte sich und ging in ihr grosses Zimmer. Der Anrufer war eine Freundin, die Luisa auf einem Konzert kennengelernt hatte und die ihr dann über die Jahre hinweg immer wichtiger geworden war. Sie telefonierte ungefähr zwanzig Minuten. Als sie wieder herauskam, entdeckte sie, dass Julian nicht mehr in seinem Sessel sass, und Christian Lenz, der sah, dass ihr Blick ihn suchte, sagte: »Julian wollte seine Frau anrufen.« Luisa nickte, dachte: »Muss ich das nun wissen, das er mit ihr telefoniert?«
»Du, ich bin ein bisschen müde«, sagte sie plötzlich niedergeschlagen, »und werde mich etwas hinlegen.«
»Ich will noch ein paar Krankenberichte diktieren«, sagte Christian Lenz und hielt die Hand hoch, um zu zeigen, wie hoch der Stapel dieser Berichte auf seinem Arbeitstisch war. Aber sie schaute nicht. So stand er auf, sagte ihr noch einmal, was er tun wollte und ging nach nebenan.

Als Luisa im grossen Zimmer war, sass sie da, mit einem Gesicht, als ob sie in sich hineinschaue. Sie war doch - ja, traurig geworden. Sie dachte erneut an Julian, der Mann einer anderen, den sie einmal gefühlt, einmal geliebt hatte und der viel hatte, was ihr gefiel.
»Er wird noch kommen«, sagte sie dann zu sich, und fuhr auf, als sie plötzlich bemerkte, dass es an der Tür zu ihrem Zimmer klopfte. Und als sie sich umdrehte, war die Tür geöffnet und sie schaute in Julian Sanders Gesicht.
Sie lächelte ihm zu und machte eine Bewegung zum alten Sofa, auf das er zuging, und dann setzte er sich neben sie.
Er schaute weg, als sie ihn anschaute. Er suchte nach einem Anfang.

Sie dachte: »Ich weiss doch, was du mir sagen willst«, und er sagte: »Du, der Kriminalhauptkommissar hat mir gesagt, dass Beatrice schwanger ist«, und schob sich das Haar aus der Stirn.
Luisa machte ein verblüfftes Gesicht.
»Aber das sag ich nur dir, Luisa ...«
Sie nickte.
»Und natürlich frage ich mich, ob diese Schwangerschaft etwas mit Wolffs Tod zu tun haben könnte«, sagte er.
Sie nickte noch einmal.
»Tatsache ist, dass sie ein Kind bekommt.«
»Und Tatsache ist, dass wir nicht wissen, ob sie Wolff das auch gesagt hat.«
»Und ob Wolff der Vater war«, sagte er.
»Du denkst jetzt nicht, dass sie einen heimlichen Geliebten hatte, der der Vater ist ...«
»Das habe ich nicht gesagt«, verwehrte sich Julian Sanders.
»Du, vielleicht solltest du mit ihr sprechen?«
Julian Sanders schüttelte den Kopf.
»Vielleicht ergäbe sich ...«
»... da ergibt sich nichts«, unterbrach er heftig, »nix!«
»Aber sie ist doch Wolffs Freundin?«
»Sie war Wolffs Freundin, aber sie war ihm mehr. Sie war die eine. Und er war für sie der, der sie in der Liebe sie selbst sein liess. Aber was er tat, was er zu tun hatte, dafür hatte sie kein Verständnis. Wer er war, wusste sie nicht. Und ich - ich wusste es nicht, aber fühlte nicht, dass sie Wolff für das liebte, was er selbst war«, und Luisa glaubte in seinem Tonfall zu hören, wie er noch Worte suchte.
Sie schaute ihn an: »Sprich nur weiter.«
Julian Sanders hob die Schultern: »Ich krieg Kopfschmerzen, wenn ich an sie denke. Und kann dir das nicht erklären, mein gespanntes Verhältnis zu Beatrice.«
»Okay«, sagte sie, obwohl sie ihm das nicht ganz glaubte.
»Ich kann dir nur sagen«, sagte er jetzt offener, »diese schöne Frau mit lackierten Fingernägeln gehört einfach zu denen, die mich schnell langweilen. Mehr noch, schon wenn ich sie sehe, ist in mir immer so eine Ungeduld, dass ich darüber ganz wütend werde.«
»Du, irgendwie sieht es fast so aus, als ob sie dir nicht gleichgültig ist.«

»Ja, komisch«, erwiderte er, »so sieht es aus. Und sie ist mir wahrscheinlich auch nicht gleichgültig.«
Und sie schaute ihn wieder verblüfft an. Sie fragte aber jetzt nicht entsprechend nach. Auch wenn sie das am liebsten getan hätte. Aber es schien wenig Sinn zu haben, so wie er jetzt über Beatrice schwieg. Darum fragte sie ihn nur, ob ihn Musik stört.
»Aber nein«, sagte er und fragte: »Hast du was von Pat Metheny?«
»Fast alles«, antwortete Luisa und ging zum Soundsystem und suchte eines seiner Alben auf ihrem iPod.
Dann setzte sie sich wieder. Und während Pat Metheny leise *One Quiet Night* zu spielen begann, veränderte sich sein Gesicht. Es wurde weicher. Und im nächsten Moment schaute er zu ihr und gab zu: »Du bist so klar. Das gefällt mir.«
»Ich bin nur - naiv«, versuchte Luisa zu scherzen.
Er lächelte nur - unsicher - und sagte sich, dass er doch auch hier war, um ihr beizubringen, dass sich die letzte Nacht nicht wiederholen würde, doch er sagte nichts. Und weil er nicht sprach, sagte es Luisa, worüber er mit ihr reden wollte. Darüber, dass das, was in der vergangenen Nacht gewesen war, schon wieder vorüber war. Aber den genauen Grund, warum er zu ihr gekommen war, das wollte sie schon auch von ihm wissen, und fragte ihn also: »Warum warst du bei mir?« und schaute ihm ins Gesicht.
»Aber das weisst du doch«, antwortete er ihr. »Wolffs Tod hatte mich nicht schlafen lassen. Und mit dir war ich nicht allein. Aber ich kam nicht, um dich zu verführen. Nur - als ich dich in deinem Bett sah, in deinem kleinen Zimmer«, und er hatte dafür eine Geste, »ich glaube, einer in mir wollte dann doch, dass du mich in der Nacht in die Arme nimmst.« Er sah sie an und lächelte: »Ich wäre zu keiner anderen gegangen.«
Und das war eine Antwort, die ihr half. Denn er war nicht bloss gekommen, um sich bei ihr auszuweinen. Er hatte gewollt, dass sein Schmerz in Etwas überging, das umarmte.
»Und diese Nacht wird in mir bleiben«, sagte er noch.
Das berührte Luisa sehr.
»Doch ich verlasse Babette nicht. Ich bin mit ihr glücklich. Meistens«, fügte er dann hinzu, und in diesem Augenblick wusste Luisa, dass er und sie nie ein Verhältnis haben werden.

Er hörte für einen Moment dem berühmten amerikanischen Jazzgitarristen zu.
Sie fragte: »Ihr habt einen Jungen und ein Mädchen?« und schien gelöst.
»Ja«, erwiderte Julian Sanders und nannte ihre Namen.
»In welchem Alter?«
»Fünf und drei«, und er zeigte mit der Hand ihre Grösse.
Sie lächelte ein Lächeln, das ihr selbst scheiternd vorkam, und senkte wieder den Blick.
Er schaute sie heimlich an.
»Ich frage mich, ob es passiert wäre, wenn Wolff nicht gestorben wäre«, sagte sie dann.
»Wahrscheinlich nicht«, sagte er. Ihr Herz schlug. Er sah sie an und sagte noch: »Affären liegen mir irgendwie nicht.«
Sie erwiderte seinen Blick, sogar mit einem Lächeln, und er konnte sagen: »Ich möchte, dass wir Freunde werden, Luisa«, und unterstrich seine Worte mit einem kaum merklichen Nicken.
Er drückte ihr die Hand, und sie spürte seine Hand, spürte Tränen in ihren Augen, die sie aber vor ihm versteckte.
Nach einer kleinen Pause sagte er noch: »Ich hatte nie viele Freunde. Ich meine Freunde wie Wolff.«
Sie erwiderte seinen Händedruck, sah in das Blaugrau seiner Augen und sagte leise: »Auch eine Freundschaft kann was Wahres werden.«
Julian Sanders lächelte erneut.
»Verlangt deine Ehe, dass du es Babette erzählst?« forschte Luisa dann und zog ihre Hand zurück.
»Ich habe mit meiner Frau eigentlich immer über alles geredet«, erwiderte er. Aber dann machte er eine Pause und sagte: »Nein. Es wäre schwer, ihr das zu erklären.« Er sah sie an. In seinem Blick ein Hauch eines komplizenhaftes Lächelns: »Sie ist sehr eifersüchtig.«
»Du nimmst ihr nichts«, sagte Luisa.
»Aber vielleicht dir«, sagte er sich jetzt sehr leise.
Sie strich die Haare zurück und sagte dann mit einer leichten Stimme, halb scherzhaft: »Ich würde nicht wissen wollen, was zwischen dir und mir gewesen war, wenn ich deine Frau wäre.« Sie wartete, dass er lächelte.
Einen Augenblick später lächelte er.
»Musst du morgen wieder in die Klinik?«
»Da geht es einfach weiter«, sagte er und erhob sich.

Luisa hob den Blick.
»Du gehst?« fragte sie und stand mit einem Mal vor ihm. Sie war etwas kleiner als er. Er sah in ihr Gesicht, das gerade ganz anrührend war.
Einen Augenblick wartete er noch, dann gab er seinem Bedürfnis nach. Er legte seine Hände auf ihre Schultern und zog sie an sich. Luisa erschrak, als er sie an sich heranzog. Sie standen dann still. Luisa, an die Wärme seines Körpers geschmiegt, fühlte sich gespannt. Auch er, sein Gesicht in das Blond ihres Haares gehalten, fühlte sich nicht ganz frei. Beide sogen den Geruch des anderen ein und erlebten eine leicht gequälte Gegenwart. Beide warteten, bis der andere sich aus dieser Umarmung frei machen wollte.
Sie hatte zuerst das Bedürfnis. Sie hob den Kopf und schaute etwas verwirrt in sein Gesicht. »Julian«, sagte sie leise.
Nun riet sie ihm zu gehen. Sie hätte ihn jetzt nicht länger sehen wollen. Er sagte nichts und ging in sein Zimmer zurück.
Sie sass dann noch eine ganze Weile auf ihrem Sofa. Auf dem Platz, auf dem er gesessen hatte.

Und jetzt - elf Uhr abends - sass sie auch auf ihrem Sofa, und fühlte sich ein bisschen schläfrig. Sie streckte sich und faltete dabei die Hände im Nacken. Sie schaute in die Stille, schaute in die Dunkelheit. Ein Stern flimmerte.
»Bens Gitarrenkonzert hören, das er so geliebt hat«, dachte sie, als sie in die millionenalte Vergangenheit sah, und war kurz aufgestanden, hatte das Soundsystem und den iPod noch einmal angestellt und sich wieder aufs Sofa gelegt. Und hörte jetzt das Concierto De Aranjues. Gespielt von Paco de Lucia. Ben hatte ihr einmal erklärt, dass für ihn dieses Concierto De Aranjues so schön sei, weil alle Instrumente gleich laut sind, von dem Englisch-Horn, das das Thema wiederholt, bis zur Gitarre. Und von Ben, der ihn dafür bewundert hatte, wusste sie, wie unendlich genau Paco de Lucia schwierige Passagen spielte. Sie hörte es. Da. Und es hörte sich so leicht an. »Er spielt wie geschrieben, nicht einfach ein Ritardando«, hatte Ben damals gesagt, und sie erinnerte sich, wie sie mit ihm gesessen und jenes Konzert gehört hatte, und andere viele Male. Wie schön es war, wenn er selbst gespielt hatte. Und diesem - ihrem Leben mit dem Geliebten, verdankte sie ihre Liebe zur Musik.

Und nicht nur zu Jazz und Klassik; zu *aller* Musik. Und dann kamen Gedanken an Julian Sanders.

»Julian«, dachte sie, »der mich einmal einfach geliebt hat. Wie wird das nun mit ihm?« Sie lächelte: »Ich will, dass es weiterlebt. Auch wenn es nicht eine Liebesgeschichte sein kann. Also Freundschaft?« fragte eine Stimme in ihr. »Vielleicht«, dachte Luisa und sie sagte sich leise: »Ich will, dass er zu meinem Leben gehört.«

Sie sah vor sich, wie er sie anfasste. Sie sah ihn vor sich, wie er ging. Sie dachte: »Er ist so lebendig, er gebraucht so lebendige Worte. Und er ist nicht bestechlich. Auch darum mag ich ihn. Es muss gut sein, mit ihm zusammenzusein«, und sie dachte einen Augenblick an Babette.

Sie lächelte schwach und gestand sich, dass sie sich im Grunde wieder nach einem Mann sehnte, mit dem sie zusammensein wollte. »Ich bin lange keinem solchen Mann mehr begegnet«, sagte sie sich, in diesem Zimmer hier, und in ihre Augen kam etwas, das wie ein Schleier schien, und sie war - bei dem, den es für sie nicht mehr gab: »Was auch war, Ben besass für mich alles, dass gross war. Ich kann es nicht sagen was. Aber ich weiss, er war es, den ich liebte. Und ich wusste, ihm konnte, ihm wollte ich vertrauen. Wem vertraut man schon?« Sie zog die Nase hoch: »Wenn er noch leben würde, ich weiss, ich wäre noch bei ihm.« Und sie fühlte wieder, hatte wieder in ihrem Kopf, wie es ihr dann ergangen war, als Ben sie verliess: »Wenn damals einer gekommen und mir ein sicheres Medikament gebracht hätte, dann hätte ich vielleicht auch das getan, was Wolff tun musste. Schluss machen«, sagte sie sich jetzt leise. »Aber ich bin nicht eine, die es getan hat. War ich nicht entschlossen genug? Vielleicht. Aber vielleicht triumphierte in mir doch das Leben?«, fragte sie sich und lehnte den Kopf gegen das Sofa und schloss die Augen und dachte zuerst eine Weile an nichts. Überliess sich dem Nichts. Aber dann kamen ihr Gedanken, die dieses Nichts bereits enthielt: »Ben und Wolff, sie waren beide plötzlich und unerwartet gegangen. Aber Wolff ging, weil er das Leben nicht mehr leben wollte. Hatte Bens Tod einen gewissen Trost, weil er für seinen Tod nichts konnte?«

Sie seufzte und setzte hinzu: »Ich weiss, es ist lächerlich, aber wie ein Kind suche ich immer noch ein wenig nach Ben. Und ich misse immer noch die Sekunden des Glücks. Das waren nicht wenige.«

Und sie dachte nun an Wolff und Beatrice, als wolle sie mit ihnen auf ihre Verlorenheit blicken. Ihre Gedanken kamen und gingen. »Seine Freundin ist schwanger. Merkwürdig, dass er das Julian nicht erzählt hat. Aber man muss ja auch nicht gleich von der Schwangerschaft seiner Freundin erzählen.«
Und jetzt war sie bei sich und schaute sich an, was ihre Arbeit, was die Kunst für sie war: »Sie ist der Weg, auf dem ich vorwärts gehe. Sie ist, was mich - mich sein - und auch bei mir selbst sein lässt, Sie ist das, was die anderen, die nicht Kunst machen, nicht kennen.«
Luisa lächelte: »Und in meinem Leben ist sie auch das Ja auf jedes Nein.«
Sie schaute wieder in die Nacht. Sie dachte an die Stadt: »Hier ist es schon sehr provinziell«. Und gleichzeitig kamen ihre Gedanken auf das Wohnheim: »Und dieses Wohnheim hier ist auch nur ganz nett, weil ich meine Mitbewohner mag. Sonst wäre es mühsam. Und wir haben Glück, dass wir nur zu dritt hier wohnen. Julian lebt mit vier Leuten auf einer Etage.«
Und dann dachte sie, dass nun wieder ein Zimmer leer war: »Sie werden Wolffs Zimmer rasch wieder vermieten. Sein Tod ist kein persönlicher Fall für die Leute in der Wohnungsverwaltung. Sie werden also keine Sensibilität für Julian Sanders haben. Jedenfalls wird sich unsere Putzfrau das Zimmer gewissenhaft vornehmen.«
Und jetzt sagte sie sich: »Julian wird den Tod von Wolff noch lange nicht fassen können und sich vermutlich noch lange die immerselbe Frage stellen: »Warum tat er das?«
Sie öffnete die Augen wieder und richtete sich auf, um nochmal aus dem Fenster zu blicken. Sie sah einen Stern, der glühte. »Jeder betrachtet Wolffs Tod als Selbstmord«, fuhr sie dann in ihren Gedanken fort. »Auch die Polizei. Die hat sogar seinen Leichnam schon freigegeben. Dann kann in dieser Woche noch die Beerdigung sein. Donnerstag? Freitag?« Und sie sass für einen Augenblick da, die Gedanken allein darauf gerichtet.
Jetzt aber bildete sich auf einmal ein Gedanke, der sie erregte: »Wenn sich plötzlich herausstellen sollte, dass es doch Mord war, Wolff doch kein solider Mann war, wir wären sprachlos, fassungslos sozusagen.« Und in ihrem Blick blitzte was Provozierendes auf. »Aber nun sollte ich schlafen«, sagte sie sich darauf und gähnte.
Sie sah erneut zu der Glastür. Frische Luft kam herein.

III

Mit Tagesanbruch war heute auf der Intensivstation eine Nacht zu Ende gegangen, die die ganze Klaviatur medizinischer Schwierigkeiten und Aufgaben gehabt hatte. Drei Neuzugänge waren gebracht worden. Eine Frau mit einem Bronchialkarzinom, ein Mann, der reanimiert worden war, und ein blutjunger Mensch mit unverkennbar neurologischen Symptomen. Ausserdem eine Frau mit Lymphknotenkrebs, die sie in die Onkologie geschickt hatten.
Die älteste Patientin auf der Station hatte Bauchschmerzen gehabt, unklare Bauchschmerzen. Und als sie dann auch noch Kreislaufprobleme bekam, hatte man ihr viel Volumen geben müssen. Es war aber leider kaum eine Besserung zu sehen gewesen.
Nur bei dem dicken Mann, der eine schwere beidseitige Lungenentzündung hatte und seit fünf Wochen im künstlichen Koma gehalten wurde, da sah es so aus, dass es ihm nun wieder besser geht, und, dass das so bleibt. Den wollten sie heute extubieren.
Zwei Patienten waren gestorben. Einer völlig überraschend. Sie lagen in der Leichenhalle. Und einer der Assistenzärzte befürchtete sogar noch einen dritten Toten für heute.
Gerade begann der Dienst der Ärzte, die am Tag oder auch bis zum nächsten Tag im Krankenhaus waren, und eben traf Karsten Cremer auf der Station ein, der vor eineinhalb Stunden aufgestanden und munter war. Er zog sich um, er fragte, wie die Nacht gewesen sei, und der Assistenzarzt, Typ sportlicher Junge, sagte: »Ich bin nur gelaufen«, teilte ihm mit, dass heute zwei Patienten gestorben waren, machte eine Bewegung zum EKG-Monitor, an den sie herangetreten waren, und Karsten Cremer konnte sehen, welche Intensivplätze leer waren, während sein Kollege erzählte, dass es der ältesten Patientin mit den Bauschmerzen leider immer noch nicht besser ginge. »Tut die zu den Chirurgen«, meinte er.
Und er erzählte ihm noch, dass, gerade als er sich gegen vier doch etwas schlafen legen wollte, der Notarzt gekommen war und ihm noch einen gebracht hatte. Aber als er zu dem gehen wollte, um sich ihn anzuschauen, man nach ihm gerufen habe, weil ein anderer wahnsinnige Schmerzen bekommen hatte. »Man kann doch nicht

bei zwei Patienten gleichzeitig sein!« Und schloss, dass es wie immer beschissen gewesen sei, weil man alles alleine machen muss, und er in drei Tagen schon wieder Dienst habe. Er verlor noch ein Wort über Kurt Schaad. Er fragte, ob Kurt wirklich kündigen würde.

»Kurt geht?« fragte Karsten Cremer, der das nicht wusste, aber für sich dachte: »Doch wenn Kurt das sagt, dann macht er das auch.«

»Ich fürchte, dann glauben die in der Verwaltung, sie müssen Kurt nicht ersetzen«, sagten beide.

Und damit gingen sie hinein zu den Schwestern, die zu Tisch sassen, gutgelaunt ihr Frühstück assen und über die anderen im Haus sprachen. Diese Schwestern pflegten Tag und Nacht Menschen mit schweren Erkrankungen, und viele von ihnen lebten für ihren Beruf. Aber wenn man die Tür zum Schwesternzimmer öffnete, war es eine andere Welt. Die hatten sie sich gemacht. Dann sassen sie gemeinsam am Tisch und unterhielten sich über die anderen, redeten darüber, wer wen im Krankenhaus mochte, wer wen nicht riechen konnte. Wer zu wem in welcher Beziehung stand. Auch wer mit wem in intimer Beziehung stand, was es aber nicht sehr häufig gab.

Man konnte sagen, sie klatschten. Sie taten es auch. Doch was diese Schwestern sagten, stimmte. Was sie wussten, war wahr. Wenn ein Arzt oder Ärztin neu in diese Klinik kam, konnten diese Schwestern innerhalb weniger Tage sagen, was für ein Typ sie oder er waren, was für ein Kollege. Ob sie glücklich verheiratet war oder nicht. Ob er ein guter Arzt und angenehmer Kollege war, oder ob er auch Menschen übers Messer springen liess. Sie wussten auch schon, was er oder sie für Schwächen hatten, was für Leidenschaften. Wie sie das machten, war ihr Geheimnis. Aber wenn man erfahren wollte, was in der Krankenhausgemeinschaft so los war, musste man zu diesen Schwestern kommen. Vor allem zu den zwei älteren, die hier schon lange arbeiteten. Sie wussten alles. Aber sie sagten nicht jedem alles.

Sie hatten ein ehrliches Gefühl über Wolffs Tod. Sie nannten seinen Suizid, wie die meisten, ein Unglück. Ein paar von ihnen fanden es unverständlich, was er getan hatte: »Sich einfach so von einem Tag auf den anderen umbringen.« Sie sagten: »Das wird man nicht herausbekommen, warum Wolff sich umgebracht hat.« Und eine der älteren, sie hatte im Gespräch gemeint: »Wolff wird halt auch Wünsche an das Leben gehabt haben, die dieses Leben ihm nicht erfüllt hat.«

An diesem Morgen sprachen sie gerade vom Seitensprung eines Oberarztes, als die zwei Ärzte in ihr Schwesternzimmer kamen. Eine der Schwestern fragte, ob sie auch einen Kaffee wollten, und die Männer sagten, dass sie gerne einen hätten. Karsten Cremer fragte, ob es etwas Besonderes gäbe? Gab es nicht. Der Kollege fragte auch die Schwestern, ob Kurt wirklich geht, und sie antworteten einmütig, dass er darauf seine Karriere verwetten könnte. »Und der Bergmann ist ab jetzt gestorben«, wussten sie.

Dann gingen die beiden, um in die Frühbesprechung zu kommen. Auf dem Weg machte der Kollege noch eine Bemerkung über die junge Frau mit dem Herzinfarkt: »Ich wette«, sagte er, »die macht auch noch ein Bett frei.«

War ihre Sensibilität durch ihre Arbeit bei ihnen abgetötet? Nein. Sie waren Mediziner, die einmal gelobt hatten, Menschen, die eine Krankheit haben, zu helfen. Aber Ärzte und Schwestern haben andere Erlebnisse. Andere Tage. Tage, die Elend und Leid zeigen. Chirurgen und Internisten hatten auch den Tod täglich vor Augen. Da wurden die Probleme anderer Leute oft lächerlich. Sie bemerkten sie oft gar nicht. Eben, weil sie in einer hochspezialisierten Welt lebten, in der sie täglich Krankheitsbilder und die heillose Angst der Patienten sahen. Und immer wieder Sterben. Sie wussten, dass selbst in der Gesundheit zu jedem Zeitpunkt die Krankheit ganz nah ist. Und in der Krankheit zuletzt der Tod.

Hier, auf der interdisziplinären Intensivstation von Prof. Dr. med. Klink lagen immer Patienten, deren Zustand lebensbedrohlich war, zumindest ernst. Ein gewisser Pessimismus war hier zuhause.

In einem der Krankenzimmer lagen beispielsweise zwei Alte, die achtzig und vierundachtzig Jahre waren. Der eine von ihnen, der Ältere wusste, dass er hier war, weil er schwer krank war, und es gelang ihm kaum, sich mit dieser Lebenssituation abzufinden. Der andere, der neben ihm lag, war zufrieden. Er schlief gut, er nickte seinem Nachbarn jeden Morgen zu, wenn er aufwachte. Er wusste, er war im Krankenhaus, weil seine Krankheit immer grausamer wurde, und ihn im Alltag immer mehr anstrengte. Aber er war voll Vertrauen. Er griff nach guten Momenten, scherzte mit den Schwestern. Die Gruppe von Ärzten und ihre Pfleger, die die beiden fütterten und wuschen, wussten: beide lagen im Sterben. Ja, die Ärzte wussten sogar, wann etwa sie starben.

Heute hatten Kurt Schaad und Karsten Cremer gemeinsam Dienst auf der Intensivstation. Und Karsten Cremer war der diensthabende Arzt von beiden. Kurt Schaad arbeitete gern mit ihm. Denn er war engagiert. Nahezu immer gut gelaunt. Er galt als genauer Diagnostiker. Und er und Schaad stimmten oft überein bei Diagnosen und wie die Patienten danach therapiert werden sollten. Und die zwei, der Internist und Anästhesist, die beide auch Intensivmediziner waren, sie waren nicht einfach nur Kollegen. Sie verstanden sich. Aber sie waren keine Freunde. Kurt Schaad hatte in der Klinik keine Freunde. Karsten Cremer hatte einen Freund in Donald, dem Chirurgen, der im Wohnheim ein Zimmer auf der Etage von Christian Lenz und Luisa gemietet hatte.
Sie hatten ihre Besprechungen, ihre Visiten, die etwa eine Stunde gedauert hatten, hinter sich. Sie standen gerade allein, tranken Kaffee. Sie sprachen noch einmal über die Visiten. Dass bei der Frau mit dem Herzinfarkt Gott sei Dank kein Wasser in den Beinen gewesen war. Dass man bei der Patientin mit den unklaren Bauchschmerzen zusammen mit den Chirurgen entschieden hatte, eine radiologische Untersuchung mit Kontrasteinlauf zu machen.
»Sie müsste einen Mesenterialinfarkt haben, auch wenn das ganze Labor unauffällig gewesen war«, sagte Karsten Cremer.
Sie sprachen von Herrn Meyer. Dass er heute wieder auf Normalstation geht und dass er noch einmal gut davongekommen war.
»Ich wette, er wird schrecklich enttäuscht sein, wenn man ihm nachher eine andere Schwester gibt«, sagte Kurt Schaad, der noch einmal zu ihm gehen wollte.
»Ach - so ohne Bärbel«, lachte Karsten Cremer.
Dann kamen sie auf den Alten, der im künstlichen Koma lag, der ein gemeinsamer Patient von ihnen war. Sie sagten so etwas wie: dass seine Blutgase gut gewesen waren und sie den Sauerstoff auf 50% reduzieren konnten. Und dass der diensthabende Oberarzt von der Nacht über den intubierten Mann gesagt hatte: »Der mit der Pneunomie wird nachmittags extubiert.«
»Ich zieh ihm den Schnorchel raus, wenn ich von Klink komm«, sagte Kurt Schaad, und sein Kollege nickte und trank vom Kaffee.
Sie sprachen noch einen Augenblick von Kurts Gang zu Professor Detlef Klink.
»Klink weiss ja noch nicht einmal, dass ich kündigen werde«, sagte

Schaad. »Ja, und den Bergmann anzeigen ...«
»Ich glaube, auf Klink kannst du rechnen«, erwiderte Karsten Cremer.
»Glaubst du?«
Karsten Cremer bestätigte mit einem sicheren Lächeln und liess eine kleine Pause folgen.
»Also, dann«, sagte Kurt Schaad, lächelte auch etwas, und ging, um dem furchtsamen Herrn Meyer auf Wiedersehen zu sagen, während Karsten Cremer sich auf den Weg zu dem Mütterchen mit den Lebermetastasen machte, um ihm zu sagen, dass man gegen ihren Tumor leider nichts mehr machen konnte.
Und - nachdem er noch der alten Frau mit den unklaren Bauchschmerzen einen zentralen Venenkatheder gelegt hatte, was nicht ganz einfach gewesen war, trat er bei der Frau mit dem Krebs ein. Es war eine sehr ruhige Frau, die bei jeder Krankenschwester beliebt war, weil sie auch lieb war, und sie machte immer Geschenke.
Sie war schon vor einem Jahr hier im Krankenhaus gewesen und an einem Colonkarzinom operiert worden, das sie jahrelang in ihrem Dickdarm gehabt hatte. Und ein Jahr später hatte sich der Krebs in die Leber hinein gefressen. Und nach einer Darmspiegelung hatte man gesehen, dass der Tumor in einem unheilbaren Stadium war. Die Frau hatte ein paar Zyklen palliative Chemotherapie bekommen, die ihre Lebenszeit verlängern, aber gegen den Tumor nichts mehr machen konnte.
Er kam an ihr Bett. Sie lag klein in ihrem Bett, lag mit dünnen Haaren, sie hatte nicht ihre ganzen Haare verloren, und einem weichen Körper, der durch die Chemotherapien überanstrengt war.
Er fragte sie, wie es ihr heute geht. Sie richtete sich plötzlich auf: »Ach, mir ist heute etwas schlecht, aber wenn es so bleibt ...«
Und es war gleich beim ersten Wort zu hören, wie es sie anstrengte zu reden. Auch sah er, wie sie gegen ihre Übelkeit kämpfte.
»Ich muss heute mit Ihnen über etwas Ernstes sprechen«, sagte er trotzdem und war damit beim Thema: »Wir werden ihre Chemotherapien einstellen.«
Sie hörte, dass sein Ton nicht tröstend war, und erschrak. Erschrak auch, weil sie nicht gleich verstand. »Diese Chemo soll mich doch wieder gesund machen«, sagte sie und sah hilfesuchend in sein Gesicht.
Er sah sie fest an.

Sie klammerte sich an ihre Bettdecke: »Aber das geht doch nicht. Sie haben doch selbst gesagt, Herr Doktor, dass so 'ne lange Chemo nötig ist. Und jetzt sagen Sie, sie wollen damit aufhören?« und sie blickte immer noch in sein Gesicht.

»Die Chemotherapien können Ihnen nicht mehr helfen«, sagte er aufrichtig.

»Aber ich spür doch, dass es mir davon besser geht«, wollte sie ihm nun weismachen, »ich fühl mich gut.«

Er sagte nichts. Weil er wusste, wie sie sich jetzt fühlte: Austherapiert. Das sie aber in ihrer Sprache mit dem nicht schönen Wort beschissen ausdrücken würde.

Angst trat in ihr Gesicht. Ihr war plötzlich, als ob ihr etwas geraubt worden wäre. Und sie fing neu an. Sie knüpfte an ihr Gefühl an, dieses Gefühl, das Dinge zerkleinert.

»Können Sie sich nicht täuschen, Herr Doktor«, fragte sie unruhig und ihre Hände wurden feucht, und er hörte die Angst auch in der Stimme.

»Wir können nichts mehr machen. Und wir hören darum auf, ihren Tumor zu therapieren«, entgegnete er. »Aber hören Sie, wir hören nicht auf, sie zu behandeln. Wir kümmern uns um Sie.« Und wollte ihr damit etwas diese entsetzliche Furcht nehmen und erklärte, dass man sie auf Normalstation legen und mit Schmerzmitteln behandeln wird. Dass man auch ihr häufiges Erbrechen in den Griff bekommen wird.

»Wir werden Ihnen ein Antiemetikum spritzen«, fügte er hinzu.

Und sie versuchte, ein bisschen zu lächeln. Und schaffte es fast. Auch war in ihr kurz ein Gedanke, der auf Wünsche setzte. Vielleicht gab es ja doch noch eine Hoffnung, dass es ihr dann wieder besser geht. Vielleicht zuhause. Und auf ihre Frage dann, ob sie wieder entlassen werden könne, meinte er, dass man sie bald wieder nach Hause schicken kann. Und er konnte sehen, wie sie aufblühte.

Aber dann sagte er ihr, was sein musste, und versuchte es so unabsichtlich wie möglich zu sagen: »Ich bin aber auch zu Ihnen gekommen, weil wir mit dem Schlimmsten rechnen müssen.«

Und in dem Augenblick begriff sie, dass es um ihren Tod ging. Aber diese gute Frau reagierte nicht mit Abwehr. Nicht mit Klagen, dass sie leben will. Sie sah den Arzt vollkommen ruhig an, dann fragte sie: »Wissen Sie wann?«

»Nein«, erwiderte er, aber sagte ihr auch: »doch Sie haben nicht mehr lange zu leben.«
Er sagte ihr nicht, dass sie nicht an ihrem Tumor sterben wird. Er kam nicht auf die Idee. Vielleicht, weil man es Patienten nicht mitteilte. Woran sie sterben wird, werden die Komplikationen sein, die durch den Tumor kommen.
»Wissen Sie, ob es sehr bald sein kann?« fragte sie nach.
»Es kann schnell gehen«, antwortete er ganz offen.
Sie hörte genau zu und schloss die Augen.
Und er stand da, schaute sie an.
Sie zeigte keine Regung. An ihr war nichts bewegt. Sie lag nur und hielt ihren Kopf sehr gerade. Ihr Gesicht war still; gefasst. Als wäre sie bereit, sich dem Tod zu stellen. Aber vielleicht war sie auch hin und her gerissen. Vielleicht schwebte ihr trotz allem vor, dass, wenn sie erst einmal wieder in ihre Wohnung kam, und nicht mehr in diesem Krankenhausbett lag, sie, wenn auch nicht mehr allzu lange, aber lange genug weiterleben könnte. Es gab ja auch Wunder.
Sie schaute ihn jetzt an. Und er erwiderte ihren Blick, sagte ihr, dass sie weiss, sie könne immer mit ihm sprechen. Dann ging er.
Sie blieb allein zurück.

Währenddessen hatte Kurt Schaad sich den Mann mit der TEP angesehen, der allein in seinem Zimmer auf Normalstation lag. Er war mit einem bedrücktem Gefühl vor ihm gestanden. Der Mann hatte sich gewundert, dass ein Arzt ihn noch einmal visitierte. Und er hatte gefragt, ob es denn plötzlich Schwierigkeiten gäbe. Hartnäckig hatte er gefragt. Kurt Schaad hatte gesagt, da könne man noch nichts sagen. Er wollte nur noch einmal wissen, wie er sich fühle. Er fühle sich gut, hatte der Mann gesagt. Es hätte ihn doch Bergmann operiert. Und Schaad hatte ihn nur angeschaut und dabei an seinen Anwalt gedacht, den er gestern Abend noch angerufen und der schon entschieden hatte: noch soll er dem Patienten nichts sagen und sich gegen Bergmann verbal zurückhalten. Er wolle erst mit ihm über diesen Fall reden, bei dem sich für ihn als Rechtsanwalt viele Fragen stellen. Aber es sei für ihn schon klar, dass, wenn sie gegen Bergmann vorgehen, es für diesen ungemütlich wird.
Kurt Schaad wusste aber auch, was es psychologisch bewirken würde, wenn er dem Mann jetzt sagt, was Bergmann ihm eingebrockt

hat. Auch wenn er es ihm mit Rücksicht sagt. Er wollte später mit ihm darüber reden. Wenn für ihn hier das Erste vorbei war. Und ihn dann aber auf seine Seite reissen und ihm gegen seine Bedenken beibringen, dass es einen Sinn hat, zu kämpfen. Und dann, gestützt von seinem Anwalt, ihn soweit bekommen, dass auch er gegen Bergmann gerichtlich vorgeht.
Er hatte ihn noch einmal sehr ruhig angesehen, diesen Mann, der noch ein bisschen schwach war. Er hatte kurz gelächelt und gesagt, er komme wieder, und ihm einen recht guten Tag gewünscht.
Und dann war er bei einem Mann von fünfundfünfzig Jahren gewesen, der eine Dreigefässerkrankung hatte, eine KHK, eine schwere koronare Herzerkrankung, und bei dem man in einer Universitätsklinik eine Bypass-Operation gemacht hatte. Aber nach dieser war er vor ein paar Tagen bei ihnen eingeliefert worden, weil sein Herz schwach schlug. Es fand nicht einmal die Kraft, das Blut richtig zu pumpen. Und er hatte ernste Kreislaufprobleme.
Jetzt bemerkte Schaad, dass der Mann nicht so atmete, wie er sollte. Und auf einmal kam eine Atempause dazu. Der Herzschlag wurde langsamer, schlug dann nicht mehr. Und dann konnte er sich nicht mehr regen. Und Kurt Schaad nannte das, was jetzt bei diesem Mann war, brasikat. Und wollte ihn schon intubieren, weil Klink ihm noch gesagt hatte, bei diesem Patienten alles zu machen. Aber er entschied sich, ihm viel Luft mit dem Beatmungsbeutel zu geben, und erreichte, dass der Mann seine Brust wieder selbst spannte, wieder eigenständig atmete. Schaad stellte ihm eine Frage, und er konnte ihm antworten. Seine Herzfrequenz war wieder im Normalbereich und der Blutdruck erreichte wieder einen guten Wert. In der Summe konnte man sagen, er war augenblicklich stabil. So konnte Schaad ihm zunicken und aus seinem Zimmer gehen.
Und jetzt war er in dem Zimmer von dem furchtsamen Herrn Meyer, der vor zwei Tagen von ihm narkotisiert worden war, und sagte ihm, dass man ihn also auf Normalstation verlege; dass es ja keinen Anlass gäbe, ihn noch weiter auf der Intensivstation zu behalten, und dass es ihm ungefähr so wie vor dem Verlauf seiner Krankheit gehe. Er wünschte ihm noch alles Gute. Und Herr Meyer blieb in dem Gefühl zurück, dass er nun geheilt sei und nur noch für eine kurze Zeit verlegt werde. Und das machte ihn sanft. Nur, dass Schwester Bärbel nicht mehr da sein sollte, quälte ihn.

»Muss das sein?«, fragte er Kurt Schaad.
Schwester Bärbel, die eingetreten war, um ihm mit seinen Sachen zu helfen, hatte gelacht und ihm geantwortet: »Sie werden wieder eine sehr nette Schwester haben.«

Die Schwestern und Pfleger, die in Zusammenarbeit mit dem ärztlichen Dienst die Patienten betreuten, unterschieden sich von Ärztinnen und Ärzten nicht nur durch ihre Aufgaben. Man erkannte eigentlich schon an der Berufskleidung, wer vor einem stand. Die Schwestern und Pfleger trugen kürzere Kittel.
Und eben kam ein junger Pfleger zu einer Frau, die vor einem Tag ins Krankenhaus gekommen war, und heute für eine Blinddarmentfernung prämediziert werden sollte.
Und es kam die Kollegin von Kurt Schaad dazu, die mit Vornamen Katja hiess, um mit dieser Frau zu sprechen, sie zu untersuchen, und sie wollte ihr einen venösen Zugang legen.
Es war ruhig auf der Station.
»Schwester«, sagte die Frau, was die dreissigjährige Ärztin für einen kurzen Augenblick ärgerlich fand. Da sie wie so viele Patienten meinte, dass eine Frau in einem Arztkittel immer noch eine Schwester war. Und ein Mann in einem kurzen Kittel der Arzt. Auch wenn sie ganz genau wussten, es gibt Ärztinnen.
»Schwester, wann kommt der Doktor?«
»Ich werde sie jetzt ein wenig befragen und Ihnen die Operation erklären.«
»Dann sind Sie der Doktor?«
»Aber nein«, antwortete die Kollegin von Schaad, die noch an ihrer Doktorarbeit sass: »Ich bin nur die Ärztin.«
»Und Sie haben das wirklich studiert?«
»Doch, ja«, erwiderte die Ärztin plötzlich wütend.
»Man sagt, dass sich ein Doktor das Leben genommen hat«, sagte die Frau auch noch.
Die Ärztin gab keine Antwort.
»Katja, kommen Sie, schnell.«
Die Tür war aufgegangen und eine der Schwestern dieser Station stand auf der Schwelle und machte dringende Zeichen.
»Und was ist mit mir?« wollte die Frau wissen.
»Sie warten erst einmal«, sagte Schaads Kollegin jetzt mit einem

provozierend-lächelndem Gesicht zu ihr und folgte der Schwester zu einer Frau, die vor einer Stunde aufgenommen worden war. Sie war mit Atemnot gekommen, hatte aber einen stabilen Eindruck gemacht.
»Ihr Kollege ist grad nicht da. Darum habe ich Sie geholt«, sagte die Schwester.
»Schon gut.«
Sie sah, wie die Frau reglos dalag, und griff nach ihrer Hand und fühlte ihren Puls, der weg war, und befahl: »Ruft sofort auf der Intensiv an.«
Und eine der Schwestern rief an, informierte den diensthabenden Arzt, und schon kamen zwei Intensivschwestern mit dem Notfallkoffer. Und auch Karsten Cremer, der angefunkt worden war, kam in das Krankenzimmer. Die Kollegin drehte sich um und sagte: »Sie scheint asistol.« Und er ging schon zu ihr, die nicht mehr atmete und auch keinen Kreislauf mehr hatte, sagte: »Dann wollen wir.« Und sie begannen, gemeinsam zu reanimieren. Sie beatmeten mit Beutel und machten eine Herzdruckmassage bei der Frau, die lag, als wäre sie tot. Eine Schwester richtete die Intubation her. Karsten Cremer legte ihr einen venösen Zugang.
Nun kam noch eine der Intensivschwestern. Sie erschien mit einem Defibrillator, der auch ein EKG war, und brachte, während die anderen weiter reanimierten, die EKG-Elektronen an.
Am Monitor war nur noch eine Null-Linie zu sehen.
Sie sahen die Frau an. Und Karsten Cremer, der am Kopf der Patientin stand, gab an, es mit Medikamenten zu versuchen. Er war der leitende Arzt. Er gab die Kommandos. Er intubierte. Er fing an, sie über den Tubus zu beatmen.
Als sie die Asistolie gehabt hatten, injizierte er ihr Adrenalin. Immer wieder Adrenalin. Dann gab er ihr noch Atropin. Doch es war das Adrenalin, dass auf einmal am Monitor wieder der eigene elektrische Rhythmus der Frau zu sehen, wieder ein Puls zu tasten war.
Sie bekam weiterhin Luft über den Tubus. Und dann sahen sie, dass sie auch wieder einen stabilen Kreislauf hatte, und jetzt konnten sie die Frau unter Monitorkontrolle auf die Intensivstation bringen. Und als Karsten Cremer mit einer der Intensivschwestern die Frau in ihrem Bett aus der Tür rollte, schaute er noch einmal zu der Kollegin und rief ihr noch ein: »Bis nachher in der Kantine«, zu.

Und wirklich, als er und die Schwester die Frau auf die Intensivstation gebracht und die Ärztin die Frau, der der Blinddarm entfernt werden soll, prämediziert hatte, trafen sie sich gegen eins in der Kantine, in der es irrsinnig zuging.

Sie warteten lange und ungeduldig, dass ihnen noch ein Essen ausgegeben wurde. Sie schauten dann, ob noch für zwei Leute ein Platz zu finden war. Und sie entdeckten zwei Plätze bei Bogart und waren froh, dass sie sich zu ihm setzen konnten. Sie trafen ihn in Gesellschaft von Kurt Schaad, der auch für ein schnelles Essen in die Kantine gekommen war, und auf ein: »Guten Appetit, Kurt«, von seiner Kollegin schimpfte: »Diese Lasagne schmeckt unmöglich. Man könnte genausogut Pasta essen.«

Bogart sass schweigend, hatte seinen Blick auf einen Teller Suppe gerichtet.

»Schmeckt es dir?« fragte Karsten Cremer.

Bogart schaute auf und gab keine Antwort. Karsten Cremer sah ihn sich an. Wartete. Aber Bogart schwieg nur. Und Karsten Cremer fühlte, dass er in sich verschlossen war, und hatte Verständnis. Doch plötzlich wandte Bogart sich an ihn und sagte: »Ich habe mir heute morgen ein blutjunges Mädchen angesehen, sie war mit ihrer Mutter gekommen, die gesagt hat, sie hätte unbestimmte Bauchschmerzen, die immer stärker werden«, und er sah auch zu Katja und Kurt, und mehr brauchte er nicht zu sagen. Sie hörten an seinem Ton, dass die Symptome des Mädchens auf die Möglichkeit eines Missbrauchs hinwiesen.

»Das wäre ja ungeheuerlich«, stiess Kurt Schaad hervor, und seine Kollegin erblasste.

In Karsten Cremers Augen war Zorn.

Das Mädchen war nur gleichgültig gewesen. Und die Mutter ihrerseits hatte nur, als Bogart gefragt hatte, ob es einen Mann gab, der zu ihnen gehörte, schnell was von einem Vater bemerkt, der sein Kind liebt.

»Verdammte Schweigepflicht«, sagte Bogart jetzt aufgewühlt und löffelte.

Und einer der Kollegen dachte: »Scheiss drauf«, als einer der anderen fragte: »Konntest du sie untersuchen?«

»Nur ihren Bauch abtasten. Aber keinen Abstrich machen.« Er beteuerte: »Ich habe gleich an ihr erkannt, dass ihre Schmerzen nicht

simuliert waren. Und es war mein erster Gedanke, dass sich einer an ihr vergeht, nur das allein reicht, selbst wenn, kaum hin, den Kerl, für das, was er tut, schuldig zu sprechen.«
»Was hattest du denn von der Mutter für einen Eindruck?
»Sie schien mir, auch wenn sie sich offenbar um ihre Tochter kümmert, etwas labil. Ja, und auch launisch«, sagte Bogart.
»Was, wenn die Mutter mit dem Mann unter einer Decke steckt.«
»Was, wenn nicht?«
»Wenn du mit jemanden vom Jugendamt sprichst?«
»Katja hat recht.«
»Diese verdammte Schweigepflicht«, sagte Bogart abermals.
»Was hat denn die Mutter noch gesagt?«
»Sie hat von ihrer Tochter gesagt«, seufzte Bogart und sah Schaad an, »dass sie nur auf der Strasse wäre.«
»Ich würde zu meinem Chefarzt gehen. Dann gehst du auf Nummer sicher«, schlug Katja vor.
Und Karsten Cremer meinte: »Ich hätte das Mädchen zu einem Kinderarzt überwiesen.«
»Das habe ich auch getan«, erwiderte Bogart. Und dann fragte er nach kurzem Überlegen: »Was ist das eigentlich für eine Woche?«
»Ach, die ist doch ziemlich erträglich«, antwortete Schaad und holte Luft. »Ein Chirurg hat einem Patienten sein Bein kaputtgeschlagen. Aber es ist doch gleichgültig, ob der noch laufen kann. Bei einem Mädchen vermutest du sexuellen Missbrauch. Vielleicht war der Typ ja nur zum Spass scharf auf sie? Und dass ein Kollege einen Suizid begeht - wer denkt da morgen noch dran?« und er sah zu Karsten Cremer, der zurückschaute.
»Zynismus war schon immer deine Stärke«, sagte der.
Dann schaute er durch den Raum. Da ging Julian Sanders. Er sah zu ihnen her, aber kam nicht zu ihnen.
Die Kollegin von Schaad bemerkte, ohne eine Antwort zu wollen: »Wir wissen zwar, dass Selbstmörder zu wenig Serotinin im Hirn haben, aber haben keine wirklichen Worte, wenn einer nicht mehr leben will.«
»Was immer es sein mag, für mich hängt letztendlich jeder Selbstmord damit zusammen, dass der Mensch dadurch, was so ein Leben mit ihm macht, zerbricht«, wandte Karsten Cremer ein und biss in eine Kartoffel, ohne dass es ihm schmeckte.

»Offensichtlich«, sagte Schaad, und sie verharrten einen Augenblick in Schweigen.

Jetzt nahm die Ärztin ihr Glas mit Mineralwasser, begann langsam zu trinken und war mit ihren Gedanken, während sie schluckte, bei dem Augenblick eines Lebens, wo ein Mensch vielleicht noch nicht tot war, aber auch nicht mehr lebte. Und sie fragte, während sie ihr Glas wieder hinstellte, ob Wolff genau in dem Augenblick, als er dem Leben hier entfloh, in sich wusste, dass er in seinen Tod geht.«

»Na ja, ich glaub nicht gerade, dass sich im Augenblick des Todes der Tod denken lässt«, antwortete Schaad. »Aber vielleicht ist man wie in einem Delirium - vor lauter Freude.«

Karsten Cremer, der den zwei zugehört hatte, schaute plötzlich richtig wütend.

»Was schaust du so?« fragte Schaad.

»Was ich so schaue?« fragte er. »Mich verletzen deine Sprüche grad ein wenig. Doch was ich eigentlich sagen will: ich frage mich, ob es nicht geradezu wir sind, immer wieder wir, die mit offenen Augen sehen, wie ein Mensch stolpert - zusammenbricht - und doch nicht sehen, wie er dabei in seinen Selbstmord - seinen Tod gehen kann.«

Und er lachte etwas verletzt: »Denn wenn dieser Mensch sagt, ihm geht es gut, sind wir beruhigt, auch wenn man sehen könnte, dass es ihm eigentlich schlecht geht. Aber es sieht ja niemand wirklich hin«, sagte er noch.

Kurt Schaad wusste, das sein Kollege das alles wohl aus einer Melancholie heraus gesagt hatte. Und er wusste auch, dass er ihm nicht antworten würde, aber stellte trotzdem die Frage: »Du bist wohl auch schon hingefallen im Leben?«

Karsten Cremer blickte ihn einfach nur an. Schaad spürte, er rückte von ihm ab, verwies ihn gar. Er spürte aber zugleich, dass er sich im Augenblick davor auf ihn zubewegt hatte. Er schaute zurück und hörte sich dann in einem veränderten Tonfall sagen: »Sorry, Karsten«, und der Kollege nickte.

Und jetzt fiel ihm etwas ein, was er vor ein zwei Wochen mit einer Patientin erlebt hatte, und er erzählte den anderen, dass er eine Frau mit einem Patientenverfügung gehabt hatte, die wünschte, dass sie keine Wiederbelebungsmassnahmen haben will.

Karsten Cremer sagte darauf, dass er gewiss erleichtert gewesen war, weil es ihm dann den Druck mit der Maximalmedizin nahm.

Schaad nickte.
»Nur wer macht das schon?« fragte Bogart.
»Kaum einer.«
»Das ist wie mit dem Organspendeausweis«, sagte Karsten Cremer, »den auch nicht genug Leute haben.«
Und Kurt Schaad sagte noch, dass er es aber vernünftig fände, wenn die Menschen nicht nur das Leben, sondern auch den Tod als eine persönliche Angelegenheit betrachten würden.
»Ich glaube, die Leute denken einfach nicht darüber nach«, meinte Bogart.
Seine Kollegin sagte dazu: »Und wenn ich schon mal einen gehabt hatte, der so einen Ausweis bei sich trug, dann war der alt.«
»Die Alten lassen ja nichts aus.«
Die Kollegin von Schaad fragte dann Karsten Cremer, ob er morgen wieder auf der Intensiv wäre.
»Ich bin morgen in der Notaufnahme.«
Kurst Schaad sagte jetzt: »Ich glaube, wir müssen.«
Karsten Cremer antwortete mit einem: »Gut«, schob seinen Nachtisch zurück, der die ganze Zeit vor ihm gestanden hatte und erhob sich.
Auch Schaad stand auf, und sie verliessen den langen Tisch, die Kantine und kehrten wieder auf ihre Intensivstation zurück.
Bogart und Katja blieben noch für ein paar Minuten.

Auf der Intensivstation erlebten Karsten Cremer und Kurt Schaad in den nächsten zwei Stunden und auch später, wie es auch am Tage drunter und drüber gehen konnte. Es war wie in der Nacht zuvor. Von einem Patienten zum anderen wurden sie gehetzt. Einen nach dem anderen sahen sie sich an.
Hier lag eine Frau, die Panikattaken hatte. Dort ein Patient, bei dem das Alkoholentzugsdelir kein Ende nehmen wollte. Eine junge Frau, die bald heiraten wollte, bekam eine Bluttransfusion. Eine andere verlangte ein Schmerzmittel. Für einen der Männer wurde eine Inhalation gemacht.
Bei der ältesten Patientin mit den unklaren Bauchschmerzen, bei der Karsten Cremer einen zentralen Venenkatheder in die Halsvene gelegt hatte, da schauten sie jetzt von der Chirurgie nach ihr und bestimmten: »Der geht es soweit. Die nehmen wir.« Und sie fuhren

sie in den OP. Und dann sahen sie, dass es wirklich eine Störung der Darmdurchblutung war. Sie resezierten der Frau ein grosses Stück vom Darm, und der Kollege mit dem schiefen Mund machte die Narkose.

Kurt Schaad sah eben noch einmal nach dem Mann mit der KHK, der bereits einige Tage bei ihnen lag. Und schon beim Eintritt in das Krankenzimmer bemerkte er, dass der Kranke wieder nicht genug Atem hatte. Wieder zu wenig Sauerstoffversorgung. Sein Atem ging zu schnell. Wieder war sein Gesicht blau angelaufen. Seine Augen blickten wie verklärt.

Er trat an sein Bett und hörte ihn ab. Und diesmal stand für ihn fest, dass er ihn jetzt intubieren würde. Und als er ihn dann mit der Hilfe einer Schwester an die Beatmungsmaschine gehängt hatte, und er nach Gabe eines Diazetikums begann, gut auszuscheiden, sagten sie, dass er wieder stabil war. Trotzdem musste er ihm noch Stresshormone geben, weil sein Blutdruck zu niedrig war. Und sein Herz pumpte zu rasch. Die Schläge waren unregelmässig.

Und Schaad dachte: »Der kann auch nicht mehr gesund werden«, und sah auf die Uhr.

Er hatte noch eine halbe Stunde bis zu seinem Termin bei Klink.

Und jetzt war es gegen halb drei und Schaad lief durch einen der langen Flure und fragte sich, was Klink wohl zu seiner Kündigung, die ja doch unerwartet kam, sagen wird, und ob er es überhaupt wirklich wissen will, was da gestern im OP passiert war.

»Es wird wohl schon bei ihm angekommen sein«, sagte er sich. Und überlegte - nicht zum erstenmal - wie er nun weitermachen sollte. Wo er nun arbeiten sollte. Auch das. Und er eilte weiter durch den Flur. Wechselte zum nächsten.

»Jedenfalls nicht mehr in dieser Klinik«, sagte er sich. »Und nicht mehr mit Bergmann«, und bei dem Wort Bergmann presste er die Lippen zusammen.

Er kam vor die Vorzimmertür von Professor Detlef Klink, und war beeilt, zu klopfen. Die Sekretärin, die allein war, als er eintrat, sagte, dass Klink ihn schon erwarte. Schaad dankte, und sie öffnete ihm die Tür zum Arbeitszimmer seines Professors. Klink sass hinter seinem Schreibtisch. Er stand auf, als er Schaad hörte. Er sah zur Tür, sagte: »Herein, Schaad«, und Kurt Schaad kam herein, ging auf seinen Chef zu.

»Ich wollte Sie sprechen«, begann er den Dialog.
Professor Klink, der noch seine Sekretärin im Blick hatte, die nun die Tür hinter ihnen schloss, sagte, während er ihm einen Stuhl anbot: »Jetzt setzen Sie sich doch erstmal«, und Kurt Schaad dankte und nahm Platz.
»Ich wollte Sie unter vier Augen sprechen«, begann er erneut.
Der Chefarzt langte nach einer Thermoskanne, griff nach einem Tablett mit zwei weissen Tassen, und als er eingeschenkt hatte, fragte er: »Milch? Zucker?«
»Nur Milch.«
Und als sie getrunken hatten, wollte Professor Klink aber zunächst berichtet haben, was sich auf seiner Station heute Morgen getan hatte. Kurt Schaad informierte ihn. Er sprach von dem Mann mit der schweren offenen KHK. Er sagte, dass diese Dreigefässerkrankung ohne Anschluss für Bypässe wäre und keine Dilatutionsmöglichkeit bietet. »Und für eine Transplantation kommt er nicht in Frage.«
Und nachdem er das gesagt hatte, schaute er seinen Chef an und sagte langsam: »Ich weiss nicht, ob man mit Ihnen schon über die gestrige TEP gesprochen hat, die ich mit Bergmann gemacht habe.«
»Man hat«, antwortete der Professor. »Und man hat mir erzählt, wie Sie Bergmann genannt und was Sie über ihn gesagt haben«, und sah Schaad dabei fest an, der seinen Blick entsprechend erwiderte.
Also sagte der Professor: »Dann möchte ich jetzt Ihre Sicht über die gestrige TEP erfahren.«
Und Kurt Schaad begann zu sprechen. Aber er begnügte sich nicht damit, über den bei der Operation besonderen Vorfall zu erzählen, er sagte alles, was lange genug in ihm geschwiegen, sich in ihm angestaut hatte. Er bezeichnete die Zustände im Krankenhaus nur noch als eine ungeheure Sauerei und Professor Bergmann als ein korruptes Arschloch. Er wählte die Worte nicht mehr. Er schleuderte sie.
»Herr Kollege Schaad«, ermahnte Professor Klink einmal.
»Ich möchte kündigen«, sagte Schaad jetzt.
Professor Klink spürte, wie sich seine Kehle leicht zusammenschnürte, aber er bezwang sich und erwiderte im nächsten Moment: »Sie können nicht einfach so kündigen.«
»Ich kann so einfach nicht mehr arbeiten«, antwortete ihm Schaad und begann plötzlich von Wolff: »Der Wolff, der stand doch schon mehr als an der Wand.«

»Aber Sie können sich doch nicht mit Wolff …«
»Kann ich aber. Er hat sich das Leben genommen, Herr Professor.«
Und da schwiegen sie. Unter einem Auge von Schaad pochte eine kleine Ader. Er strich sich über die Augen. Dann ergriff er wieder das Wort: »Auch deshalb muss ich hier raus«, und schlug ein Bein über das andere.
Der Professor, der ganz genau zugehört hatte, sah ihm ins Gesicht. Er bemerkte etwas Beharrliches in seinen Augen. Und ihm war klar, dass er Schaad, auf den er viel hielt, nicht würde halten können.
Schaad trank einen Schluck von seinem Kaffee, um dann verachtend zu sagen: »Und wenn ich Bergmann sehe, wird mir schlecht.«
Er hielt abwartend inne.
Was konnte Professor Klink noch sagen? »Kollege Bergmann ist eine Kapazität. Das wissen Sie«, sagte er.
»Ich weiss das durchaus«, entgegnete ihm Schaad: »Ich war ja oft genug mit ihm im OP gestanden.« Er suchte Klinks Augen: »Aber ich stelle seine Autorität als Chirurg in Frage, weil er Patienten gegenüber verantwortungslos gehandelt hat und handelt.« Er machte eine Pause, in der er sich zurücklehnte. Dann sagte er: »Ich werde gegen Bergmann bei der Verwaltung Beschwerde einreichen.«
»Man wird vermutlich nicht auf ihre Beschwerde eingehen.«
»Bergmann ist mehr als nur ein schwerer ärztlicher Fehler vorzuwerfen«, fuhr Schaad darauf seinen Chef an. Und sagte noch: »Das ist übrigens auch der Grund, warum ich ihn anzeigen werde.«
Das hatte er mit Behagen gesagt.
Und der Professor machte jetzt ein Gesicht, als hätte er sich geschnitten.
Na, und Schaad kam richtig in Fahrt: »Sie erinnern sich an den Mann mit dem Latissimus?« Und er wusste noch, wie Bergmann bei einen jungen Mann am Rücken ein Blutgefäss gekappt und das nicht bemerkt hatte, sondern wie ein Verrückter operiert, bis der grösste Muskel am Rücken abgestorben war. »Und den hat er dann einfach abgeschnitten und weggeschmissen. Und im OP-Bericht stand nicht, dass der Patient in medizinischer Hinsicht nicht behandelt war. Und dieses Mal ist es wieder so. Und auch, dass Bergmann einen OP-Bericht fälscht.«
Und Professor Klink sah jetzt nicht ohne Nervosität zu Schaad. Kannte er doch Bergmann, und genau darum gab er zur Antwort: »Dass

Bergmann wieder einen OP-Fehler beging, das glaube ich Ihnen.« Er machte es deutlich: »Nur, Sie sind kein Chirurg. Sie sind Anästhesist.«
»Ach, durch meine Narkose ist dem Mann jedenfalls kein Schaden entstanden. Und es gehörte nicht viel dazu, zu sehen, dass diese Prothese zu gross war.«
Professor Klink hob jetzt seine Augenbrauen: »Sie müssen aber vorsichtig sein, Schaad. Bergmann kennt nichts; und Sie wären nicht der Erste, den er bluten lässt.« Er sagte noch, obwohl ihm klar war, dass Schaad das nicht wollen würde: »Ich kann bei ihm ein Wort für Sie einlegen.«
Schaad spannte sich. Aber er las die Besorgnis in Klinks Gesicht und so schaute er nur abwehrend. Und dann sagte er ihm fast seufzend: »Ich will jetzt nicht jammern, aber es gibt schon Tage, wie die vergangenen, die versteh ich nicht mehr, nicht einmal im Suff. Auch wegen Wolf, der so kompromisslos war, und sich immer für die Patienten stark gemacht hat. Als Arzt. Als Mensch.«
»Und?« fragte Klink.
»Was und?«
»Was wollen Sie mir damit sagen?«
»Dass Wolff, nehme ich an, auch aufbegehrt hätte. Auch er hätte Bergmann gesagt, dass er einen Patienten verkrüppelt.«
»Ich glaube, das hätte er nicht gemacht. Dann wäre seine Karriere vorbei gewesen.«
Schaads Gesicht zuckte plötzlich: »Alles für die eine Karriere. Ja, so funktioniert das. Aber ich sage Ihnen, Herr Professor Klink, diese abgebrühten Töne gehen mir langsam ...«, und er murmelte etwas von Eiern. »Als würden die Patienten«, sagte er dann, »aufhören Menschen zu sein, wenn wir sie behandeln.«
»Sie sind Arzt, Schaad. Nicht Seelsorger«, hakte Klink nach. »Und Sie werden als Kliniker ...«
»Darum will ich ja nicht mehr in einer Klinik wie dieser arbeiten«, unterbrach Schaad halsstarrig.
»Und was wollen Sie?« entgegnete der Professor. »Wissen Sie, was Sie wollen?«
»Enten füttern?«
Sein Chef lächelte für einen kurzen Augenblick und sagte: »Sie sind ein hoffnungsloser Fall.«
»Jedenfalls bin ich noch kein Arsch. Und aus dieser Klinik muss ich raus.«

»Diese Klinik gibt es überall«, versicherte Professor Klink und suchte erneut den Blick Schaads.

Der verzog keine Miene.

»Ich schätze Sie, Kollege Schaad. Sie sind ein guter Anästhesist«, sagte Professor Klink nun und hoffte, Schaad würde ihm das auch glauben.

Er wollte seinem Facharzt helfen, der einen unbefristeten Vertrag hatte. Er fand das nur recht. Denn trotz der Kündigung hatte er Verständnis für Schaad. Er hatte ihn gern. Er fühlte sich nicht enttäuscht. Er fühlte sich sogar in mancher Hinsicht so etwas wie solidarisch mit ihm. Auch er mochte Bergmann nicht. Auch er fand, dass er zumindest eine Beschwerde verdient hätte. Nur hätte er ihn nicht angezeigt. Er betrachtete wieder seinen Facharzt. Er überlegte hin und her.

»Ich werde mit Bergmann nicht noch einmal reden«, sagte er dann und wartete einen Moment, was Schaad drauf sagen würde.

Schaad sagte nichts.

»Wie denken Sie über Ärzte ohne Grenzen?« setzte Klink nun mit einem gleichmütigen Ton das Gespräch fort.

»Die machen sinnvolle Medizin, sagt man«, erwiderte Schaad.

Professor Klink nickte.

»Wollen Sie, dass ich jetzt nach Kenia gehe?«

»Wollen Sie?«

»Was soll ich denn in Kenia?«

»Ach, wissen Sie ...«, antwortete Professor Klink und ihre Blicke begegneten sich.

»Nein.«

»Also doch Krankenhaus.«

»Nein«, sagte Schaad wieder. »Aber deshalb muss ich doch nicht gleich ...«

»Warum denn nicht?«

»Arzt in einem Slum.«

»Na, ja«, entgegnete ihm Klink, »da sehen Sie 70% der Menschen, die sich 60% des gesamten Wohnraumes teilen müssen. Und Sie haben jeden Tag zehn bis zwanzig Patienten mit Tuberkulose, die getestet werden müssen, ehe man sie behandeln kann.«

Schaad versuchte ein Allerweltsgesicht zu machen.

»Sie haben eine hohe Brutalität und Promiskuität. 90% der Menschen, die dort leben, sind krank. Und natürlich haben Sie HIV-positive Patienten. So 30 bis 50 Prozent.«

Schaad brummte etwas vor sich hin.

Der Professor bemerkte dazu: »Nun, ich habe einen alten Freund, der sucht für eine Klinik in Kenia einen Koordinator«, und er räusperte sich und sagte noch: »Wenn Sie wollen, können Sie ihn aufsuchen. Er ist noch ein paar Tage bei uns zu Besuch.«

Kurt Schaad wollte eigentlich nicht. Aber er wollte seinen Chefarzt auch nicht kränken. So antwortete er friedlich, dass das vielleicht gar nicht so schlecht sei, für ein oder zwei Jahre nur mit Stethoskop und den Händen zu arbeiten. »Das heisst, gibt es da auch ein Gehalt? Ich muss nicht viel Geld verdienen. Aber zum Leben sollte es schon reichen.«

»Natürlich«, sagte der Professor. »Es werden ein Gehalt, wenn auch kein hohes, und die üblichen Sozialleistungen gezahlt.«

»Haben Sie einmal für Ärzte ohne Grenzen ...«

»Ja. Und ich sage Ihnen auch, dass es eine Herausforderung war.«

Und nun holte er seine Visitenkarte hervor, und Schaad las etwas gerührt seine Privatnummer und eine noble Adresse.

Professor Klink wusste natürlich, dass Schaad sich nicht gleich so ein Auslandsprojekt vorstellen konnte. Aber es schien ihm wert, für diese Sache zu werben. Er konnte es sich für Schaad vorstellen. Schaad war ein mutiger Mensch, und vielleicht dachte er darüber nach. Vielleicht nicht. Er glaubte, Schaad werde darüber nachdenken.

Er fasste in diesem Augenblick einen Entschluss. Und sagte dann, mit einem Gesicht, das lächelte: »Übrigens werde ich dafür sorgen, dass du nicht mehr mit Bergmann im OP stehen musst.«

Auch Schaad lächelte; dann erhob er sich zum Gehen.

Und Professor Klink erhob sich, hielt ihm die Hand hin: »Ich heisse Detlev.«

Schaads Lächeln verbreitete sich.

»Was hat das Du zu bedeuten?«

»Damit du mir Bergmann nicht auch noch umbringst.«

Und Luisa? Sie wollte in den Supermarkt, obwohl sie es eigentlich nicht musste. Im Haus hörte man die täglichen Geräusche. Die Putzfrau, die jede Woche die Runde machte, hatte im Erdgeschoss das Bad und die Küche geputzt, und verliess eben das Haus. Luisa hörte sie, als sie sich in ihr kleines Zimmer begab. In einer anderen Etage schlug jemand eine Tür. Und es musste sich irgendwo jemand eine Pizza machen. Es roch etwas nach verbranntem Teig.

Das Kochen, das war ein trauriges Kapitel im Wohnheim. Man versorgte sich weitgehend mit Fertiggerichten. Luisa, die eigentlich gerne kochte, machte sich nur noch schnelle Reis- oder Nudelgerichte. Oder einen Salat. Sie hatte vier fünf Mal in dieser kleinen Küche ein schönes Essen zubereitet, aber es machte nicht dieselbe Freude, wie in einer Küche, die eben die eigene ist. Sie nahm Vitaminpräperate zu sich, was die Ärzte überflüssig fanden: »Iss lieber Obst und Gemüse«, sagten sie.

Sie war heute schon gegen halb sieben aufgestanden, früher als sonst, und hatte sich gleich, noch mit dem Kaffee, vor die Staffelei gesetzt und an ihrem neuen Bild gearbeitet, konzentriert und ruhig, und dabei ohne Erbarmen Farben verschwendet.

Und nun war es nach drei oder auch schon vier. Und Luisa kam in ihr kleines Zimmer, ohne recht zu wissen, was sie eigentlich tun wollte. »Schlafen?« fragte sie sich. Sie fühlte sich etwas müde. Sie trat in den Flur und war wieder in ihrem grossen Zimmer. Sie sass dann mit angezogenen Knien auf dem Sofa. Blick auf ihre Füsse. Sie spürte das Polster im Rücken. Sie fühlte sich erschöpft. Auch niedergeschlagen. Aber nicht, weil sie an Ben oder Julian dachte. Auch nicht an Wolff. Und auch das Malen hatte sie nicht ermüdet.

Sie hatte sich lange nicht mehr so gefühlt. Sie schlang die Arme um die Knie und schaute in die Richtung der Glastüren. Sie sah einen Vogel fliegen. Sie lächelte und sah nach innen. Sie versetzte sich auf ihre griechische Insel.

Sie kam an. Die Insel war in herbstliches Licht getaucht. Der Himmel war noch zitternd blau. Die Sonne schien noch warm, fast heiss.

Jeden Herbst die aufgeregten Morgenspatzen, wie sie hier im Frühling sind. In den Feigenbäumen gegenüber dem Haus, in dem Luisa immer zwei Monate lebte, und den November noch in ein Stück Sommer verwandelte. Oder die Spatzen sassen in den Oleanderbüschen, die noch blühten.

Und es kam der Gedanke in ihr, jetzt schon diesen schönen Ort zu bereisen, und zu bleiben, bis die Sonne brennt. Aber Luisa schickte ihn weg, diesen Gedanken. Diese Insel verkaufte sich ab Mai. Sie lächelte dann wie eine Hure. Sie brauchte die Touristen. Und Luisa, die

eben an die Touristen dachte, sprang auf und lief in die Küche hinüber. Sie brauchte jetzt etwas zum Essen und wühlte im Kühlschrank. Sie hatte noch Schafskäse. Sie machte sich einen griechischen Salat. Sie hatte kein Weissbrot mehr. Sie suchte bei Christian Lenz. Er hatte Weissbrot. Sie setzte sich dann, ass ihren Salat mit zwei dicken Scheiben Weissbrot, ohne über Griechenland nachzusinnen. Sie machte sich noch ein Frappé. In einem Glas, das sie aus Griechenland mitgebracht hatte. Sie schaute in den Schaum. Sie sah aus dem Fenster. Draussen blühte der Frühling. Und Luisa, sie entschied, jetzt gleich in den nahen Supermarkt zu laufen, trank aus und stand auf. Sie betrat wieder ihr grosses Zimmer, nahm einen modischen Rucksack, nahm noch Geld. Sie schloss ihre Zimmer zu und ging dann hinunter. Sie kam an Julians Etage vorbei und hörte ein Geräusch - wie ein Weinen - aus Wolffs Zimmer. Und da die Tür halb offen war, sah Luisa vom Gang aus das Profil einer Frau, die vielleicht dreissig war. Sie sass auf dem Bett, in dem Wolff geschlafen hatte, und hielt einen Brief in der Hand. Luisa kam neugierig auf die Tür zu. Der Schlüssel steckte im Schloss. Sie blieb draussen vor der Tür stehen, vor der Schwelle, und fuhr sich mit einem Finger über die Lippen. »Ich kann sie doch nicht einfach so anreden«, dachte sie und warf einen vorsichtigen Blick in den Raum. Sie sah zum Bett und wusste, es war Wolffs Freundin Beatrice. Sie war, man konnte es nicht anders sagen, schön. Ihre Augen hatte sie niedergeschlagen. Ihr langes Haar war dunkel und sie trug es zurückgebunden.
Nun schien sie die Gegenwart Luisas, die reglos stand, zu bemerken. Und das, was Luisa zu sehen bekam, war ein verweintes, aber unschuldiges Gesicht, als besässe sie ein schuldloses Wesen. Und Luisa bekam eine Ahnung, weshalb Wolff sich in diese junge Frau so verliebt hatte.
Luisa nickte zurückhaltend.
Nun sah ihr die Frau in die Augen. Ihre Augen waren blau, so blau wie das Meer war, wenn es unbewegt war. Ein schillerndes Blau. Und doch, ohne Grund zeigte sich einen Augenblick später etwas in ihnen, was etwas Widerwilliges hatte. »Was kalt geworden war«, dachte Luisa.
Wieder nickte Luisa. Jetzt sah sie Unwillen in den Augen der Frau. In ihrem Gesicht verschwand die Unschuld. Den Brief legte sie nun neben sich. Luisa sah ihrer Hand zu. Der Brief blieb liegen. Und die Hand machte eine Bewegung, die Luisa nicht verstand.

Jetzt liess Luisa noch die Augen über ihren Körper streifen. Sie trug italienische Jeans, die aus Samtstoff gemacht waren, und dazu einen Pullover aus Kaschmir. Die Schuhe waren auch italienisch. Diese weichen Schuhe, beinahe in der Farbe wie die Jeans, gefielen Luisa sehr. Der Blick der blauen Augen hatte sich verfinstert. Und Luisa machte sich schon darauf gefasst, dass die Frau jetzt etwas Abwehrendes sagte. Aber sie sagte nichts.

Luisa betrachtete auch noch ihren Mund. Es war ein Mund mit weichen Lippen. Ein Mund zum Küssen. Und dennoch: er lockte nicht nur zum Küssen. Hatte er nicht auch etwas Liebloses, dieser Mund, wenn er wie augenblicklich fest geschlossen war?

Die Frau, die die ganze Zeit gemerkt hatte, dass Luisa sie ansah, fragte nun - noch auf Distanz: »Wer sind Sie?«

»Entschuldigen Sie«, sagte Luisa besänftigend, »aber ich kannte Martin Wolff und wohne auch hier in diesem Haus«, und dachte dabei: »Warum bin ich denn nicht in den Supermarkt?«

In dem schönen Gesicht kämpften jetzt Unmut mit einer zugewandten Gemütsstimmung.

Luisa sah auch das. Sie sah, dass der Unmut sich nun verlor. Das Gesicht, das nicht eine Falte hatte, nicht einmal eine ganz kleine, war dann auf einmal zuvorkommend. Doch Luisa glaubte in der gleichen Sekunde zu sehen, dass diesem Gesicht irgendetwas fehlte. Aber was? Sie suchte mit den Augen, was dieses schöne Gesicht ein wenig unlebendig machte, aber vermochte es einfach nicht zu sehen. Vielleicht aber war es so, dass Luisa nichts sehen konnte?

Jetzt aber hatte sich in diesem Gesicht die Stimmung entschieden. Und die Frau fragte mit einer einlenkenden Stimme: »Warum haben Sie mich so angesehen?«

»Weil Sie traurig ausgesehen haben«, antwortete Luisa, die ja doch neugierig war, in einem offenen Ton und stellte sich auf die Schwelle. »Und es tut mir leid, dass ich Sie offenbar aufdringlich angesehen habe.«

»Das ist okay. Aber bitte, wer sind Sie?« fragte die Frau noch einmal.
»Ich heisse Luisa.«

»Ich bin Beatrice«, sprach sie und lud Luisa mit einer Bewegung sogar ein, in den Raum zu treten. Und so ging Luisa bei offen bleibender Tür ein zwei Schritte auf den Tisch zu und sah auf dem Boden eine Reisetasche liegen. Die Luxustasche passte zu den Schuhen.

»Schön, schön -«, dachte Luisa und schaute dann zum Fenster. Die Frau hatte das Fenster geöffnet. Hässliche Vorhänge blähten sich.
Sie sah zu der Karte, die an der Wand hing, las das Zitat und dachte: »Das hab ich schon einmal gelesen.«
Dann stand sie still und schwieg. Und jetzt sah sie wieder die Frau an. Ohne ihr etwas zu sagen. Doch ihr Blick drückte auf eine beruhigende Art aus, dass sie Anteil nahm. Und das schien die Frau zu bemerken: Luisas ganze Warmherzigkeit.
Und so schaute sie nun etwas gewinnend, fast schon lächelnd, um aber im nächsten Augenblick ohne Sinn die Hände zu heben und sie wieder sinken zu lassen.
»Sind Sie auch von der Polizei vernommen worden?« fragte sie dann. Luisa schüttelte den Kopf.
»Weil ... ich komme gerade von der Vernehmung und kann jetzt Wolffs ganze Sachen ...«
»Seine Sachen mitnehmen?« fragte Luisa, die das nicht könnte.
»Ich hatte geglaubt, ich könnte es«, räumte die Frau ein und Luisa sah ihre makellosen Zähne. Und dann sagte sie ihr, dass der Kriminalbeamte seine Fragen an sie erträglich gemacht hätte, und verlor noch ein Wort über sein Aussehen.
»Das kann nur der Typ sein, der auch Julian ausgefragt hat«, dachte sich Luisa.
Und Beatrice, die nun den Brief neben sich anschaute, sprach davon, dass sie ihr schon alle seine persönlichen Dinge gegeben haben, die jetzt in der Tasche lagen. Die Brieftasche und Führerschein. Den Schlüsselbund und sein iPhone. Das Foto von ihr und seinen Arztausweis. »Ja, seinen Arztausweis«, wiederholte sie und sah Luisa ins Gesicht: »Und eine Uhr, die ihm ein Freund geschenkt hat. Er hatte hier einen Freund.«
Sie hätte nun dem Freund einen Namen geben können. Doch sie sprach ihn nicht aus. Darum sagte es Luisa: »Ja, Julian.«
Beatrice stockte. Und Luisa sah, wie sich ihr Blick wieder verdunkelte. Und sie schloss nun rasch eine harmlose Frage an, damit sie dieses Gespräch, das gerade angefangen hatte, nicht etwa jetzt abbrechen würde.
»Sie sind ein Model?« fragte Luisa.
Nach einem gefährlichen Augenblick antwortete Beatrice: »Ja, ich mache Reklame. International.« Sie sass, wie unvergänglich schön,

und sagte noch: »Es ist mein Lächeln, das sich bewundern lässt«, und als ob Luisa eine von diesen Leuten wäre, die gerade eine Kamera auf sie richteten, gelang ihr dabei ein Lächeln, das verzauberte. Als sei es ein Sonnenstrahl. Doch dieser Sonnenstrahl hatte ein Aber. Er wärmte nicht. Er ging nicht unter die Haut. Als sei dieser Sonnenstrahl - als Lächeln vollendet - dennoch ein Lächeln, das, so gut es Luisa gefiel, sie seltsam unbeholfen machte.

Plötzlich erstarb ihr geübtes Lächeln. Und jetzt sah Luisa staunend ein anderes Gesicht, von dem man, wenn man es wollte, sagen konnte, dass es was von einer Madonna ausstrahlte.

Nun sagte Beatrice so unmittelbar, dass Luisa beinahe zusammenzuckte: »Wolff und ich - wir hatten einen Streit.«

Luisa sagte nichts, fast nichts. Sie sagte nur: »Verstehe.«

Und Beatrice schloss daran: »Es war, weil ich kein Kind bekommen wollte ... auch nicht sein Kind.«

Hier trat eine Pause ein, in der Beatrice dasass und tief atmete. Und Luisa liess sie, fragte nicht weiter. Sie dachte nur: »Wollte sie ihn?«, und sagte dann: »Aber war Wolff nicht der, mit dem Sie leben wollten?«

»Er war dieser Mann - obwohl so verschieden von mir. Ein Träumer - der aber alles, was er sagte, immer sehr ernst meinte, sich immer Gedanken machte und dann auch noch täglich von Krankheiten sprach.«

»Aber er muss doch von seinen Patienten reden können? Er sah sie doch von Tag zu Tag.«

»Nur, ich wollte das nicht. Und Wolff wusste das.«

»Es ist doch in einer Klinik eine ganz andere Realität«, sagte Luisa ihr, und beide fragten sich plötzlich, wozu das Gespräch?

»Ich weiss das. Aber auch, wenn seine Tage kompliziert gewesen waren, ich wünschte mir dabei, er wäre unbeschwerter gewesen. Auch mal leichter. Können Sie das nicht verstehen?«

Luisa hatte keine Lust darauf zu antworten.

Beatrice hob den Kopf und sah Luisa in die Augen: »Ich habe Wolff gefragt, ob wir nicht weggehen können. New York würde mir gefallen. Aber auch Mailand. Aber ich konnte ihn nicht begeistern, für ein Leben in New York.«

»Liebten Sie ihn?« fragte Luisa plötzlich und liess sie nicht aus den Augen.

»Natürlich liebte ich ihn. Mir gefiel sein Charakter. Seine Leidenschaft. Und dass er nicht war, wie alle anderen. Aber ich wollte gleichzeitig das Leben geniessen. Ich mag mich dem Leben hingeben. Ich will leicht leben, und liebe es, Menschen zu gefallen.« Sie schickte einen strengen Blick zu Luisa: »Ich arbeite für die Werbung.«
»Verstehe ich Sie richtig? Sie versuchen auch ihr privates Leben so wie in einer Werbung zu leben? Aber da fehlt doch mehr oder weniger jede Beziehung zur Wirklichkeit.«
»Es wäre doch nur angenehm, ein Leben zu haben, wie es sein könnte?« widersprach sie und sah wieder den Brief an, der neben ihr lag, sah Luisa an.
»Doch was war mit Wolff, war er nicht jemand, der stark genug liebte und gab?«
»Ja, und ich liebte ihn für seine Liebe. Wolff konnte viel geben. Zuviel«, sagte Beatrice nun ganz ruhig. »Aber er liess nicht nach. Er war altmodisch treu und wollte heiraten, und ich wollte, dass es bleibt, wie es war. Er wollte Kinder. Ich wollte nicht einmal anfangen, von Kindern zu reden. Und ich sagte ihm nicht nur einmal, ich würde ihn nie heiraten.«
»Doch sie wollten bei ihm bleiben.«
Beatrices Augen verschleierten sich.
Und Luisa sah jetzt in ihrem Blick, dass es ihr die Kehle zuschnürte. Und hörte: »Ich wollte mit ihm sogar glücklich werden. Nur - mit ihm war es immer so ruhig. Immer gleich. Aber mich treibt es; verlangt es nach mehr im Leben. Und ich fragte mich zuletzt schon, ob es mit einem anderen Menschen vielleicht besser gegangen wäre ...«
War Beatrice plötzlich errötet?
Ja, das war sie.
»War vielleicht Julian der andere, den sie begehrte?«
Beatrice, die nach wie vor sass, fragte nun: »Wissen Sie es, warum man einen Menschen liebt?«
»Warum kommt sie jetzt auf diese Frage?« wunderte sich Luisa. Aber sah sie an und überlegte und versuchte, klare Worte zu finden: »Ich glaube, man liebt einen Menschen, weil man bei diesem Menschen ganz bei sich selbst sein kann. Jeder kann der sein, der er ist. Ja, und wir - sind du und ich. Mit einer Welt für uns.« Sie lächelte Beatrice an: »Man gehört zu dem anderen.« Dann fügte sie leiser hinzu: »Und wenn Sie jemanden lieben, der die Liebe auch so sieht, können Sie dieses Gefühl nicht verlieren.«

»Also, so habe ich noch nicht geliebt«, sagte Beatrice, die mit Interesse zugehört hatte.

»Ich hatte grosses Glück«, sagte Luisa.

»Waren Sie nicht verschieden, ihr Geliebter und Sie?«

»Nein«, antwortete ihr Luisa. »Dabei war er bestimmt anders als ich. Und ich anders als er. Aber jeder konnte eben so sein, wie er sein wollte. Wir behinderten uns nicht. Wir machten aus den Stärken des anderen keinen Vorwurf. Und vieles im Leben, das sahen seine und meine Augen gleich.«

»Aber Sie sind nicht mehr zusammen?«

»Er ist tot«, antwortete ihr Luisa und schaute sie so an, dass Beatrice gar nicht auf die Idee kam, noch einmal nach Ben zu fragen.

»Wollten Sie Kinder?« fragte sie.

»Auch ich habe immer gesagt, ich möchte keine Kinder haben«, gestand Luisa nun mit einer leichteren Stimme. Und wollte ihr sagen, weil sie in ihrem Leben aber auch um die dreissig ohne einen Mann gelebt, und dann ihre Kunst Vorrang gehabt hatte. Aber da unterbrach Beatrice leise: »Wie wird Wolffs Tod wohl für Julian sein?«

»Für Julian?«

»Ja.«

»Er leidet.«

»Weiss er von meiner Schwangerschaft?«

»Ja«, sagte Luisa.

»Und hat er nichts zu ihnen gesagt, dass er ...«

»Nein«, widersprach Luisa sofort und sie sah, wie diese Frau, die jetzt mit ihren Gedanken auf der Begräbnisfeier war, auf einmal beklagenswert dasass; selbst ihre Schönheit.

»Am Freitag ist Wolffs Aussegnung. Sie kommen auch?«

»Vielleicht gehe ich mit Julian, wenn nicht seine Frau ihn begleitet ...« Und Beatrice sah ihr jetzt unwillkürlich kühl in die Augen. Für einen Augenblick war kein Gespräch möglich.

Dann aber sagte sie wieder ganz ruhig: »Ich habe bei der Vernehmung auch einen Brief von mir bekommen«, und nahm den Umschlag, den sie neben sich gelegt hatte. Sie zog den Brief aus dem Umschlag und öffnete ihn. Sie überflog ihn. Sie fing aber nicht an zu lesen. Sie sagte plötzlich: »Ich hatte Wolff in diesem Brief geschrieben, wie ich mir unser Leben vorstelle.«

»Und wie?« fragte Luisa direkt und wartete.

Aber diese Frage wurde ihr nicht richtig beantwortet. Beatrice, die auf dem Bett sass, sie machte eine Bewegung und sprach von einem Haus, das ihr für sie und den Mann, den sie liebte, vorschwebte: »So wie ein Landhaus in Italien, das ich kenne. Es ist ein grossartiges Haus, wo einfach alles stimmt. Die Möbelstücke in den Räumen, wie der Blick von den Terrassen, der weit in eine Landschaft geht. Von den Schlafzimmern geht man in die Bäder. Es sind mehrere Bäder. Und ein einziger, aber grosser Kamin. Und im Garten stehen abstrakte Skulpturen.«

»Ein Haus? Das ist nicht ein Haus«, dachte Luisa, »das ist eine Villa«, aber sagte: »Ich kann mir schon vorstellen, dass man ein schönes Haus im Süden will.«

Und vor ihr erschien ein ursprüngliches Haus, das in Griechenland stand, in natürlicher Stille, wo es noch vor der Terrasse Rosmarin gab. Die Küchenmöbel waren noch in die Wand gemauert. Das Bett eine Moussandra. Die anderen Möbel alt. Und was man auch tat, die Haustür hing hoffnungslos schief in den Angeln.

Was für ein Haus Wolff gesehen hätte, fragte Luisa sich allein.

Jetzt beugte Beatrice sich ein wenig vor, um Luisa genauer in den Blick zu bekommen - hatte dann ihre Augen wie gebannt auf Luisa gerichtet. Wie eine Katze. Sie schaute sie nur an und fasste dann ganz plötzlich Zutrauen. Und dann sagte sie: »Wissen Sie, ich mache mir, im Vergleich zu Wolff, nicht soviel Gedanken. Ich bin auch nicht gewohnt, Bücher wie er zu lesen. Ich lese nicht Hans Wollschläger oder Thomas Bernhard. Und drücke mich auch nicht so sicher aus.«

Und sie nahm noch einen Anlauf und gestand: »Ich komme aus einfachen Verhältnissen.«

Und Luisa begriff, das war der Punkt. Sie war aus einer Familie, die ihr ein Leben geschenkt hatte, dass sie nicht wollte. Und als sie glaubte, sich davon dank harter Arbeit und ihrer Schönheit, die ihr Reichtum war, freigemacht zu haben, wollte sie, schön und ungerecht, dieser Welt auch nicht mehr begegnen. Nichts Hässliches mehr. Nichts Gewöhnliches. Sondern sie wollte in der guten Gesellschaft verkehren, was das auch immer sein mochte. Da einen goldenen Platz haben. Und wissen, sie ist ein Mensch, der dazugehört. Hier. Und überall auf der Welt.

»Es wäre schön, wenn Sie aber niemandem sagen, was ich ihnen - ja, anvertraut habe«, bat sie nun. Und Luisa sagte der jungen Frau ein beruhigendes Nein.

Und danach sah sie Luisa offen an und lächelte nochmal ein Lächeln, das verführte; ins innerste Herz treffen konnte. Und Luisa war hingerissen. »Könnte ich so ein Lächeln malen. Mona Lisa wäre mit schönster Wut die Verliererin«, phantasierte sie.
Sie schwiegen ein wenig.
Dann sagte Beatrice und senkte den Blick: »Mit dem Kleinen in mir wäre wieder ein Stück von Wolff auf der Welt ...«
»Oh ja!« erwiderte Luisa, die sah, dass sie den Tränen gerade sehr nahe war. Und unter ihrem Blick trocknete sie die Augen eilig und schlug sie wieder auf.
Also schaute Luisa nun verständnisvoll und sagte sanftmütig: »Der Wolff ist mit einem Selbstmord von uns allen gegangen ... wollte von uns gehen, von Ihnen, von Julian ... auch von mir ... und vielleicht nicht umsonst ...«
»Warum sagen Sie das so?«
»Ich weiss nicht, weshalb. Vielleicht, weil ich Sie nicht kenne. Vielleicht, weil Sie von Wolff - und auch von sich gesprochen haben.«
Beatrice nickte etwas und fügte dann mit einem kleinen Lächeln hinzu: »Ich könnte vielleicht mit meinem Kind in New York leben.«
Und das war für Luisa das Stichwort aufzubrechen. Sie hatte ihr mitgeteilt, was sie hatte mitteilen wollen. Und alles, worüber sie jetzt noch sprechen würden, wäre schon gesagt gewesen. Und deshalb schloss sie: »Ich wünsche Ihnen nur Gutes«, und Beatrice, die bis jetzt gesessen war, erhob sich und legte ihren Brief auf den Tisch. Sie tat einen Schritt, um Luisas Hand zu nehmen. Sie lächelte nochmals und Luisa hatte auch ein Lächeln für sie. Dann ging Luisa. Und sie wusste es nicht, aber schätzte Beatrice so ein, dass sie nicht nur ihrem Schmerz beikommen, sondern zurück ins Leben finden und es ihr in ihrer Welt bald wieder wirklich gutgehn wird.

Währenddessen war Kurt Schaad wieder auf die Intensivstation gegangen. Und er musste nochmal Kaffee trinken, weil Karsten Cremer für sie zwei Pappbecher Kaffee geholt hatte.
Sie standen kurz an der Wand, auch wenn um sie herum Hektik war, und Karsten Cremer sagte ihm gerade, dass eine Pankreatitis reingekommen war, dass der mit den Flankenschmerzen einen Harnleiterstien gehabt, und er bei dem Mann mit der Pneumonie, dem Kurt den Schnorchel rausziehen will, nochmal auf die Lunge gehört hatte.

Jetzt aber sah er Schaad an und fragte: »Erzähl, wie wars bei Klink?«
»Also, ich hab ihm gesagt, dass ich kündige. Und er hat mir das Du angeboten, dieser alte Spitzbube.«
»Das Du?« wiederholte Karsten Cremer anerkennend und Kurt Schaad fühlte, dass sein Kollege ohne Neid neben ihm stand. Und so verspürte er Lust, ihm von dem Gespräch mit Professor Klink zu erzählen.
»Und was wirst du jetzt tun?«
»Nichts«, antwortete Schaad gelassen. »Oder ich geh zu Ärzte ohne Grenzen.«
»Ärzte ohne Gerenzen?«
»Wahrscheinlich. Klink hat einen alten Freund, der bei dieser Organisation ist, und hat ein Zusammentreffen vorgeschlagen. Ich lass mir von dem mal bei Kaffee und Kuchen erzählen, was man da so zu tun hat.«
Und da schwang überraschend ein Ton in der Stimme, der wankte. Und Karsten Cremer spürte, dass Kurt Schaad, bewusst oder nicht, etwas melancholisch war, und sagte: »Wenn Bergmann nicht wäre, würdest du uns nicht verlassen.«
»Nein«, erwiderte Kurt Schaad und fügte hinzu: »Klink hat sogar zugegeben, dass er Bergmann nicht mag.« Er überlegte einen Augenblick, und dann gestand er: »Ich glaube, ich mag diesen Klink«, und sah seinen Kollegen an.
Anschliessend fragte er noch nach einem Patienten, der ihnen beiden sehr am Herzen lag; auch Wolff hatte für ihn viel Empathie gehabt: »Und der Alte vom Heim?«
»Hängt noch an der Dialyse.«
»Dann schau ich mal zu ihm.«

Als Kurt Schaad jetzt in eines der Zimmer kam, in denen dialysiert wurde, lag in diesem Raum ein achtundsechzigjähriger alter Mann allein in einem Patientenbett und neben dem Bett stand das Dialysegerät.
Es war ein magerer Mann, mit Augen, die leicht schielten. Seine Haare waren graubraun und kurz geschnitten. Und seinem Gesicht sah man an, wie die Krankheit es ausgehöhlt hatte.
Er lag ausgestreckt in seinem Bett. Er lag fixiert. Lederriemen hielten beide Arme. Er musste gefesselt werden, weil die Ärzte fürchte-

ten, dass er sonst mit einer Hand den Spezialkatheder packen, aus der Halsvene reissen und dann in das Kissen drücken würde. Und das wäre sein Ende. Weil das Dialysegerät sein ganzes Blut wie eine Fontäne in das Kissen spritzen würde.
Der Alte, von dem bekannt war, dass er geistig leicht behindert war, musste hier sein, weil seine Nieren akut versagt hatten.
Er war jetzt seit fünfeinhalb Stunden an der Dialyse, und hatte noch eine halbe Stunde. Und es sah so aus, als schien er den Arzt nicht zu bemerken, den er doch kannte. Aber er schien überhaupt nichts um sich zu bemerken. Er lag, starrte vor sich hin.
Kurt Schaad kam ans Bett und sprach ihn an. Er erkundigte sich, ob er Schmerzen habe. Der Mann öffnete die Lippen, aber es kam keine Antwort. Er verweigerte sie dem Arzt jetzt offenbar.
Doch plötzlich schaute er Kurt Schaad einen Augenblick lang an, und dann formte er mit einer heiseren Stimme die Worte: »Ich will hier weg.«
»Sie können hier nicht weg«, sagte Kurt Schaad professionell und seine eigenen Worte kamen ihm gefühllos vor.
Still schaute der Alte einmal zum Fenster. Seine Lippen bebten.
»Wir müssen es doch tun«, sagte der Arzt.
Sein Kinn zitterte.
»Sie würden sterben, wenn wir Sie wegliessen.«
Er blickte wieder Schaad an. Tränen kamen ihm in die Augen. Er sagte wieder: »Ich will hier weg.« Er brummte: »Weil ich will! Verstehst du?« Er wurde derb: »Du hängst ja nicht an diesem verdammten Gerät.«
Schaad blickte zu dem Dialysegerät.
Der Alte wurde höhnisch: »Das ist meine Niere. Und ich kann mit ihr tun, was ich will.« Seine Ohnmacht entlud sich: »Ich will hier weg.«
Und Kurt Schaad schaute auf den Mann, auf den Körper, aus dem fleissig Blut entleert und wieder zurückgegeben wurde. Er blickte noch einmal zu der grauen Maschine, die das Blut des Alten in die Kapillare führte, in die künstliche Niere, wo es mit Biocarbonat gewaschen wurde, sein ganzes Blut. Und wenn es gewaschen war, kam es wieder zu ihm zurück. Und dann griff sie von neuem nach seinem Blut und liess es von neuem in sich hineinlaufen. Sie lief und lief. Und das stundenlang. Sechs Stunden.
Schaads Blick ging wieder zu dem Alten, der immer noch wie zer-

drückt dalag. Dann blickte er in das Zimmer, in diese trostlose Umgebung. »In seinem Heim hat er ein Zuhause, wo er morgens die Leute grüsst, die er grüssen will, wo er im Garten arbeitet, was seinen Tagen einen Sinn gibt. Und was ist das, was wir ihm geben? Er liegt auf Normalstation und jeden zweiten Tag fährt man ihn hoch zur Dialyse. Gut, man hätte ihm einen dauerhaften Zugang schaffen, und dann hätte er wenigstens ambulant zur Dialyse gehen können. Aber den wollte er ja nicht. Er wolle keine Löcher in den Arm, hat er gesagt.« Und Schaad dachte noch dazu: »Er würde nicht in ein Dialysezentrum kommen, weil er diese Strapazen nicht mehr ertragen, sein Leben für sich würdig zu Ende leben will.« Und dann richtete er seine Gedanken von dem Alten zu seinem Chefarzt: »Ach, ich rede mit Klink«, er lächelte einen Augenblick heimlich, »und frage ihn, ob wir nicht aufhören können, ihn an diese Maschine zu hängen.«
Wenn man das machen würde, seine Dialyse nicht mehr beibehalten, und man kann das gesetzlich, dann würde er bei sich im Heim noch eine kurze Zeit ein Leben haben, das er wollte. Das konnten Tage, das konnten ein zwei Wochen sein. Er könnte in dieser Zeit das tun, was er will, was er immer getan hatte. Er wäre ein Mann, der sich frei bewegen könnte. Er könnte von seinen Tagen erzählen. Und sein Tod, in den er dabei gehen würde, wäre nicht schwer. Er würde ja nicht an seinem Lungenödem, sondern am Nierenversagen sterben - würde bald, sehr bald im Bewusstsein getrübter, zugleich erschöpfter, werden. Und dann würde er einfach aufhören zu atmen ... einfach einschlafen.
Schaad hatte seinen Blick noch auf ihm.
Der Alte schaute fragend zurück.
»Ja«, sagte Kurt Schaad, »ich werde vorschlagen, dass man die Dialyse bei Ihnen abstellt und Sie in Ihr Heim lässt.« Und dachte, während er das sagte: »Das hätte Wolff auch getan.« Und als er nochmals zu ihm sah, murmelte der alte Mann: »Ich will hier weg.«
Dann ging Kurt Schaad aus dem Zimmer, um sich endlich um den Mann mit der Pneunomie zu kümmern.

Ja, und Luisa war - nach dem Reden mit Beatrice die Treppen wieder hinaufgestiegen - also nicht in den Supermarkt gelaufen. Aber sie hatte nach diesem Gepräch keine Lust mehr gehabt.
Oben angekommen, war sie zunächst in ihr grosses Zimmer gegan-

gen, hatte sich eine geraume Zeit auf das Sofa gesetzt und in den Sonnentag geblickt. Über dieses und jenes nachgedacht - und wiederholt über Beatrice. Und sich dann gesagt: »Ich hörte ihr Weinen. Aber sie hat nicht darüber gesprochen, wie sie unter Wolffs Tod leidet ... nichts davon preisgegeben.«

Und ihr nächster Gedanke war: »Sie hat schon ein wenig das, was Julian über sie gesagt hat ... eine Fremdheit ... auch was Kaltes.« Sie nickte. »War sie als Geliebte Wolffs umso voller von Gefühlen?« Sie sagte: »Jedenfalls will sie, dass ihr Leben gelingt.«

Nun war sie ins Bad gegangen. Und jetzt stand sie vorm Waschbecken und wusch sich die Hände, und dachte erneut an Beatrice. Sie dachte an ihre Schönheit. Sie hob den Kopf und sah sich im Spiegel. Sie sah sich an und zog plötzlich die Brauen zusammen. Sie hatte über dem linken Auge eine kleine Falte bemerkt. Die war neu. Sie betrachtete ihr Gesicht genauer. Sie sah noch andere Falten. Sie schnitt eine Grimasse.

Nun trat sie einige Schritte vom Spiegel zurück und lächelte ihrem Gesicht zu. Sie versuchte, verführerisch zu lächeln, und sagte dann, in diesem Bad: »Luisa, du bist - na - eine sehr schöne Frau«, und drehte sich halb im Kreis.

»Und ich bin ein Mann«, reagierte eine bekannte Stimme, kaum hatte sie es ausgesprochen. Und Luisa zuckte zusammen und wandte unwillkürlich den Kopf, um zu sehen, ob die Stimme etwa Christian gehörte. Und es war Christian Lenz, den sie im Flur sah. Sie hatte ihn nicht kommen gehört. Und ihr war das fast peinlich, dass er sie so gesehen hatte. Sie holte Luft und setzte eine erstaunte Miene auf: »Kurz nach halb sechs. Du bist aber früh.«

Er lächelte genussvoll.

»Ich frage mich«, sagte sie jetzt etwas schmollend. »ob ich diese neue Falte ... alle ...« Sie konnte nicht anders, als das zu sagen. Er merkte, dass das nicht wirklich ernst gesagt war. Doch es war gesagt.

»... mit einer Botoxinjektion beseitigen lassen sollst?«

Sie nickte zuerst, kam dann ein zwei Schritte auf ihn zu und streckte ihm ihr Gesicht entgegen.

Er schaute sich die Falten an und fragte: »Siehst du dann anders aus?«

»Jünger«, gab Luisa trocken zurück.

»Und dann?«

Luisa, die froh war, dass er so redete, fragte zurück: »Du bist nicht damit einverstanden, wenn man sich mit einer Spritze wieder ein glatteres Gesicht machen lässt? Und findest auch Schönheitsoperationen unsinnig?«

Und er antwortete, genau das fände er. Er würde keiner Frau zu einem solchen Eingriff raten, es sei denn, medizinische Gründe liegen vor oder die Leute sind Opfer ihres Aussehens. »Natürlich wirkt so ein unterspritztes oder gestrafftes Gesicht jünger und frischer.« Aber er käme mit seinem ärztlichen Gewissen in Konflikt: »Weisst du, was in der Schönheitschirurgie so angerichtet wird?«

Luisa wusste das nicht.

»Viele von den Kollegen sind keine Fachärzte; und viele haben doch zu wenig operative Erfahrung. Und mir ist zu viel Geschäftemacherei dabei. Es ist doch so, dass Botulin geradezu wie eine Einstiegsdroge ist. Ein zwei Spritzen, und die Frauen sind erstaunt, wie jung sie wieder aussehen. Und deshalb machen viele auch immer weiter. Lassen sich lasern, ein Facelifting machen. Und haben bei Überkorrektur kaum noch eine Mimik. Und was folgt, sind Leute, die ein Gesicht haben, das anliegt wie eine Maske.«

Und Luisa hätte ihn für diese Äusserung umarmen mögen. Tat es aber nicht. Sie fragte: »Sieht man das als Arzt, wenn sich jemand ein Gesichts-Lift machen lässt?«

»Sieht man.«

Und dann sagte sie: »Man könnte schon denken, dass es in dieser Gesellschaft einzig und allein darum zu gehen scheint, jung ... durch die Zeit jung zu sein. Wehe, wenn man alt wird ...«

Er zuckte die Achseln: »Bald nicht mehr. Bald sind soviel Alte da, dass selbst diese Gesellschaft sie sehen ... sich um sie bemühen wird.«

»Ich habe heute Beatrice gesehen«, sagte sie.

»Ah, deshalb?« sagte er und lachte sie leise aus: »Wo?«

»In Wolffs Zimmer.«

»Hast du mit ihr auch gesprochen?«

»Nicht so viel«, sagte sie nur und kam auf das Aussehen, das Beatrice hatte. »Ich finde sie schon schön. Allein ihr Lächeln.«

»Du bist auch eine sehr attraktive Frau«, urteilte er, und Luisa empfand das Kompliment als verdient, ob er es nun so gemeint hatte oder nicht. Sie sah ihn schalkhaft an. Lachte noch und schob ihr

halblanges Haar hinter die Ohren. Sie wechselte das Thema: »Ich hab mir von dir ein Brot genommen.«
Er nickte.
Und jetzt kam sie aus dem Bad und sagte ihm im Flur nochmal: »Du bist heute abend wirklich früher als sonst.«
»Ich bin beizeiten aus dem OP gekommen, und es waren wenige Patienten zu prämedizieren.«
»Weisst du etwas über Kurt?«
»Du meinst, ob Kurt bei Klink war und was er nun so tut.«
Sie nickte.
»Kann ich dir nicht sagen, ich hab Kurt heute nicht gesehen.
»Wie ist das jetzt bei euch so ohne Wolff?« fragte sie nun.
»Na, ja«, begann er, »das Unglaubliche ist, dass man in gewisser Weise so weitermacht wie vorher.« Und sagte ihr: »Das bedrückt mich schon etwas.« Er fuhr fort. Er fand nicht gleich die Worte. Er suchte sie mit den Händen: »Wir müssen natürlich unsere Arbeit machen. Aber schliesslich ist Wolff nicht mehr am Leben. Doch wir sprechen schon wieder, als ob er im Urlaub durch die Sonne spazieren würde. Und es gibt Kollegen, die tun, als würde es seinen Suizid nicht geben. Er ist eben - nicht mehr da. Die kennen da nichts. Die werden ihn bald vergessen haben.« Und er fügte hinzu: »Dabei ist Wolff noch nicht einmal bestattet worden.« Er wollte noch eine etwas abfällige Bemerkung über einen der eigenen Kollegen machen, aber unterbrach sich und machte eine Bewegung, als wäre das, was er noch sagen wollte, zu banal. Stattdessen erfuhr Luisa, dass Professor Klink heute nach der Visite gesagt hätte, wenn jemand mit ihm über den Suizid des Kollegen sprechen wollte, für den hätte er jederzeit Zeit.
»Das ist aber schön«, bemerkte sie dazu, »seine Ärzte spüren zu lassen, dass man immer zu ihm kommen kann.«
»Ja schon, Klink ist noch menschlich.«
Luisa, die wusste, dass am Freitag der Aussegnungstermin war, wollte jetzt wissen, ob Christian Lenz hingehen würde.
»Ich kann nicht. Klink hat mich gefragt, ob ich am Freitag einen der OP's machen könnte. Vielleicht will er ja gehen.«
»Bist du enttäuscht?« fragte sie.
»Im Grunde nicht«, sagte er nach kurzem Schweigen. »Ich habe Wolff am Waldrand gesehen und möchte den toten Wolff ganz gern

aus meinem Gedächtnis verbannen. Ich möchte ihn so in Erinnerung behalten, wie er war, als er noch mein Kollege gewesen war.«
Luisa konnte das verstehen. »Es wäre ja auch nicht mehr der, den man wirklich gekannt hatte«, dachte sie. Und sie dachte plötzlich erneut an Beatrice, die eigentlich keine Kinder bekommen wollte und betrachtete Christian Lenz. »Ob er Kinder wollte?« Sie fragte.
»Ich habe eine Freundin, die immerhin drei Kinder will.«
Sie lächelte. Und er schloss seine Zimmertür auf mit der Bemerkung: »Obwohl ich schlafen könnte, werde ich mich jetzt an meinen Schreibtisch setzen und weiter diktieren.«
»Muss du schon wieder Patientenbriefe diktieren?«
»Ich hab doch in einer Woche Urlaub. Und da will ich nichts liegen lassen. Auch diese Briefe nicht.«
»Wie lange hast du denn Urlaub?«
»Acht Tage. Und da wollen wir wieder nach New York fliegen«, sagte er und seine Augen glitzerten.
»Jeder kennt New York«, sagte Luisa ihm, »nur ich habe diese Stadt noch nicht gesehen.«
Er lächelte nur aufgeräumt und entschwand in sein Zimmer.

Es war auch noch früh, als Julian kam, und es war noch hell. Es hatte sechs geschlagen, als er die Klinik verlassen und dann gleich ins Wohnheim gegangen war. Doch er ging nicht in sein Zimmer, um seine Jacke aufzuhängen. Er wollte nicht in sein Zimmer. Er ging nach oben zu Luisa.
»Kommst du mit spazieren?«, fragte er.
»Ja«, sagte sie und schaute seine Jacke an, die er noch nie angehabt hatte. Sie holte einen ihrer beiden Lieblingspullover und legte ihn um die Schultern. Sie verabschiedeten sich noch von Christian Lenz, dann gingen sie die Treppen hinunter.
Und nachdem sie das Wohnheim verlassen hatten, liefen sie nach links, am Parkplatz mit seinen Autos vorbei. Rechter Hand erstreckte sich der Wald. Eine Frau nebenan in einem Garten sass in der Sonne. Sie sahen sie ... waren an ihr vorbei, gingen ein paar Minuten am Rand des Waldes. Helles Grün in der Sonne. Beide berührten sich ab und zu beim Gehen. Und Luisa erzählte ihm jetzt: »Du, wie ich heute Nachmittag in den Supermarkt gehen wollte, habe ich in Wolffs Zimmer Beatrice gesehen ...«

»Du hast was?«

»... und sie gesprochen«, sagte sie und schaute ihn an und sah Überraschung auch in seinen Augen.

Jetzt waren sie im Wald verschwunden, konnten von der Strasse nicht mehr gesehen werden.

»Und was gesprochen?« fragte er.

Und Luisa beschrieb, wie sie Beatrice mit einem Brief in Wolffs Zimmer entdeckt und erkannt - wie sie sie angesprochen hatte und ins Zimmer gekommen - wie es dann ein Gespräch geworden war. Und als sie ihm gesagt hatte, dass das Gespräch sogar ein ganz gutes gewesen war, was sie nicht erwartet hatte, fragte er, wie sie sie denn fand.

Sie überlegte und gab ihm dann eine zurückhaltende Antwort: »Sie ist schon eine sehr schöne Frau. Fast entrückt in ihrer Schönheit. Aber ich kann nicht sagen«, gab sie einen Augenblick später zu, »dass sie mich wirklich ganz berührte.« Sie zuckte die Schultern: »Sie hatte etwas an sich, was mir trotz aller Schönheit nicht gefiel.«

»Ich hab es dir ja gesagt«, sagte er.

»Ja, du hast es gesagt«, erwiderte sie. »Und ich geb dir recht«, sagte sie noch gedehnt, »wenn du sagst, dass sie etwas Kaltes hat.« Sie fügte hinzu: »Ich habe überlegt, mit welchem Wort man ihr Äusseres beschreiben könnte. Aber ich hab noch kein Wort finden können.« Sie seufzte. »Ihr Gesicht sieht aus wie ... ich weiss es nicht.« Sie dachte einen Augenblick nach: »Ihre Schönheit hat so was einmaliges - wie ...« Sie wusste es auch jetzt nicht.

»In einem Roman, den ich mal gelesen habe, hatte der Schriftsteller für die Schönheit einer Frau ein wundervolles Wort. Das auch zu Beatrice passt. Auch ihre Schönheit ist besonders auffallend. Ich sag's mal so: Diese Frau ist eine Sehenswürdigkeit.«

Sie lachte: »Aber sie hat mir von sich erzählt«, sagte sie dann. »Auch von Wolff.«

»So, hat sie?«

»Sie hätte ebensogut nichts sagen können.«

Er schwieg.

Sie dachte an das Gespräch. »Und sie hat während des Gesprächs etwas in sich abgestreift«, sagte sie dann und zog sich ihren Pullover über.

Ein kleines Zucken in seinem Gesicht.

»Sie ist nicht nur, was man oberflächlich nennt; auch wenn sie es in der verherrlichten Welt der Schönen und Reichen zu etwas bringen will.«
»Ja, das will sie. Nur war das nicht Wolffs Welt«, sagte er, der an seinen Freund dachte.
»Und ich glaube, dass sie Wolff geliebt hat.«
»Nur - Wolff war nicht allzu glücklich mit ihr.«
»Julian, ich glaube aber nicht, dass sie ein Spiel mit ihm gespielt hat«, sagte sie jetzt und sah die Sonne durch die Bäume spähen, und sah ihn wieder an.
Er machte ein Gesicht, als wenn er auf einmal dicht machen würde.
»Vielleicht ist sie eine Frau, die stolz und gleichzeitig nüchtern in eine Beziehung geht, während Wolff glühend war, innerlich. Erinnere dich«, fiel ihr ein, »wie er ganz bei einem war, wenn er zugehört hat. Das war etwas Besonderes. Und das ist nur ein Beispiel. Wie verlor er sich dann in einer Beziehung?«
»Ja, er war ein Mensch mit heftigen Gefühlen.«
»Und Gefühle in einem können mehr noch sein«, antwortete sie und lächelte, aber er spürte, dass sie es ernst meinte. »Rücksichtslos. Als wollen sie sich auflehnen.« Sie wurde drängender, und einen Augenblick später bemerkte sie: »So ähnlich geht es einem schöpferischen Menschen, der erst endgültig er selbst sein kann, wenn er in seiner Kunst leben kann.« Sie nickte. Sie wusste, wovon sie sprach. Sie breitete den Gedanken aber nicht aus. Sie sagte nur noch: »Doch je weniger ein Mensch seine Träume leben ... sein Wesen entfalten kann, umso mehr bricht die Kraft seiner Leidenschaft, die er besass.«
Sie lächelte noch einmal im Ernst.
Er nickte.
»Sieh ...«, sagte sie jetzt und sah in die Bäume. Er folgte ihrem Blick. Sie sahen den Frühling in den Bäumen. Sie sahen einen alten Baum. »Irgendwie glaube ich, dass sie es doch bekommt ...«, fuhr sie dann fort und war wieder bei Beatrice. »Das Kind von Wolff.«
»Und warum hat sie nicht gleich zu dem Kind ja gesagt? « fragte er und blieb stehen.
»Ist das jetzt nicht gleich?«
Sie gingen weiter diesen Weg entlang und sprachen nicht.
Dann blieb er stehen, fragte übergangslos: »Ist das nicht unbegreiflich? Als wir uns das letzte Mal sahen, hatte Wolff wie immer mit mir gesprochen und mir wie immer Gute Nacht gewünscht.«

»Willst du damit sagen, dass sein Tod ein kühler geplanter Selbstmord gewesen ist«, ging sie auf ihn ein.
»Weil er Gute Nacht sagen konnte, an dem Tag, an dem er sich vielleicht auch das Valium aus der Klinik besorgt hatte.«
Sie wollte ja sagen, aber schüttelte den Kopf und sagte: »Ich frage mich, ob so ein Suizid jahrelang unbemerkt in einem ist. Denn dann würde gelten, dass es auch bei Wolff so war. Und vorgestern war einfach in ihm jenes unbekannte - Heimweh, dass er es tun musste. Und so«, sagte sie jetzt noch, »wie er es getan hat - auf Nummer sicher - das ist vielleicht normal für einen Mann.«
»Und wenn es eine Frau tut?« fragte er.
Luisa zögerte, bevor sie antwortete: »Ich würde es mit Schlaftabletten machen.«
»Aber im Leben war er eine Ausnahme«, sagte er später.
»War er einer der Menschen, die Idealisten sind.«
»Was ist für dich ein Idealist?« fragte er jetzt und sah wieder Wolff vor sich. Und Luisa antwortete fast sofort. Es war eine Frage, die sie sich selbst schon gestellt hatte: »Ich glaube, das ist ein Mensch, der das, was er tut, aus einer inneren Notwendigkeit heraus tut, auch wenn die ganze Welt ihn dabei belächelt. Doch das, was er dabei empfindet, ist, dass er trotzdem das Richtige tut.«
Sie lächelte schwach. Er fühlte ihr Lächeln. Er sah sie dann an und liess eine Hand über ihren Rücken gleiten. Sie machte einen tiefen Atemzug. Es tat gut, zu fühlen, dass er sie mochte. Und ein paar Schritte später sagte sie zu ihm: »Ich hätte mich vor ein paar Jahren ebensogut umbringen können.« Und erzählte ihm das, was mit Ben geschehen war. Von dem Mann, der auf dem Weg zu ihr gewesen war. Sie teilte sich zum ersten Mal ganz offen mit. Er wusste nicht, wie plötzlich das für sie war. Und sie war bewegt, als sie es tat. Sie sah ihn nicht an. Sie sah auf den Boden. Auch er sah auf den Boden und entdeckte plötzlich die weiche Feder eines Bussards. Er hob die Feder auf und reichte sie ihr. Sie dankte ihm und liess sie in der Hand liegen. Dann feuchtete sie mit der Zunge die Lippen an: »Ich habe erlebt, dass meine Liebe, die vollkommen war, mir fortgenommen wurde.« Ein Schatten flog über ihr Gesicht. »Und das Verlangen, Ben zu sehen, seinen Mund zu küssen, ich fühle das immer wieder noch nach, Julian. Und in solchen Augenblicken möchte irgendetwas in mir ihm immer noch folgen. Aber etwas anderes in mir sagt: ich will

leben.« Sie lächelte etwas. Sie musterte für einen Augenblick das viele Grüne. Dann sagte sie noch direkt: »Ich bin nicht stolz darauf, mich damals nicht umgebracht zu haben. Aber - da war das Leben, ungeduldig und wahr.«

Und er, der ihr Wort für Wort gefolgt war, fragte berührt, ob sie das, was sie so tief verwundete, noch einmal überleben würde. Und sie wandte ihren Blick zu ihm und antwortete bekennend: »Ich glaube, dass ich es nicht mehr schaffen würde. Doch ich begann irgendwann, genau dieses mein Leben wieder zu lieben. Denke, wie schön es ist. Und es kann auch sein, dass das, was ich erlebt habe, mich bewegter gemacht hat und dass ich in gewisser Weise bescheidener geworden bin. Die Jahre des Alleinseins haben mich bescheidener gemacht.« Es klang schmerzlich, so wie sie es gesagt hatte.

Sie bogen in einen anderen Weg, gingen eng nebeneinander. Sie sprachen nicht. Sie richteten die Augen fest auf den Boden, bis sie sich plötzlich an einem Waldrand befanden, der der war, wo Wolff sich das Leben genommen hatte. Aber sie wussten das nicht.

Er hob den Kopf und blieb stehen: »Wir sind hier oft gelaufen«, erinnerte er sich. Sie sagte nichts. Er blickte auf die Bäume und sagte: »Ich denke noch nicht an den Tod. Mit ihm verbinde ich das Alter. Aber dass Wolf ... ich fühl mich um meinen Freund betrogen.«

»Es ist erst vorgestern gewesen«, sagte sie leise. »Und Wolff würde wollen, dass du dein Leben aus ganzem Herzen lebst.«

»Was liebst du in deinem Leben?« fragte er.

»Ich liebe es, in der Natur zu sein«, antwortete sie. »Über eine ungemähte Wiese zu laufen. Dem Meer nachzulauschen. Ich liebe es, wenn es den einen Tag sonnig, den anderen Tag regnerisch ist.« Sie lächelte und fuhr fort: »Ich liebe die Eindrücke schöner Städte. Ich liebe es, mit meinen Freunden zu sein. Gemeinsam an einem Tisch zu sitzen. Neue Menschen kennenzulernen. Das Lachen. Ich liebe Ordnung in den Tagen. Die Ideen der Kunst. Das Leben in Büchern. Meinen alten Teddybär. Und ich liebe es, einen Mann zu lieben«, sagte sie noch locker. Er lächelte. »Aber es macht mich unbehaglich«, sagte sie dann entschlossen und blieb im Schatten eines Baumes stehen, »dass Erfolg und Macht in dieser Gesellschaft ein so grosses Gewicht haben«, und sie lachte gereizt auf.

»Ja, ein Arbeitsloser sieht halt nach nichts aus.«

»Nach gar nichts«, sagte sie nachdrücklich.

»Und - was hast du damals getan, dass du dem Leben verzeihen und gleichzeitig wieder hoffen konntest?« fragte er jetzt und blickte sie weich an.

Luisa lächelte wieder: »Ich blieb mir - und meinen Wünschen treu. Und hatte einen Freund, der an mich glaubte und was tat. Er gab mir, die nichts mehr hatte, einen Kredit. Und ich nahm das Geld und malte wie wahnsinnig neue Bilder. Trieb mich, dass sie gut wurden - gut. Ich habe ein Jahr lang gebraucht und gespürt, dass ich zwar meinem Anspruch nahekommen, aber keine Karriere erzwingen kann. Kein hoffnungsvolles Leben, keine Liebe, kein Erfolg lässt sich erzwingen; wir können nur darauf hoffen, dass das Leben gut weitergeht. Doch ob ein Leben gelingt, hängt wohl von den verschiedensten Umständen ab.«

»Muss ein Leben gelingen?« wandte er ein.

Luisa wollte ja sagen, doch dann schüttelte sie den Kopf und drückte damit Verlorenheit ... zugleich Nichtwissen aus.

»Es gibt Menschen, die haben einen Gott, dem sie ihr ganzes Leben sowas wie darbringen«, sagte er dann: »Nur haben wir einen solchen Gott?«

»Irgendwie nicht« erwiderte sie. Und dann kam plötzlich ihr Humor: »Dementsprechend hängen wir in der Luft«, und in sein Gesicht kam ein kleines Lächeln.

Sie bemerkten einen Spatz. Der piepte in die Stille des Waldes. Sie hoben den Kopf und hörten ihm ein wenig zu. Dann setzten sie ihren Spaziergang fort.

Sie liefen, wo Wolffs Auto gestanden hatte, sahen etwas von der Strasse, bogen in einen neuen Weg, und waren noch einmal im Wald.

Und dann entsann sich Julian, wie er sich mal bei zwei Ärzten vorgestellt hatte, die einen Oralchirurgen wollten: »Das Vorstellungsgespräch war in einer grossen chirurgischen Praxis gewesen«, sagte er, »und die Zahnärzte, die in dieser Praxis gearbeitet haben, waren alle um die fünfzig, und das erste, was sie sagten, war: Ich fühle mich topfit. Und dann: Ich will nach oben, verstehen Sie. Ganz nach oben.«

Sie hob den Blick und sah in die Bäume. Und sagte, als sie den Blick wieder sinken liess: »Wenn einer mit Zeit im Wald herumgeht oder auch auf den Strassen und in die Luft blickt; mit dem Verlangen, in

die Sonne zu blicken, dann wird er von Leuten, die sich darin nicht erkennen, meistens nur als unvernünftig angesehen ... übersehen.«
Sie bogen in einen kleineren Weg ein. Weich war die Erde unter ihren Füssen. Weit war der Raum über ihnen. Eine Birke vor ihnen. Die Sonne warf Flecken auf ihre ersten Blätter. Er sah, wie sie genz genau auf den Baum schaute. Und sie bemerkte seinen Blick und fragte jetzt: »Was ist uns allen denn das Wichtigste im Leben? Was ist es denn?« Sie sah ihn wieder an. Er schwieg. So sagte sie, was auch er gesagt hätte: »Es ist diese eine Gesundheit, die alles ist. Die Arbeit, die einen befriedigen sollte. Der Mann, die Frau des Herzens, mit dem und der man Glück erfahren kann. Freunde, die man gern hat. Vielleicht noch Familie.«
»Und der, der das hat, besitzt sehr viel«, sagte er langsam.
Sie waren in der Zwischenzeit bergan gegangen.
»Wollen wir jetzt so?« fragte er dann und beschrieb einen kleinen natürlichen Pfad mit der Hand. Luisa nickte. Sie gingen den Weg. Julian ging vor ihr. Sie richteten die Augen in den Wald, der nun vor ihnen abfiel. Stille Bäume um sie. Sie fühlten die Stille. Sie sahen in den Himmel. Ein Abendblau, das über ihnen war. Sie gingen weiter. Sie kamen auf einen festeren Weg. Sie schritten wieder nebeneinander. Sie wurden von der Sonne beschienen. Und Luisa beobachtete wieder mit einem Lächeln, wie der Wald - in Licht und Schatten - leuchtete.
Julian war nachdenklich.
»Was denkst du jetzt?«
Einen Moment lang sah er sie an. Dann lächelte er plötzlich und sagte: »Ich habe eben gedacht, wenn ich einen Menschen kenne, der es wagt, seine Ideale zu leben, dann bist du dieser Mensch«, und Luisa fühlte sich - jetzt - in dem Augenblick umarmt.
Sie lachte: »Oh, du weisst einfach nicht, wie viele Bilder ich schon verflucht habe.« Sie sagte leiser: »Ich weiss, dass es nicht vielen gelingt, von ihrer Kunst zu leben. Aber es ist möglich, Ich weiss auch das.« Ihre Augen wurden sehr grau: »Es sagt sich so einfach. Einfach das, von dem man weiss, dass es das Ideal ist, machen. Ich weiss, dass es schwer ist.« Und sie sagte mit leiser heftiger Stimme: »Man muss es wollen. Tausendfach wollen. Einmal genügt nicht.«
Sie drehte sich dann zu ihm: »Ich mach jetzt keinen Witz. Aber machmal denke ich, ein wunderbares Etwas macht mit mir die Kunst. Ein

Etwas, von dem ich nichts weiss.« Und sie sagte: »Und manchmal glaube ich sogar, dass jenes Etwas beinahe wie die Liebe - und die Liebe alles ist.« Sie hob die Schultern und liess sie wieder sinken: »Lach nicht.«

Er hatte nicht gelacht. Er hatte nur für einen Augenblick ganz leicht gelächelt und gedacht, dass er auch von Wolff manchmal gehört hatte, dass die Liebe in allem ist, und er sagte ihr das.

»Glaubte Wolff an einen Gott?« fragte sie darauf.

»Er hat seine Zweifel gehabt.«

Wieder stand eine grosse Birke mit zarten Blättern. Wieder war ein blauer Himmel darüber. Und sie betrachteten sie wieder. Dann fragte sie ihn, was sie sich schon immer wieder gefragt hatte: »Glaubst du, man könnte die Menschen auffordern, dass sie den Tod nicht verneinen, weil sie ja wissen, dass er unvermeidlich ist.«

»Und doch kommt der Tod immer unerwartet. Auch bei Patienten, bei denen wir den Tod schon vorhersehen, sind wir jedesmal überrascht, wenn sie sterben«, sagte er ihr.

»Und sah das auch Wolff so?«

»Schon.«

»Beatrice, sie sagte mir, dass er täglich über seine Patienten sprach.«

»Ja«, bestätigte Julian«, »er gehörte zu den Kollegen, die von den Fällen sprechen, von denen sie berührt sind. Wie zuletzt von einer Frau, die wegen eines Bridenileus ins Krankenhaus gekommen war. Sie war eine der wenigen, die sehr friedlich sterben. Sie hatte nicht gegen den Tod gekämpft. Aber eine grosse Zahl von Patienten fürchtet den Tod. Sie wollen noch nicht sterben.« Er drückte sich kräftiger aus: »Aber man sollte ihn als etwas Dazugehörendes zum Leben empfinden, weil ... wo er herkommt, alles Lebende verschwindet. Niemand, niemand wird bleiben. Und wenn die Menschen einfach leben ... jeder sein Leben, dann ist es auch - wenn es sein muss - leichter, Abschied vom Leben zu nehmen.«

Jetzt schwiegen sie. Ein Eichhörnchen war erschienen, lief hoch auf einen Ast, sprang locker auf einen gegenüberliegenden, sprang weiter in die Tiefe des Waldes.

Und er fand noch: »Man hat die Freiheit zu sagen, ich lebe ... lebe so, dass ich weiss wofür ... oder ich sterbe. Und Wolff hatte jedenfalls noch jene Wahl, die einem eine Krankheit oftmals nicht mehr lässt.«

»Fürchten sich Ärzte vielleicht mehr vor Krankheiten als vor dem

Tod?« fragte sie ihn.

»Wir wissen, welche ungeheuren schweren Krankheiten es gibt«, antwortete er ihr.

Sie fragte still: »Was hatte Wolff wohl für ein Gefühl, auch physisch, in dem Augenblick, als er aufhörte zu leben, Julian?«

»Vielleicht ein auflösendes«, antwortete er. »Auch könnte er Sehnsucht danach empfunden haben, sich auszustrecken, wie um einzuschlafen.«

»Stellst du dir so den Tod vor?« fragte sie darauf. »Ähnlich dem Schlaf?«

»Vielleicht ähnlich«, sagte er, und sie schlugen einen Weg ein, der sie langsam wieder ins Wohnheim zurückführte.

Als Luisa in den kleinen Vorraum kam, der ihr gemeinsamer Aufenthaltsraum war, sass auf dem Sofa Donald; der Chirug, der auch ein Zimmer auf dieser Etage hatte, und ein etwa dreissigjähriger Mann mit blassem Gesicht, braunen Augen und hellbraunen Haaren war. Er sass mit gekrauster Stirn über medizinischen Papieren und Büchern. »Werde ich auch alles richtig machen und einigermassen in der Zeit sein?« fragte er sich. Doch das war gleichgültig. Donald hatte morgen seine erste Leisten-OP und war nervös. Diese Operation war nicht schwer und nicht gross. Aber für Donald war sie gross. So ein Leistenbruch war kein Blinddarm, von denen er schon mehrere operiert hatte. Dabei hatte er schon bei so vielen Leistenbrüchen assistiert. Er wusste doch eigentlich schon, was er zu machen hatte. Bloss mit dem Unterschied, dass er es morgen selbst tun musste.

Es kann nicht mehr passieren wie sonst auch. Es wird ein Kollege, der den Facharzt hat, dabei sein, der eingreift, falls er einen Fehler macht; der aber auch da sein muss, da diese Operation ansonsten gesetzlich nicht abgedeckt ist.

Jetzt hörte er Luisa, die er seit über einer Woche nicht gesehen hatte, und fragte; »Luisa?«

Luisa nickte und ging auf ihn zu. In ihrer beider Lächeln sah man, dass sie einander mochten.

Luisa verstand sich mit Christian Lenz. Aber mit Donald war es noch etwas anderes. Sie waren sich nahe.

Sie fragte: »Und Christian?«

»Ist in seinem Zimmer«, und er wies mit dem Kopf in den Gang.

»Heisst das, er diktiert immer noch?«

»Jeden einzelnen, heisst jeden Brief«, gab er zur Antwort.

Ihre Augen glitten nun über Donald hinweg und sahen seine Bücher. »Ich lese mir immer wieder jeden Handgriff durch«, sagte er und beschrieb mit der Hand einen chirurgischen Schnitt. Er schob die Papiere und Bücher zurück: »Aber setz dich doch.«

Sie brachte zuerst ihre Vogelfeder in das kleine Zimmer, und als sie wieder bei ihm war, setzte sie sich neben ihn und nahm wieder eines der Bücher, die er eben beiseite geschoben hatte, und schlug es auf.

»Das hier«, er deutete auf eine Seite, »ist eine Hernia inguinalis.«

»So?« fragte Luisa und buchstabierte: »Inzision der Externusfaszie in Faserrichtung (Schonung des N. ilio inguinalis) vom äussersten Leistenring aus. Spaltung der Kremastermuskulatur, die rezesiert wird.« Sie schnitt ein Gesicht, aber schaute ihn dann an, als würde sie ihn für eine Schulprüfung befragen, die er morgen hätte.

»Anzüngeln des Funiculus spermaticus«, sagte er und wusste weiter aus dem Gedächtnis: »Darstellung des inneren Leistenringes und des Bruchsackes. Resektion eines lateralen Lipoms. Eröffnung des Bruchsackes und Freilegung des Bruchsackinhaltes.«

»Stimmt«, sagte sie und sah ihn an, als wäre sie beeindruckt.

Er fuhr fort: »Nach Reposition des Bruchinhaltes Abtragung (indirekt) oder Einstülpung (direkt) des Bruchsackes und Nahtverschluss.« Nächster Satz: »Spaltung der Fascia transversalis bis zum Os pubis.«

Sie verstand nicht.

Er zeigte ihr den äusseren Leistenring

»Diese unverständlichen Linien sind der äussere Leistenring?« fragte sie und sah hin, als ob sie sich sträuben müsste.

»Schau, die Bruchpforte, die Fossa inguinalis medialis.«

»Was heisst das?«

»Dass der Patient eine Muskelschwäche an der vorderen Bauchwand hat«, sagte er mit einem Lachen um die Augen und schlug das Buch zu. Und sein Gesicht nahm den Ausdruck eines Menschen an, der für heute genug gemacht hatte und sich jetzt freute, sich ausruhen zu dürfen. Luisa bemerkte das, und sie begannen, über andere Dinge zu sprechen. Aber sie sprachen noch nicht über Wolff. Luisa fragte, was sein kleiner Sohn machte, der seine ersten Schrittchen lief.

Der Vater sagte mit einem einzigen Blick die Antwort.

»Oh je.«

»Na ja - immer, wenn er von mir gewickelt wird, bekommt er mein altes Handy«, sagte er ihr und sie sah schon sein verstecktes Lächeln: »So auch das letzte Mal. Und in dem Moment, als ich ihm die neue Windel unter den Popo legen wollte, klingelte das Telefon.« Er machte eine kleine Pause, bevor er den nächsten Satz sprach: »Meine Frau ging ans Telefon und weisst du, was sie rief?«
Sie blickte ihn an.
»Sie rief, da ist ein Kind am anderen Ende.« Er hob die Hände: »Du, war der irgendwie in den Kontakten und ...« Sprachs und Luisa lachte. »... ruft uns einfach an«, fügte er noch stolz hinzu.
Sein Sohn.
Jetzt erzählte Luisa manches. Sie sprach von ihrem neuen Bild, von der Welt ihrer Arbeit. Sie kam auf seine Arbeit, was eher zufällig war. Denn mit Donald sprach sie nur manchmal über Medizin. Sie wusste aber, dass es sein Ziel war, Gefässchirurg zu werden. Und wollte jetzt wissen, was es war, was ihm am Operieren gefällt.
Er dachte einen Augenblick lang nach. Dann sagte er: »Ich sehe, was ich tue. Das ist das, was mich beim Operieren begeistert. Bei allem, was man tut, produziert man direkt ein Ergebnis. Ich kann ja als Chirurg oftmals meinen Patienten schon helfen. Da hat jemand beispielsweise einen Tumor, den operiere ich raus, und der kann dann für den Rest seines Lebens gesund sein.« Er machte ein vergnügtes Gesicht und sagte dann noch gemütlich: »Das ist nicht so wie bei den Neurologen, die unzählige Erkrankungen diagnostizieren, aber fast keine heilen können.«
Er fragte, und der Witz klang schon an: »Hat dir schon mal wer erzählt, was welcher Arzt kann? Oder was nicht?«
Luisa schüttelte den Kopf.
»Also der Internist«, sagte er, »weiss alles und kann nichts.«
Luisa nickte.
»Der Chirurg kann alles und weiss nichts.«
Luisa grinste.
»Und der Pathologe weiss alles und kann alles«, er grinste auch, »aber es nützt ihm nichts.«
Sie schwiegen dann einen Augenblick, in dem Luisa in Donalds braune Augen schaute. Dann fragte sie: »Bist du Arzt aus Leidenschaft?«
»Chirurg aus Leidenschaft«, sagte er. »Ich säubere, schneide und nähe aus Leidenschaft.« Aber dann wurde er plötzlich ernst und un-

terstrich: »Man sollte aber mehrere Therapien versuchen, bevor man operiert. Denn jeder Schnitt tötet Zellen, tötet Gewebe.«
»Dann gibt es immer wieder Operationen, die nicht sein hätten müssen?«
»Manche Eingriffe«, sagte er und zeigte ein um Verzeihung bittendes Lächeln, »können ein Leben oft um ein zwei Jahre verkürzen. Wir wissen das, aber operieren trotzdem. Und einer der Gründe ist natürlich das Geld.«
»Klar«, sagte sie und lehnte sich zurück.
Er nahm wieder ein Buch in die Hand.
»Chirurgen können ja bei einem Menschen, den sie lieben, nicht so ohne weiteres eine Operation durchführen«, sagte sie dann.
»Ja.«
»Auch du?«
»Allerdings.«
Und hier fragte sie ihn, wie er für sich mit den Patienten umgeht, und er sagte: »Für mich hat der Patient, der sich einer OP unterziehen muss, keinen Namen. Der bleibt namenlos. Weil er sonst aufgrund seines Namens ein Schicksal hätte.«
»Ist das denn für dich kein Mensch mehr, der vor dir auf dem OP-Tisch liegt?«
»Der Mensch verschwindet, Luisa«, antwortete er, noch das Buch in der Hand, »Es bleibt nur Gewebe und Blut.« Er meinte noch: »Wenn ein Arzt den Menschen, der direkt vor ihm liegt, wirklich ansähe, wäre er bestürzt, und innerhalb weniger Wochen selbst ein kranker Mensch. Vielleicht wirken wir Ärzte darum manchmal so bestimmend«, und Luisa dachte für einen Augenblick an das Gespräch mit Christian Lenz.
»Da wirkte Wolff nicht so.«
»Nein, Wolff nicht.«
Sie sagte nun leiser: »Julian und ich, wir habe heute lange darüber gesprochen, wie ein Mensch - auch mit seiner Seele - mit Krankheit und Tod umgeht.« Und wollte nun von Donald wissen, wie das bei ihm selbst war: »Auch ein Arzt kann einmal krank werden«, sagte sie.
»Ich verdränge es«, sagte er und legte das Buch wieder aus der Hand.
Sie schwieg.
»Viele Ärzte verdrängen«, lächelte er. Und er sagte noch, und in

seiner Stimme veränderte sich etwas. »Wir wissen ja in der Regel, wo die Karriere hingeht, die man macht, wenn man eine bösartige Krankheit hat.«

Sie nickte, dann fragte sie: »Aber fürchtest du dich nicht vor dem Tod?«

Er lachte unbekümmert: »Wenn ich tot bin, fürchte ich mich vor nichts mehr.« Dann wurde er wieder ernst: »Doch wovor ich Angst habe, ist eine Krankheit, die einen abnormal zum Leiden verurteilt. Es gibt Krankheiten, glaube mir Luisa, da ist ein jeder Tag so grausam, dass der Tod human wird. Aber lassen wir das, wo doch gerade Wolff gestorben ist.« Doch als er das noch sagte, dachte auch er auf einmal, durch den Gedanken an Wolff, an den Moment im Leben, in dem man aus dem Leben geht, und fragte: »Wie war das wohl für Wolff?« und sah Luisa mit einem Blick zwischen Wehmut und Ernst an. Dann sagte er: »Der Wolff hat garantiert seinen Grund gehabt ... hatte vielleicht keine andere Möglichkeit ... Doch - auch wenn ich das irgendwie verstehe - ich glaube, ich könnte mich nicht einfach aus einer ...« Er überlegte einen Moment und sagte dann: »Depression, denn er muss ja eine Depression gehabt haben, töten. Jedenfalls kann ich es mir nicht denken. Ich lebe gern. Und ich finde, man sollte gern leben.«

»Vielleicht, weil du noch in keiner hoffnungslosen Situation warst.«

»Vielleicht. Ich war wohl noch nie in so einer Situation.«

»Ist dir mal zufällig Beatrice begegnet?« fragte sie ihn jetzt.

»Ich traf sie mal auf einem Ärztefest. Und fand, dass sie Schönheit und Anmut verband.« Er lächelte: »Man konnte sehen, was Wolff für sie empfand.«

Luisa fragte nicht, ob man auch bei Beatrice gesehen hatte, was sie für Wolff empfand.

»Julian ist sehr verzweifelt«, sagte sie und wechselte damit das Thema.

»Ich kann das Julian gut nachfühlen«, versetzte Donald jetzt leise. »Wenn Karsten gestorben wäre, das wäre für mich auch ein Schicksalsschlag. Er ist für mich, was Wolff für Julian war.«

Luisa sah ganz berührt aus, als sie das hörte. Und als Donald das sah, versuchte er ihr zu erklären, was für ihn Freundschaft bedeutet, und was er sagte, folgte seiner Erfahrung: »So ein Freund ist doch jemand, der genau weiß, was man macht; mit dem man über seine

Pläne spricht. Und der einem gut ist. Der einen ermutigt, wenn man etwas beginnen will. Der da ist, wenn man eine schlechte Zeit hat. Der alles sagen darf, alle Vorbehalte, und es so sagt, dass man doch nicht verletzt ist.« Er lächelte: »Der um unsere Leidenschaften weiss, und sich nicht von ihnen beherrschen lässt wie wir. Mit dem man Gespräche führt, die man mit einer Geliebten nicht führt. Mit dem es einfach - einfach ist, zusammen zu sein.« Jetzt lehnte er sich in das Sofa und sagte noch: »Anders kann ich es nicht sagen.« Er lächelte neu und fragte: »Wenn du ein Glas mittrinkst, mach ich uns einen Rotwein auf.«
Sie nickte als Antwort, und er stand auf, ging in sein Zimmer, brachte eine Flasche Chianti und zwei einfache Gläser, er hatte hier keine Weingläser. Er entkorkte und sie stiessen an und tranken auf seine OP morgen. Und dann fragte Luisa nach Karsten Cremer: »Dein Freund Karsten, den du wohl gemeint hast, ist er ein Chirurg?«
»Nein, ein Internist.«
Und mit einem leichten Lächeln fuhr sie fort: »Ist er so ein angenehmer Mensch wie Wolff war?«
Er überlegte, und antwortete ihr dann, aus diesem intimen Augenblick heraus, was er sonst keinem so sagen würde: »Karsten ist zwar ein guter Arzt, aber wollte nicht unbedingt Mediziner werden.« Er dachte einen Augenblick lang nach. Dann sagte er: »Sein Traum war, Klavier zu spielen.«
Unwillkürlich verengten sich Luisas Augen etwas, als er das sagte.
»Und ich sag dir, er spielt sehr gut Klavier. Nicht bloss irgendwie. Und Karsten sagt, dass Musik alles für ihn ist ... ja, und er ohne Bach oder Schubert nicht leben könnte.«
»Wenn jemand so für die Musik lebt, wird er Musiker«, meinte sie.
»Karsten hatte angefangen, für das Konzertfach zu studieren«, entgegnete Donald, »Doch dann hatte er einen Unfall, es war ein Sturz mit seinem Rad, und die Sehnen an seiner linken Hand waren gerissen. Er liess die Hand operieren, aber mit seiner Chance als Musiker war es vorbei.«
»Sowas ist grausam«, entgegnete Luisa still.
Und er nickte und sah vor sich den eigenen Freund, sah sein blasses entschlossenes Gesicht unter braunen Locken, sah dann Luisas Gesicht an und fragte: »Noch einen Rotwein?«
Sie nickte.

Und nun blickte er auf, er seufzte. Und Luisa hörte einen kleinen gewollten Ton, der seinen Seufzer begleitete, und er sagte ihr: »Keiner weiss warum, doch wir helfen nicht nur guten, wir helfen auch gemeinen Menschen, nein wirklich.« Er schaute sie schelmisch an: »Nur, ich kann ja schlecht sagen: Entschuldigen Sie bitte, Sie kommen nicht auf meinen OP-Tisch.«
»Nein, das wäre nicht nett von dir, aber du könntest die doch alle zu Bergman geben«, grinste sie.
Er schaute für einen kurzen Augenblick überrascht.
»Christian hat mir das mit der Hüftprothese erzählt.«
Und jetzt sah er sie tiefernst an und sagte: »Ich könnte dir einiges erzählen. Ich war über Jahre sein zweiter Assistent.« Seine Augen hefteten sich auf sein Glas: »Schliesslich hat Bergmann sowas nicht nur einmal getan. Aber ich will da nicht mehr dazu sagen. Und das nicht, weil ich ihn für meinen Facharzt brauche.
»Ja«, sagte sie, die ihn wie gebannt ansah.
Er griff nach seinem Glas.
»Dann findest du das jetzt gut, dass Kurt den Bergmann anzeigen will?«
»Das finde ich sehr gut«, erwiderte er und trank einen Schluck.
Und dann erhob er sich, um kurz mal den Fernseher einzuschalten. Er wollte hören, was es in der Welt gab, ob sie noch zu retten war. Es war Luisas kleiner Fernseher, der da in der Ecke auf einem Holztischchen stand und dem Vorraum etwas Wohnliches gab. Aber es gab kein: Hier ist das *Erste Deutsche Fernsehen mit der Tagesschau*. Denn jetzt war plötzlich ein Knattern zu hören, und sie liefen zu dem Fenster in Donalds Zimmer und sahen zu, wie ein rotglänzender Hubschrauber näherkam. Auch Christian kam aus seinem Zimmer und zu ihnen.
»Hi, Christian«, sagten sie.
Jetzt flog der Hubschrauber an ihrem Fenster vorbei. Sein Knattern lag in der Luft. Und sie sahen, wie er die Geschwindigkeit verminderte und über dem Dach des Krankenhauses zum Landen ansetzte.
»Jetzt laufen sie«, sagte Christian Lenz und meinte damit die Kollegen.
Nun tauchte der Hubschrauber wieder auf, zeigte sich und verschwand wieder. Sie traten vom Fenster.
»Möchtest du auch einen Rotwein?«

Christian Lenz holte sich ein Glas und bediente sich.
»Wie geht's denn mit deinen Patientenbriefen?«
»Jetzt hab ich nur noch einen«, antwortete er. »Einen Sterbebrief, der geht schön schnell«, und scherzte: »Die Gnade des kurzen Briefes.«
Auch Luisa, die zwischen Donald und Christian sass, grinste.
»Was war es denn?« fragte Donald.
»Ein Subaracgnoidalblutung«, sagte Christian Lenz, mit einem kurzen Blick zu Luisa.
Luisa fragte nicht danach. Sie kannte ja diese Hirnerkrankung nicht, die jemanden zum Tod geführt hatte, und was würde es bringen, wenn er ihr es übersetzte? Ein weiterer Terminus ihrer Sprache, der kaum gehört, schon vergessen war. Denn auch wenn sie täglich Eindrücke von der Welt ihrer Mitbewohner bekam, und an ihren Leben Anteil nahm, und merkte, wie Christian und Donald abgerissen heimkamen, wenn so ein Tag, oder ein Tag und eine Nacht, rum war, verstand sie ihre Welt nur halb. Die Ärzte konnten sie ihr auch nicht erklären, oder nur halb. In diese Welt gehörte sie nicht. Und wollte sie auch nicht gehören. Für Luisa war diese ärztliche Welt eine mehr nüchterne bis fremde, sie erschien ihr auch ein bisschen als eine brutale Welt. Da stirbt jemand, und die Ärzte sprachen darüber, als wäre jemand in Ohnmacht gefallen. Und doch bestaunte sie, was ihre Mitbewohner jeden Tag leisteten, fand das wirklich gross. Aber sie fand auch, dass es eine Trennung gab zwischen Ärzten und Nichtärzten. Weil Mediziner in ihrem Krankenhaus, in ihrer medizinischen Welt, wenigstens dachte sich das Luisa so, andere vielleicht anders sehen ... anders sehen *müssen*, weil sie zu oft nur ihre Schmerzen sehen.
»Und du hast morgen deine Hernia inguinalis.«
Donald nickte, während er trank.
»Wie willst du sie denn machen?«
»Nach Shouldice«, sagte Donald straff.
»Aber ihr seid nicht beide zufällig im selben OP?« fragte nun Luisa.
»Leider«, sagte der eine. Und der andere: »Kurt macht ja nur noch Intensiv. Ich bin also wieder mit Bergmann zusammen. Katja wird mit dir im OP sein.«
»Wie war es heute mit Bergmann?«
»Er hat heute gezeigt, was er kann«, erwiderte Christian Lenz. »Er hat eine AS in einem rechten Knie gemacht, da staunte ich.«
»Damit macht er aber nicht ungeschehen, was er dem Mann gestern

angetan hat«, dachte Luisa und sah zu ihm hin und ihre Augen begegneten sich.
»Ich hab morgen Dienst«, sagte Donald jetzt und gähnte.
Christian Lenz sagte ihnen, dass er nächste Woche drei Dienste habe. »In acht Tagen drei Dienste.«
»Das ist viel«, meinte Luisa.
»Eigentlich hätte ich auch nur zwei«, antwortete er ihr mit einer Geste. »Aber Kurt hat mir einen von Wolff gegeben.«
»Macht Kurt bei euch die Dienstpläne?«
»Er mag es nicht, aber er macht es.«
Sie redeten noch ein paar Worte, sagten noch einmal, dass es ihnen imponiert, wie Kurt gegen Bergmann aufbegehrt. Und dann erwähnte Christian Lenz noch, dass es ihm jeden Morgen schwerer fällt, aus dem Bett zu kommen. »Dabei hab ich zwei verschiedene Wecker«, sagte er. »Und den auf dem Handy.«
Donald zeigte auf sein Zimmer: »Ich hab einen, der steht auf dem Schrank. Das Ding geht nur aus, wenn ich selbst hinübergehe und es abstelle.«
Sie teilten sich noch den letzten Rotwein in ihre drei Gläser, tranken aus. Danach wünschten sie sich eine Gute Nacht und gingen ins Bett.

Julian Sanders lag in seinem Bett und brachte schon eine Weile keine Augen zu, obwohl er todmüde von der Klinik und vom Tag war.
Er sehnte sich nach Schlaf. Aber er konnte nicht einschlafen. Gedanken an Wolff liessen ihn nicht einschlafen. Er warf sich auf die andere Seite und sah nach der Uhrzeit. Sein Wecker, der auf dem Fenster stand, zeigte halb zwölf.
»Sonntagabend habe ich ihm um diese Zeit Gute Nacht gesagt, ohne dass ich ahnte, dass er sich ein paar Stunden später umbringen wird.« Er vergegenwärtigte sich noch einmal den Abend: »Aber er war doch wie immer gewesen - wir haben doch wie üblich über die gleichen Dinge gesprochen.« Er rieb sich die Lippen: »War wirklich alles so wie immer an diesem Abend?« Er wusste: Das war es nicht. Das konnte es nicht. Es schien ihm nur so. »Was hab ich übersehen?« fragte er sich dann. »Du hast etwas langsamer gesprochen, Wolff, etwas weniger lebhaft. Aber du hast ja nie sehr lebhaft gesprochen in letzter Zeit, und ich - ich habe mir irgendwie nichts dabei gedacht. Und du hast mich auch nicht anders angesehen, an diesem letzten

Abend. Oder war es so, dass ich dich nicht angesehen habe? Obwohl du mich sehr wohl angesehen und auch schon gewusst hast, dass du den Morgen nicht mehr erlebst. Oder hast du es noch nicht sicher gewusst?«

Er versuchte, ein Bild herauszugreifen, einen Satz. Einen wichtigen letzten Satz, den Wolff zu ihm gesagt hatte. Aber da war kein Satz. Der Satz, der war nichts anderes mehr als zwei Worte, als sie sich trennten: »Gute Nacht. Das waren deine letzten Worte, die du gesprochen hast. Was hat dein Gute Nacht mit deinem Selbstmord zu tun?«

Er schaute in den Raum. Dann warf er dem Fenster einen Blick zu: »Ich bin danach in mein Zimmer zurück und ins Bett gegangen. Ich wartete den Schlaf ab. Ich fragte mich, ob ich eine Praxis eröffnen soll; es wäre ja mit viel Schulden machbar, und schlief, bis ich diese Gesichtsfraktur hatte. Wie war deine Nacht gewesen, nachdem ich gegangen war? Bist du noch einmal ins Bett gegangen? Oder bist du am Schreibtisch sitzen geblieben und hast bis zum Morgengrauen gewartet?« Er schluckte etwas: »Und wie grässlich muss es dir gegangen sein in diesen Stunden?«

Und ihm kam jetzt plötzlich eine Erinnerung, die so stark war, dass er sich aufsetzte. Er erinnerte sich an einen Morgen vor vielen Monaten, an dem sie beide nach einem zu langen Dienst beschlossen hatten, in dieses Café am Fluss zu gehen, wo man gut frühstücken konnte und das sie beide kannten. Und sie waren auch gegangen, weil die Putzfrau früh auf ihre Etage gekommen wäre, und jedes Schlafen bestimmt gestört hätte.

Er sah Wolff und sich gegen neun an einem rechteckigen lackierten Tisch sitzen, von dem aus leicht der Fluss zu sehen war: »Du hattest irgendetwas gesagt, was ich klug fand. Und das habe ich dir natürlich auch gesagt. Du hast dann in deinen Tee gesehen und geantwortet: Ich bin jetzt schon nahe am Tod, und ich hab dich erstaunt angesehen. Weil es in Gedanken beginnt, sagtest du mir. Weil es in Gedanken beginnt«, wiederholte er für sich: »Warum habe ich nicht nachgefragt?« Er sagte sich leise: »Es klang für mich nicht beunruhigend, nur philosophisch.« Er nickte und fuhr fort: »Du hast dann gesagt, dass alles gut ist. Und dann hattest du noch Tee nachbestellt und die Kellnerin brachte solange den Tee nicht.« Und er beendete diese Erinnerung mit der Frage: »Oder wolltest du mir damit

vielleicht doch etwas sagen wie: dass das Leben deine Seele kaputt macht, und ich bemerke das jetzt erst?« und ein Zittern breitete sich auf seinen Lippen aus: »Ich, der glaubte, er würde dich ausreichend kennen.« Er seufzte: »Nur, weil ich wusste, warum du, der aus keiner Arztfamilie kam, Arzt geworden warst.« Er legte sich wieder hin und streckte sich: »Oder, dass du als Kind einsam gewesen warst, dein Bruder dir deine erste Freundin, eine Schülerliebe, weggenommen hat, und du einen Tag nach dem Tod deines Grossvaters, der ein fester Mensch gewesen war, gewusst hast, was du wirst.
Er lag jetzt auf dem Rücken mit weit offenen Augen und sah seinen Freund vor sich, sah, wie er einen gerade ansah: »Du warst von uns derjenige gewesen, der besonders menschlich und frei von verbissenem Ehrgeiz war, der sich aber auch nicht durchsetzen musste. Weil du gut genug warst. Und es war für mich immer ein gutes Gefühl gewesen, mit dir im OP zu stehen«, dachte er und kam zu dem Schluss: »Du hattest ein paar Grundsätze. Du warst selbstvergessen und lebtest für etwas. Aber nur beinahe. Du hast so gute direkte Gefühle gehabt, und diese Gefühle waren nicht verdreckt. Doch wärst du weniger innerlich gewesen, so, kann ich mir vorstellen, wäre es vielleicht nicht so weit gekommen.
Ach, Wolff«, sagte er leise vor sich hin: »jetzt bist du alles los. Das Leben. Verliebtsein. Die Liebe. Aber auch alles Leid. Schmerz. Enttäuschungen. Auch das Unglücklichsein, das du zuweilen mit Beatrice hattest.«
Ihr Gesicht kam. Und er betrachtete es aufmerksam mit seinem inneren Auge und erinnerte sich nun an einen Abend, an dem sie Wolff besuchte. Und sie wollte dann den sehen, der sein Freund war: »Du wolltest noch kurz was im Krankenhaus machen, jetzt gleich. Wir warteten. Sie mit ihrem Lächeln. Sie sass neben mir, schöner denn je, lächelte mir zu. Ein längerer Blick in ihre Augen und - in mir raste etwas. Zwischen uns plötzlich ein Verlangen, das verführt. Ein Lustgefühl. Und ich - ich hätte ihr nicht widerstanden. Wie gut, dass ich aufstand. Und dass du schnell zurück kamst.«
Er dachte dann: »Einmal sehe ich dich noch, Wolff.« Er zuckte unmerklich zusammen. Denn es kam der Gedanke, dass er auch sie vermutlich wiedersehen wird. Doch um nicht wieder über sie nachzudenken, sagte er jetzt leise: »Wolff, du hast diese Frau geliebt. Du hast gesagt, sie ist das Wichtigste für dich und du würdest um sie

kämpfen. Nur jetzt gibt es nichts mehr zum Kämpfen«, fügte er noch leiser hinzu und seufzte gefasst.

Er kam auf Luisa, dachte noch einmal an die Nacht zurück, und fragte sich auch einmal, ob er es nicht doch hätte besser lassen sollen. »Nein. An diesem Abend wollte ich.« Und er sagte seinem Freund, wie er es schon Luisa gesagt hatte: »Ich nahm sie in die Arme, weil ich fühlen wollte, dass ich lebe.« Er lächelte schwach und sah ihr offenes Gesicht, das Freche ihres Lächelns. Er dachte an ihre freigiebigen Zärtlichkeiten. Und dann gähnte er und schloss langsam die Lider. Langsam war da viel Müdigkeit, und er hoffte, dass er gleich schlafen konnte. Er drehte sich wieder zur Wand. Und wie er fast am Einschlafen war, flüsterte er plötzlich gegen die Wand, die auf der anderen Seite auch Wolffs Wand gewesen war: »Tanz mit mir, Wolff«, und er lauschte an der Wand und das einzige, was er hörte, war Stille; laute Stille. Er spürte Tränen, die lautlos über sein Gesicht flossen. Und dann dachte er: »Als du nicht mehr leben wolltest, Wolff, war dann alles gut?« Und mit dem Gedanken schlief er ein.

IV

An diesem Tag, es war ein kühler Morgen mit einem prächtigen Sonnenaufgang gewesen, hatte Karsten Cremer, der gestern bis spät abends mit Kurt Schaad auf der Intensivstation durchgearbeitet hatte, Dienst in der Notaufnahme.
Er war wie die anderen Ärzte gegen halb acht gekommen, war sich erst einmal umziehen gegangen und wollte dann in die Frühbesprechung. Er zog nur den weissen Kittel über seine Jeans und sein blaues T-Shirt an.
Die Besprechung war in vollem Gang, als er das Zimmer betrat. Und er wollte sich schon entschuldigen, dass er sich verspätet hatte. Aber es war nicht zu spät. Es war genau halb acht, als er auf die Uhr sah.
Er erfuhr die neuen Zugänge der vergangenen Nacht, und was sich Besonderes ereignet hatte. Die Neuzugänge waren diesmal nur zwei gewesen. Ein Mann, der einen rektalen Blutabgang hatte, und eine Frau, die nicht mehr tief atmen konnte.
Eine junge Patientin war auf die Intensivstation verlegt worden; und ein Mann mit einer Gallenkolik in die Chirurgie, und die Chirurgen, die gerade vom OP gekommen waren, hatten gesagt: »Sonst haben wir ja nichts zu tun.«
Hinzu kam, dass eine kleine alte Frau versucht hatte - mit ihrer Reisetasche in der Hand - von der Station zu verschwinden. Und sie dann davon zu überzeugen, wieder in ihr Bett zurückzugehen, war gar nicht leicht gewesen.
Aber jetzt übernahm Karsten Cremer von einem Kollegen den Funk, mit dem er von nun an für die Pforte, für jedes Telefon als Sprechfunk jederzeit erreichbar war. Auf diesem Funk konnte er auch zurückrufen und sich über die Pforte Gespräche vermitteln lassen.
Während seine Kollegen auf der Inneren ihre stationäre Arbeit mit der Visite begannen, ging er als erstes nach unten in die Notaufnahme, um sich zu informieren, wie viele Patienten für heute von ihren Hausärzten telefonisch angemeldet worden waren. Und auf seinem Gesicht war ein Lächeln, als er im Gehen sah, dass nicht wie sonst schon Patienten - es gab auch die, die von selbst kamen - im Flur der Aufnahme wartend dasassen. Und er fragte sich, ob der Dienst heute ruhig blieb?

Er begann, indem er für jeden der Patienten, die angekündigt waren, einen Zettel ausfüllte. Dann ging er über die Stationen, die er für sie ausgesucht hatte, fragte die Schwestern, wieviel Betten sie für ihn hatten, wurde auf der Gynäkologie in ein Schwesternzimmer gewunken und trank dort einen Kaffee, sprach anschliessend mit einem der Assistenten, und überreichte die Zettel, die für diesen wichtig waren. Dann schrieb er für sich eine Liste, wen er auf welche Station gelegt hatte.

Als er gerade den letzten der neuen Patienten auf seiner Liste ablas, bekam er zum ersten Mal einen Anruf über seinen Funk. Und die Schwester, die ihn anfunkte, sagte: »Karsten, ich habe hier einen mit akut aufgetretenen linkstodukalen Schmerzen.«

Er erwiderte: »Ich komme«, und rannte vier Stockwerke zurück in die Notaufnahme, wo die Schwester schon anfing, alles für diesen Patienten herzurichten. Den Mann hatte sie in den Untersuchungsraum gesetzt.

Der Mann mit seinen linkstodukalen Schmerzen sass auf der Untersuchungsliege und blickte auf einen blaumelierten Fussboden, als der Arzt hereinkam. Es war ein Mann mit einem Gesicht, das etwas Überglänztes hatte, mit Augen, die seinem Blick auswichen. Karsten Cremer ging zu ihm. Er wollte sich erheben, etwas Höfliches tun, aber der Arzt sagte: »Bleiben Sie nur sitzen«, und stellte sich vor.

Der Mann atmete auf, dann sagte er zu Karsten Cremer: »So vor zwei Stunden hat es plötzlich mit stechenden Schmerzen angefangen.« Er machte eine steife Bewegung zu seiner Brust. »Und die strahlen nun auch in den Arm.« Und er griff sich an seinen linken Arm.

»Haben Sie früher schon mal solche Schmerzen gehabt?«

»Nur wenn ich Treppen gestiegen bin, dann hat es ein bisschen wehgetan. Aber nicht immer«, fügte der Mann hinzu. »Und es ist auch jedesmal wieder weggegangen. Jetzt aber«, plötzlich sprach er eilig, »hat der Schmerz, auch wenn ich mich hingesetzt und nicht bewegt habe, nicht aufgehört.« Und er sah nun scheu zu dem Arzt, der seinen Schmerz in seinem Gesicht sah und dabei dachte: »Wenn das kein Herzinfarkt ist.«

Karsten Cremer liess eine Anamnese. Er untersuchte ihn auch nicht körperlich. Tastete nicht den Hals und die Schilddrüse. Er entschied, ihn sofort auf die Intensiv zu schicken.

Der Mann sagte jetzt mit einer angestrengten Stimme: »Es tut so fürchterlich weh.«

Und in der gleichen Sekunde kam die Schwester mit einem eisernen Patientenbett ins Zimmer und lächelte dem Mann zu.

Er verzerrte sein Gesicht.

Der Arzt und die Schwester legten ihn ins Bett. Und als er lag, schloss er die Augen und lag duldsam wie ein Kind.

»Wenn Sie mir als Erstes das EKG schreiben«, sagte Karsten Cremer nun der Schwester.

»Ich werde Ihnen einen venösen Zugang legen und über diesen etwas Blut abnehmen«, sagte er dann zu dem Mann.

Und da schlug er die Augen wieder auf und schielte ängstlich nach den Händen des Arztes.

Karsten Cremer griff nach dem Set. Er wählte von den Kanülen eine mitteldicke, eine grüne. Er suchte die geeignete Punktionsstelle. Das war für ihn die Vene am rakialen Handgelenk, die war rechts innen, und wurde auch die Anästhesistenvene genannt. Er staute mit einer Staubinde den venösen Zugang.

»Und nun pumpen Sie bitte«, sagte er; er wüsste nicht, wie oft er diesen Satz schon gesagt hatte, und der Mann öffnete und schloss immer wieder seine Faust.

»So«, sagte er jetzt und desinfizierte aus einem kleinen Spray die Vene, die er injektieren wollte. Dann wischte er mit Tupfer ab. Er griff nach der Braunüle. Er setzte die Nadel an, punktierte mit einem raschen Stich die Vene und war schon in ihr und schob die Kanüle vor. Der Mann hatte den Stich kaum gemerkt.

Als er den venösen Katheder fixiert hatte, sagte er: »Vorbei«, und der Mann betrachtete mitleidig sein Handgelenk.

Anschliessend nahm Karsten Cremer über diesen Zugang Blut ab; er hängte den Patienten an eine Infusion. Und dann hatte er das EKG, und er sah, dass deutliche Hebungen über der Hinterwand waren. Und der Mann fragte ihn, was er sah.

»Einen akuten Herzinfarkt«, sagte Karsten Cremer und bat die Schwester, ihm Aspirin und Heparin zu geben, das er schnell spritzte. Er gab auch Morphium gegen die starken Schmerzen, und Paspertin gegen die durch das Morphium ausgelöste Übelkeit.

»Ich werde Sie nun auf die Intensivstation bringen.« Und er rief dort an und sagte: »Da kommt jetzt ein akuter Hinterwandinfarkt.«

Er schob ihn selbst in seinem Bett hinaus und auf die Intensivstation. Und das so schnell wie möglich. Denn es konnte immer wieder ganz

verrückte Herzrhytmusstörungen bei Herzinfarkten geben. Und oben auf der Intensivstation hatten zwei Schwestern dem Mann schon einen Platz gerichtet, einen Platz am Fenster. Und als sie eintrafen, wurde er von ihnen dorthin geschoben und da an einen Monitor angeschlossen.
Unterdessen ging Karsten Cremer zu einem seiner Kollegen und übergab ihm diesen Patienten, unterrichtete ihn, wie seine Beschwerden waren, was er im EKG gesehen, was er ihm gespritzt hatte, und dann konnte er sich verabschieden. Der Patient ging ihn nun nichts mehr an. Der war nun ein Fall des Kollegen.
Nachdem er wieder in seine Notaufnahme zurückgekehrt war, hatte er einen Mann mit einer bekannten Migräne. Da machte er nicht viel. Er spritzte ihm subcutan Sumatriptan. Sein Zustand schien nicht ernst. Und als dieser Patient versorgt war, ging er zu der Schwester und bat sie um einen Kaffee. Dankte. Die Schwester, die fand, dass etwas Unwiderstehliches ihn umgab, trank ebenfalls einen. Sie fand aber auch, dass er einer dieser Männer war, an die man eh nicht herankam.
Karsten Cremer sagte: »Donald müsste jetzt seine Hernia inguinalis angefangen haben.«
Sie, die wusste, wer Donald war, mit dem sie aber nicht bekannt war, sagte nichts.
»Er macht das schon«, sagte Karsten Cremer und sagte jetzt: »Cremer«, weil sein Funk sich gemeldet hatte.

Donald machte gerade zum ersten Mal eine Leisten-OP. Und er machte äusserlich den Eindruck, als hätte er schon gut Dutzende solcher Operationen durchgeführt. Sein Gesicht wirkte konstant ruhig, aber er war ganz schön aufgeregt. Hoffte, dass er nichts falsch, nicht mal den kleinsten Fehler machte. Er stand da, den Blick konzentriert auf die Wunde geheftet, während seine Schnittführung peinlich genau war.
Er machte eben einen Schnitt, der völlig einfach ausgesehen hatte, als er noch vor wenigen Tagen assistiert hatte und betete, dass der nicht zu tief war und er hier nichts verletzen würde.
»Ich hatte mir das doch irgendwie leichter vorgestellt«, sagte er dann und warf seinem Kollegen, einem Facharzt, der ihm gegenüberstand, einen Blick zu, und der riet ihm: »Präpariere dir die Faszie mehr frei, dann ist es leichter zum Zunähen.«

Und das hatte Donald nun getan, bevor er darauf den inneren Leistenring enger nähte.

Jetzt überprüfte er mit dem kleinen Finger noch, ob er den inneren Leistenring auch nicht zu eng genäht hatte; denn wenn das geschehen wäre, gäbe es Durchblutungsstörungen, und nicht nur das.

Und die Anästhesistin, Katja, wandte sich an ihn und fragte: »Ist das deine erste Leisten-OP?«

Er nickte, atmete dann aus.

Sie verzog das Gesicht zu einem beifälligen Lächeln: »Sollen wir ihn in einem halben Jahr wieder einbestellen zur Rezidiv-OP?«

Und wie sie das sagte, blickte Donald erfreut auf. Denn damit hatte sie gesagt: »Du hast das gut gemacht.«

Aber dass er es gut gemacht hatte, das war schon dadurch bewiesen, weil er den Bruchinhalt nicht eingeklemmt hatte. Darin bestand sozusagen die häufigste Komplikation.

So gab er ihr zufrieden zur Antwort: »Macht das, wenn er wieder aufwacht.«

Und dann verschloss er über den Funiculus die Externusfaszie bis zum äussersten Leistenring, wird ihm als nächstes eine sogenannte Redon-Drainage legen. Dann kommt die Subcutan-, anschliessend die Hautnaht. Und wenn die noch desinfiziert worden ist, wird er zuletzt einen sterilen Wundverband legen und die erste Leisten-OP seines Lebens erfolgreich zu Ende sein.

Und Donald wird sich ganz oben fühlen und auf sich stolz sein, auf seine OP, bei der er nichts falsch gemacht, und die er in einer guten Zeit gemacht hatte.

Karsten Cremer hatte seinen Kaffee getrunken, für den neuen Patienten ein Bett gesucht, und schlenderte gerade wieder in seinen Untersuchungsraum. »Jetzt müsste die Kleine bald kommen«, dachte er sich.

Die fünfjährige Tochter von Dr. Lehmann war die Kleine, an die Karsten Cremer gerade gedacht hatte. Und der Kollege war es, der angerufen, als die beiden Kaffee tranken, und gesagt hatte, er fürchte, dass sie beim Spielen einen Euro verschluckt habe, und ob er, Karsten, nicht selbst die Magenspiegelung machen könnte: »Der Euro geht wohl nicht per via naturalis ab.«

Zuvor jedoch kam noch eine hübsche junge Frau in seinen Raum, die einer Person ähnlich sah, die er mal gekannt hatte.
Wo sie denn Schmerzen habe, fragte er sie. Ob sie denn sagen könne, wie die Schmerzen sind.
Sie hätte die Schmerzen am Unterleib.
Und er drückte mit seinen Händen an die Stelle, wo für ihn der Lanz-Punkt und der MC-Murney-Punkt war. Es war aber kein Blinddarm. Er fand nicht die typischen Anzeichen dafür. Doch über dem Schambein, da brauchte er nur die Hand auflegen, da war alles hart und sie schrie auf vor Schmerz.
»Es ist aber auch keine Divertikucitis«, dachte er.
Er untersuchte sie rektal. Sie hatte keinen Douglasschmerz. Auch hatte sie kein Fieber. Nur diesen einen Schmerz.
Er machte eine Pause. Er sah sie an. Er sah Schweiss auf ihrer Stirn. Dann fragte er: »Aber Ihre Periode hatten Sie?«
»Nein«, flüsterte sie und fing an zu weinen, »die ist überfällig.«
Sie setzte sich auf. Es ging vorsichtig. »Das müsste sich ein Kollege ansehen«, sagte er und schickte sie in die Gynäkologie. Diese Frau war eine Patientin für Bogart.
Und eben war die kleine Tochter von Dr. Lehmann gekommen, die auf dem Schoss ihrer Mutter sass. Der Uhrzeiger steuerte auf elf. Es waren noch ein paar Minuten bis zur vollen Stunde, in denen Donald dem Patienten seine Wunde verschloss und nur noch einen sterilen Verband zu legen hatte, Bogart der hübschen jungen Frau sagte, sie solle bitte die Beine auf den Beinhalter legen, Julian Sanders zum wiederholten Male jemandem eine Wurzelspitzenresektion machte, Patienten auf Heilung hofften oder Angst hatten, wie dieses Kind jetzt.
Das Kind würgte und schien auch Schmerzen zu haben. Es flehte, nicht zu dem fremden Mann geführt zu werden, der in seinem weissen Kittel so aussah wie ihr Vater, wenn sie ihn in der Praxis sah. Aber da kam dieser Mensch schon zu ihr herüber und versuchte sie mit seinen Händen zu berühren.
In seiner Bedrängnis zog das Mädchen ihre Hände an ihren Körper und schrie, und hörte nicht auf zu schreien. Er brauchte nur irgendeine Bewegung zu machen, dass es Zeter und Mordio schrie. Und deshalb versuchte er auch nicht mehr, die Hände nach ihr auszustrecken. Er sah nur mit einem hilflosen Lächeln auf die Kleine und

sagte: »Was sollen wir denn mit dir machen?«, und schrieb auf einen Zettel, dass er eine Röntgenübersichtsaufnahme haben möchte, und schickte die beiden zum Röntgen. Wo sie auch die Mutter röngten mussten, weil die Kleine sonst davongelaufen wäre.

Nun waren sie mit dem Röntgenbild wieder in die Ambulanz gekommen, und er konnte sehen, dass der Euro sich noch oberhalb des Zwerchfells befand, und sagte jetzt der Frau des Kollegen: »Die Münze kommt nicht in den Mageneingang; sie findet aber auch nicht den Weg zurück.« Und die Mutter, die nur an ihr Kind dachte, antwortete: »Bitte versuchen Sie, sie herauszubekommen.«

Die Kleine sah verzweifelt zu ihm.

Er klärte die Frau über die Risiken einer Magenspiegelung auf und beschrieb sie ihr. Sie hielt ihre Tochter und nickte.

Die Kleine fühlte, dass nun etwas Gewaltiges auf sie zukam. Und am liebsten wäre sie wieder entflohen. Aber die Arme ihrer Mutter legten sich wie eine Fessel um sie.

»Mama«, wimmerte sie jetzt.

»Aber ich bin doch bei dir –« Sie küsste und nahm ihr Kind auf den Arm und trug es nach nebenan. In den Raum, der für Magenspiegelungen eingerichtet war. Sie brachte es zur Untersuchungsliege und hielt es fest. Er rief nach einem Anästhesisten.

Und es tauchte der Kollege mit dem schiefen Mund auf und schob seinen Anästhesistenwagen.

»Dann wollen wir mal«, sagte der Anästhesist geduldig und sah ganz ruhig zu dem Kind, das sich jetzt in den Armen ihrer Mutter wand. Auch er fühlte die ganze Abneigung des Mädchens gegen die bevorstehende Magenspiegelung.

Er versuchte noch zu besänftigen: »Schau, wir holen doch nur den ganz kleinen Euro raus, der sich in dir versteckt.«

Die Fünfjährige, die jetzt wie vom Donner gerührt war, sah nur, wie restlos verzogen sein Mund war, wenn er ihr zulächelte.

Die Mutter streichelte ihr Arme und Schultern.

Jetzt sah die Kleine scheu zu Karsten Cremer. Was hatte der denn auf einmal für ein Ding in seiner Hand? Wenn man genau hinsah, sah das fast aus wie eine Schlange. Sie hatte noch nie so eine Schlange gesehen. So schwarz mit nackten Augen. Und jetzt kam dieser Mensch auch noch und zeigte sie ihr und sagte: »Diese kleine Schlange hier tut überhaupt nicht weh.«

»Mamaaaaaa.«

»Aber wir müssen doch den Euro wieder herausholen«, sagte er mitleidig.

Sie stiess mit den Füssen und schrie jetzt, so laut sie konnte, und der Anästhesist musste die Mutter bitten, ihre Hand festzuhalten. Und sie hielt sie so, dass die Kleine sie nicht bewegen konnte.

Der Narkosearzt nahm für das Mädchen erstmal ein Pflaster, das einen Wirkstoff abgab, der örtlich betäubte. Er klebte es auf ihren Handrücken. Die Mutter hielt weiterhin ihre Hand. Er legte dann in den Handrücken einen venösen Zugang, der nun für eine Viertelstunde in ihr stecken sollte. Die Kleine schrie leise auf - sie hatte trotz der Betäubung den Einstich gemerkt - und verdrehte gleichzeitig ein wenig die Augen, als sie den venösen Zugang sah. Aber nur für einen Augenblick. Schon hatte er den Zugang verklebt und ihr Dormicum gespritzt, eine Art Valium, von dem er ihr soviel gab, dass sie noch selbst atmete, das sie aber fast betäubte. Er schloss das Kind dann an den Monitor an, brachte ihr an einen Finger die Sauerstoffsättigung an. Den EKG-Kleber liess er. Er hörte auf ihren Atem. Er sah zu dem Internisten und nickte.

So, und jetzt konnte Karsten Cremer zu ihr kommen, ohne dass sie ein Geschrei erhob. Er legte sie auf die Seite. Er korrigierte noch einmal ihre Kopfhaltung. Er schob ihr Haar zurück. Er gab ihr einen Ring in den Mund, so dass sie das Endoskop nicht zerbeissen konnte. Dann fasste er nach diesem, brachte es in ihren Mund und schob es so vorsichtig wie möglich bis an die Rachenwand.

»Schlucken«, flüsterte er dem Mädchen zu.

Und das tat die Kleine, nachdem sie ein paarmal gewürgt hatte. Und dann war er schon mit dem Endoskop in der kindlichen Speiseröhre und konnte es weiterschieben. Er sah gespannt auf den Bildschirm - war das doch der erste Euro, den er rausholte - und schon zeigte sich der Rand dieser Euromünze.

Nun schob Karsten Cremer vorsichtig eine Zange durch das Endoskopiegerät, und versuchte, den Euro zu fassen - hatte Glück - hatte den Euro, und zog jetzt die Zange und das Endoskop gleichzeitig zurück. Er schaute auf und lächelte. Er überlegte einen Augenblick lang, noch einmal nachzuschauen, ob es Schleimhautverletzungen gegeben hatte. Er machte es nicht. Er wartete, bis das Kind, vom Anästhesisten noch betreut, wieder wach wurde.

Und sie machte fast schon die Augen auf und der Ausdruck darin schien unentschlossen zu sein. Sie murmelte: »Mama«, und schloss die Augen wieder. Der Anästhesist nickte mit dem Ausdruck von Zufriedenheit.

Nachdem Karsten Cremer das Gastroskop aufgeräumt und weitergegeben hatte und der Anästhesist seinen Wagen genommen und gegangen war, öffnete das Mädchen, wenn auch noch schläfrig, die Augen wirklich. Die Mutter setzte sie auf. Sie sass etwas benommen da. Sie blickte Karsten Cremer an und schluckte und stellte fest, dass es möglich war zu schlucken, ohne dass etwas würgte. Sie rieb ein wenig Schlaf aus den Augen. Sie sah den Euro, den Karsten Cremer ihr entgegen hielt. Ein Lächeln auf ihrem Gesicht und sie nahm den Euro, um ihn zwischen die Zähne zu nehmen. Woraufhin die Mutter sehr bestimmt den Kopf schüttelte und der Euro wieder auf dem Boden landete. Karsten Cremer hob den Euro auf und drückte ihn ihr von neuem in die Hand.

Das fand sie jetzt nett von ihm und neigte ihren Kopf.

Zuletzt zog die Mutter das Mädchen wieder an, während er gleichzeitig einen kurzen Brief für den Hausarzt schrieb: »Die Kleine sollte beim Schlucken keine Probleme haben«, sagte er.

Die Kleine wandte sich an ihn: »Bist du so ein Doktor wie mein Papa?«

»Nicht ganz genau so«, erwiderte er ihr amüsiert. »Aber auch ein Doktor. Und ich werde ihm sagen, dass du ein ganz tapferes Mädchen bist.«

Die Tapfere lächelte.

Er verabschiedete noch die Mutter, die auch lächelte und dann zufrieden ihre kleine Tochter nahm und nach links Richtung Ausgang ging.

Er ging zu seinen nächsten Patienten.

Es waren fünf, die auf ihn warteten. So musste er ganz schnell entscheiden, wer es nötig hatte, gleich oder nicht gleich von ihm drangenommen zu werden. Oder richtiger: mit wem er beginnen oder wen er warten lassen durfte. Was man eine kleine Triage machen nannte.

Und während er mit dem Finger seinen Mund streifte, schaute er sich einen nach dem anderen an, suchte danach, was für eine Krankheit sie haben könnten; und es gab einen, bei dem sah er sofort, dass sein Zustand sehr kritisch war.

Die Schwester stand schon bei ihm: »Er hat einen Sklerenikterus«, sagte sie, die auch schon seine Visitenkarte und die Aufkleber für die Station gedruckt hatte. Auch im PC war er bereits gemeldet.
Und Karsten Cremer musste ihm daraufhin nur in die Augen schauen, um zu sehen, dass das, was sie gesagt hatte, stimmte. Das Weisse seiner Augen war in einem Gelb der Quitten, wie es auch sein Gesicht und dann der Körper bekommen werden. Seine Beine hatten flohstichartige Einblutungen an den Unterschenkeln. Und das war kein Ausschlag, das waren Petechien, kleinste punktförmige Hautblutungen.
Er stellte ihm keine Fragen. Er nahm seine Hand und bemerkte, dass auch sein Blutdruck niedrig war. Und liess ihn sogleich auf die gastroenterologische Station bringen.
Und dann kam einer nach dem andern. Nun, und drei vier Fälle, die waren beinahe aberwitzig: wie einer, der sprach kein Wort. Dafür behauptete nach diesem ein anderer, dass er ihn kenne. Und der nächste, ein älterer Mann, liess sich kein Blut abnehmen. Es war unmöglich. Dabei war das ein ganzer Kerl. Und als dann auch noch eine Frau kam, die einen alten Käse gegessen hatte, der ihr im Magen lag, der er einige Tropfen Pasperitin gab, erklärte er: »Ich bin was essen«, und verschwand in die Kantine.

Auch Kurt Schaad war auf dem Weg in die Kantine. Er schaute ab und zu auf den Boden und machte lange Schritte. Er sah Leute laufen, die er mal sah, mal übersah. Kranke, Schwestern oder Ärzte wie er. Manchmal grüsste er. Aber er wüsste nicht, ob sie ihm etwas auf seinen Gruss erwidert hatten. Er war traurig, weil der Mann mit der KHK, den er gestern noch intubiert hatte, heute morgen gestorben war.
»Aber ich hab's mir doch gedacht«, sagte er zu sich, während er so ging und nachdachte.
Und jetzt hatte er vor Augen, was er während dieses Vormittags sonst so getan hatte. Dass er zum Beispiel die Anordnung getroffen hatte, einen Kranken auf die Chirurgie zurückzuverlegen, obgleich der erst vor wenigen Tagen auf die Intensivstation gekommen war, aber er war normofrequent, oder rekompensiert, wie Schaad sagte, und es waren so ziemlich alle Betten voll. Und auch Detlef Klink ging ihm durch den Kopf, dem er gesagt hatte, dass er ihn wegen einem Dialysefall zu sprechen wünsche.

»Dann siegt mal das Gute«, sagte er sich jetzt, ging weiter und näherte sich der Treppe und erblasste plötzlich.

Da stand, nicht weit vor seinen Augen, der unangehme Bergmann. Wie immer stand er sehr gerade da, mit kahl werdendem Kopf und harter Miene. Er stand mit einem Assistenten, dem man im Gesicht ansah, dass er sich nicht behaglich fühlte. Bergmann sah auf ihn herab, bewegte etwas den weissen Arm. Und Schaad schaute Bergmann an und war sich klar: »Es gibt Tage, und heute ist so einer«, und ein Grimmen lief über seine Lippen. Er hob den Kopf und zeigte ein offizielles Gesicht. Bergmann hob die Augenbrauen.

Schaad zögerte halb und trat dann näher, beide Hände in den Kitteltaschen.

»Ah, sieh an«, sagte Bergmann laut zu seinem Assistenten, »der Kollege Schaad ... der mich am liebsten attakiert ... und so etwas sagt wie - was war es gleich - dass ich ein Schwein bin.«

»Du - bist es«, dachte Kurt Schaad jetzt, der genauso gross war wie Bergmann, und blieb stehen.

Und der Professor blähte die Wangen ein bisschen und fragte pikant: »Wollen Sie mich vielleicht wieder so beleidigen?«

Es war schwer für Schaad, nach diesem Satz nichts zu sagen. Er dachte nur, was er nicht aussprach: »Ich sollte dir eine verpassen; das willst du doch?«, und schaute durch ihn hindurch.

Der Assistent trat einen Schritt zurück.

»Der Kollege, er schweigt! Warum?! Gestern haben Sie doch noch die ganz grosse Nummer abgezogen«, und etwas Abschätzendes war in Bergmanns Blick, was den spöttischen Ton verschärfte. »Als ob Sie mir gefährlich werden könnten.«

»Ich könnte, nachdem ich dir anständig auf die Zehen getreten bin, langsam den Hals umdrehen«, sagte Schaad sich in Gedanken und lächelte ihm, man mochte es kaum glauben, leicht triumphierend ins Gesicht, weil diese Vorstellung ihn zum Lächeln reizte.

»Sie sollten sich Gedanken machen ...«

»Und zuvor kriegst du noch einen flotten Schlag in den Magen«, murmelte Schaad und machte eine Faust.

»Weil, wenn's drauf ankommt, werden Sie am Boden liegen.«

»Was bist du doch nur für ein mieses Arschloch«, dachte Schaad und lachte unanständig auf. Dann blickte er noch masslos in das Gesicht

Bergmanns, sagte: »Was Sie nicht sagen«, und lenkte seine Schritte schleunigst zur Kantine.

Und als Schaad jetzt ankam, so gegen zwei Uhr nachmittags, war es immer noch so voll wie zu Mittag. Er musste sich immer noch minutenlang an der Abfertigung einreihen. Und vom Fisch gabs nichts mehr. Es gab nur noch Risotto. Er bekam Reis in einer fahlen Sosse, in der ein paar Pilze schwammen. Er nahm dazu eine Cola. Dann ging er mit seinem Tablett durch die Reihen und suchte sich einen Platz. Er sah nach beiden Seiten. Links und rechts Tische. Er sah den Anästhesisten mit dem schiefen Mund an einem der Tische sitzen. Sie nickten sich zu.
Er sah seine Kollegin Katja, die ihm gefiel. Aber sie sass mit einer Krankenschwester, die er nicht mochte. Auch ihr nickte er zu. Er sah Christian Lenz mit einem der Chirurgen, einem baumlangen Kerl, der noch nicht lange am Krankenhaus war. Und er sah weitere Kollegen, die er kannte. Und von denen zwei drei ihre Arztkittel nicht trugen; die hingen an einem Ständer vor der Kantinentür. Sie waren im Gespräch. Auch Donald und Karsten waren hier, sah er. Die beiden sassen am Fenster am Rande des Tisches und neben Karsten war noch ein Stuhl frei, eine Krankenschwester war eben gegangen. Und auf diesen setzte er sich, beugte sich zu Donald, der eine Hühnerkeule und einen Salat ass, und fragte: »Wie war denn deine OP?«
»War alles in allem okay«, erwiderte Donald und lachte.
Er sah zu Karsten Cremer, der gerade eine Hand mit Fisch zum Mund führte, und sagte: »Du hast meinen Fisch.«
Karsten Cremer hob den Kopf, sah ihn an, lächelte harmlos und eröffnete ihm, dass es ohne ihn gerade noch ausgesprochen nett gewesen war.
Da sagte Kurt Schaad mit einem kleinen bitteren Lachen, dass er ihm wirklich nicht die Stimmung ruinieren möchte, nur - ihm sei der Mann mit der KHK gestorben, bei dem er in den letzten Tagen nicht was alles versucht hatte; dass er es noch mal schaffen würde, und er sah Karsten Cremer ins Gesicht und bemerkte in seinen Augen echte Emphatie.
»Da ist Julian«, sagte Karsten Cremer nach einer kurzen Pause.
Julian Sanders stand an der Abfertigung.
Schaad nickte.

Als nächstes fragte Donald: »Wann ist denn morgen die Trauerfeier von Wolff?«
»Um halb elf«, erwiderte Schaad.
»Man sollte hingehen«, erwiderte Donald. »Aber ich habe um elf eine radikale retropubische Prostatatektomie.« Er ass die letzten Blätter von seinem klecksigen Salat. Dann fragte er: »Gehst du, Kurt?«
»Ich hab's vor.«
Karsten Cremer träufelte Zitrone über seinen Fisch.
Einer der Kollegen am Nebentisch erzählte Witze. »Kennt ihr den?« fragte er. »Den mit dem Fünfhunderteuroschein?«
»Erzähl«, sagte einer zu ihm, und er holte Luft und begann diesen Witz zu erzählen, wobei er seine Zuhörer nicht aus den Augen liess: »In der Mitte eines Fussballfeldes liegt ein Fünfhunderteuroschein. Und in jeder Ecke steht ein Kollege. Der erste ist ein Radiologe, der zweite ein Chirurg, der dritte ist ein guter Anästhesist und der letzte ein schlechter.« Er sah sie alle an. Dann fragte er: »Wer von den vieren geht als Erster über den Platz, sieht den Fünfhunderteuroschein und bekommt ihn?« und wartete.
»Der schlechte Anästhesist?« fragte ein Kollege gleichgültig.
»Ja, und weisst du auch warum?«
»Nein. Aber du wirst es uns schon wissen lassen.«
»Der Radiologe«, erklärte der Kollege, »ist zu reich, und bückt sich nicht nach einem Fünfhunderteuroschein.«
»Wir hatten die freie Wahl«, sagte einer.
»Der Chirurg, der trägt den Kopf zu hoch oben und sieht ihn nicht«, worauf einer offensichtlich zu Donald sah. »Und gute Anästhesisten«, er schaute zu Schaad, der gerade einen Pilz aus der Sosse tauchte, und grinste schon halb: »gibt es nicht.« Und darauf brachte jeder ein Grinsen hervor.
Und im nächsten Augenblick rief eine Schwester Karsten Cremer an. Es war nicht mehr die Person vom Morgen, es war eine, die als sehr tüchtig galt, und die er mochte. Sie bat ihn ganz dringend, in die Notaufnahme zu kommen, weil hier schon wieder mehrere Patienten wären, und sie vermutete, dass einer von ihnen, ein junger Mann, ein akutes Abdomen hatte.
»Ach, nein«, beendete Karsten Cremer das Telefonat und sah etwas ungewiss zu seinen Kollegen, etwas unentschieden auf seinem Fisch, aber war schon aufgestanden und verliess die Kantine ... lief

wieder Treppen nach unten, während der Kollege am Nachbartisch in Ruhe einen weiteren Witz erzählte: »Im Lift fährt ein Internist ...«

Auch Luisa lief eben Treppen nach unten. Sie wollte in die Stadt. Im Erdgeschoss arbeitete die Putzfrau, die so gerne redete. Und gerade, als sie sich anschickte, den Gang zu wischen, hörte sie Luisa kommen und richtete sich auf.
»Luisa, sind Sie das?« und sie kam durch den Gang und Luisa entgegen und stand schon da.
»Ich will in den Feinkostladen«, sagte Luisa, und dachte sich: »Fünf Minuten«, als sie das sagte.
»Ein schöner Laden«, sagte die Frau, die dort noch nie eingekauft hatte.
»Wie geht es Ihnen denn so«, fragte Luisa ausweichend.
»Es wird regnen; ich spüre es derart im Kreuz«, seufzte sie und legte eine Hand auf die Hüften, bevor sie Luisa länger über ihre Beschwerden erzählte und dann noch über die ihrer Schwägerin berichtete, die solche Schmerzen in ihrer Schulter hatte, dass sie regelrechte Schlafstörungen hatte.
Luisa sagte darauf, um nicht unhöflich zu erscheinen, dass das schlimm sein muss, wenn man nicht schläft. Und damit erfuhr sie auch genau - da war nichts zu machen - dass diese Schwägerin nun auf Kur muss; und nachdem ihr die Frau noch berichtet hatte, wie lange das doch dauert, so eine Kur zu beantragen, sagte sie: »Und morgen soll ja unser Doktor Wolff verabschiedet werden.«
»Ja.«
»Oh, und gehn Sie auch hin?«
»Ja«, sagte Luisa nur wieder und sagte, damit sie nicht weiter fragte: »Ich hoffe, es regnet nicht.«
»Wenn Regen fällt, war das Leben des Toten so, dass es ihm leid tut, dass er gestorben ist.«
Woher sie das wusste, sagte sie nicht. Aber sie bekräftigte, dass das wahr sei. Sie machte eine Pause, dann sagte sie es noch einmal: »Wenn beim Begräbnis das Wetter gut ist, dann wollte der Mensch, der gestorben ist, auch seinen Tod; und wenn es regnet, dann nicht.«
Da könne sie fragen, wen sie wolle.
Luisa sah sie darauf etwas erstaunt an. Sie belächelte es nicht, was sie sagte, aber ein wenig merkwürdig fand sie es schon. Sie wünsch-

te ihr einen guten Tag und machte sich auf den Weg in die Stadt. Die Frau machte sich wieder an ihre Arbeit.

Es war wieder ein herrlicher, schöner Tag. Luisa lief den Weg, der zum Krankenhaus führte, sah es zu ihrer Linken, sah Fahrräder an einer Mauer gelehnt und ging weiter stadteinwärts. Ging eine Strasse, die an einem Garten vorbeiführte, blieb da sogar einen Augenblick stehen; legte dann noch etwa einen Kilometer zurück, ging vorbei an einer Kreuzung, dann durch eine Unterführung ... rechts in eine Gasse ... ging nun des Wegs.

Als sie in die Stadt kam, war alles wie immer. Die Leute gingen wie immer. Unbeteiligt. Dagegen war auf dem Marktplatz, der wie eine Theaterkulisse aussah, Leben. Dieses Leben schien fröhlich. Ein kleines Café hatte, obwohl es erst April war, schon Tische auf die Strasse gestellt. Und Luisa überlegte schon, sich auf einen Kaffee zu setzen, aber ging weiter.

Schöne alte Häuser säumten den Platz. Sie lagen im Sonnenlicht und hatten etwas Friedliches. Das Kopfsteinpflaster hallte, wenn man darüber ging.

Sie kam am Rathaus vorbei, ging durch einen Torbogen und war auf der Hauptstrasse. Geschäfte rechts und links. Ein Schreibwarenladen, der für immer geschlossen worden war. Nebenan das Schaufenster eines Schuhladens, vor dem sie kurz stehenblieb.

Nun bog sie von der Hauptstrasse ab und lief durch Gassen. Sie sah im Vorübergehen die Kanzlei von dem Rechtsanwalt, der sehr gern Kurt Schaad in der Sache Bergmann vertreten wird, weil er ein gesundes Gerechtigkeitsgefühl besass. Und in der Klage gegen Bergmann sah er einen Prozess, in dem er als Anwalt gut im Licht stand, und für Schaad vielleicht den Triumph, Bergmann zu Fall zu bringen. Inzwischen kam Luisa zu einer Postfiliale, wo man auch Lotto spielen konnte. Aus der Tür trat eine Frau mit gefärbten Haaren, mit Augen, die einen so ansahen, dass man wusste, sie mag einen nicht. Luisa sah ihr ins Gesicht. Sie hatte Schminke im Gesicht, als wäre sie noch jung. Sie war es nicht mehr. Sie war eine Frau mit zuviel Schminke und einem alten Dekolleté. Jetzt näherte sich ihr eine, die etwas jünger war. Sie hatte noch kein graues Haar und war stolz darauf.

»Grüss Gott«, sagte die eine.

Die andere sagte das gleiche. Ihr Grüss Gott bewies, dass die beiden sich ein wenig kannten.

Luisa ging weiter und bog in eine andere Strasse. Sie hielt vor einem Reformhaus, von dem sie wusste, dass es hier besonders gute Tees gibt. Und sie ging hinein und kaufte chinesischen Tee.

Sie folgte dann der Gasse, in die sie eingebogen war. Aus einer Kneipe drang Schlagermusik. Aber Luisa hörte nicht hin, ging sogar ein paar Schritte rascher.

Und schliesslich kam sie zu dem Feinkostladen, wo sie hinwollte. Sie blieb vor dem Eingang stehen. Sie liess eine Frau vorbei, die einen Gehwagen schob. Sie sah den schwungvollen Schriftzug über der Tür an. Und dann öffnete sie die altertümliche Tür und trat ein.

Hier roch es nach Parmaschinken und es war kühl. Hinter einer Theke war ein junger Verkäufer und bediente. Davor stand ein Mann. Er war grösser als der Verkäufer und vielleicht so alt wie Luisa. Er war einer der Chefärzte des Klinikums. Es war Bogarts Chef, der da gerade bedient wurde.

Jetzt sah er Luisa. Er sprach sie nicht an, die neben ihm stand. Er machte einen Scherz über einen französischen Käse. Er rief damit nicht Luisas Begehren nach diesem Käse hervor. Aber seine Stimme hatte ihr gefallen. Sie drehte sich ein wenig, damit sie sein Gesicht im Blick hatte. Sie sah seine Augen, die von einem verwaschenen Blau waren und nun einige Sekunden zu ihr hinsahen.

»Kennen Sie diesen Fiore Corsu?« fragte er sie jetzt so leichthin, als ob er keine Antwort erwarte. Und darum gab ihm Luisa keine Antwort auf seine Frage. Sie wartete.

»Sie müssen ...«

Sie sah ihn wie zufällig an.

»... sich etwas von diesem Käse mitnehmen.«

»Wirklich?«

»Es ist eine Schafskäsezubereitung mit wilden corsischen Kräutern, die ist einfach köstlich.«

»Wirklich?« fragte Luisa wieder und sah zu dem Verkäufer. Der nickte feierlich, als hätte er das selbst gesagt, und packte, was er für ihn schon in ein Papier gewickelt hatte, in eine hohe Tüte.

Er nahm noch Feigenkonfitüre, die er zu dem Schafskäse brauchte, und ein wenig von einer etwas gewundenen Salami, die auch recht teuer war.

Noch ein Blick zu Luisa. Und noch zwei Worte, bevor er fortging, der Mann mit seinem gekauften corsischen Schafskäse.

Es waren sechs Worte, die er zu ihr sagte: »Vielleicht begegnet man sich mal wieder«, sagte er ein wenig grossartig.
Luisa, die nicht wusste, wer er war, lächelte nur unbestimmt.
Dann verliess er den Laden. Der Verkäufer hielt ihm die Tür auf.
Sie schaute hinterher den Verkäufer einen Moment lang an. Sie holte Luft. Sie zögerte. Aber dann kaufte sie ebenfalls von dem Käse und nahm ein Baguette.
Und auf dem Rückweg musste sie lachen, als sie einmal an diesen Mann dachte, und wie sie gerade am Krankenhaus … ungefähr an dem Untersuchungszimmer vorbeiging, in dem Karsten Cremer stand, wendete der sich jetzt zu dem Fenster des Raumes, und sah hinaus und glaubte dabei für einen Moment eine Frau zu sehen, die sich geschmeidig bewegte; die einfach vorbeiging. Aber ihre Erscheinung war ihm aufgefallen. Und er sagte sich, dass sie sicher hübsch aussieht, diese Frau.

Luisa, der für einen Moment seine Aufmerksamkeit galt, lief weiter den kleinen Weg zum Wohnheim zurück, während er in seinem Untersuchungszimmer noch auf den Kollegen wartete, der gleich da sein wollte. Er sah in den Computer, wo er die Zeit ablas, und fand, dass dieser Tag nicht wieder genauso lang sein musste, wie der gestrige.
Es war halb sechs.
Er musste gähnen. Er war müde. Er hatte an diesem Nachmittag noch ein paar Patienten aufgenommen, die eigentlich nicht in die Notaufnahme hätten kommen müssen, die keine besonderen Krankheiten hatten. Aber er hatte auch solche aufgenommen, deren Symptome schon ernst waren oder die er gleich auf die Intensivstation gab.
Den verstörten jungen Mann mit dem akuten Abdomen hatte er in die Chirurgie gegeben. Eine Frau, die ein Brennen im Brustbereich hatte, in die Innere. Einen verhältnismäßig jungen Mann mit einer Nierenkolik hatte er gerade der Urologie zugeteilt. Und einer, der auch in diesem Alter war, wartete noch auf dem Gang vor dem Untersuchungszimmer. Karsten Cremer sagte etwas kompromisslos zu der Schwester, die eben eingetreten war: »Den einen nehm ich noch, aber dann gehe ich«, und fragte: »Wo bleibt denn der Kollege, der meinen Dienst übernimmt?«

»Der Kollege ist schon im Haus.«

Und einen Augenblick später kam der eine, ein bleicher Spund um die fünfunddreissig, der schon beim Eintreten einen unsympathischen Eindruck machte.

»Sie sind der Arzt?« fragte er mit einer falschen Lässigkeit.

»Und - was haben Sie?« antwortete Karsten Cremer höflich.

»Ich habe Schmerzen«, sagte er, »hier oben im Bauch,« und hielt seine rechte Hand auf den Magen und quittierte das Gesagte mit einem Grinsen.

»Haben Sie Durchfall oder ähnliches?« fragte Karsten Cremer, der gerade dachte: »Eigentlich bist du mir scheissegal.«

»Keinen Durchfall.«

»Setzen Sie sich«, sagte er, und der Mann ging ein paar Schritte und setzte sich auf die Untersuchungsliege. Karsten Cremer sah sein ungepflegtes Haar. Er sah seine schmutzigen Socken. Er spürte plötzlich sowas wie Wut. Und als er die Blutabnahmenadel ansetzte, bemerkte er, dass der Mann verkrampft dasass, aber hinsah, und das Grinsen wich jetzt auf einmal aus seinem Gesicht. Und als er die Augen schloss, weil er sein Blut aus der Vene rinnen sah, fragte Karsten Cremer etwas höhnisch: »Angst?«

Dann untersuchte er ihn körperlich. Aber nicht eingehend. Und auf seine Frage, was er denn habe, antwortete der Arzt: »Das werden wir Ihnen sagen, wenn wir mit Ihnen verschiedene Untersuchungen gemacht haben«, und fasste ihn hart ins Auge: »Sie kommen morgen früh um acht nüchtern in die Radiologie.«

Er sagte nicht ja und nicht nein. Er stand auf und dabei kehrte sein Grinsen, das ihn auf einmal verlassen hatte, zurück.

»Bitte erscheinen Sie pünktlich.«

Der Mann zögerte irgendwie, und so sagte er noch kurz angebunden: »Sie können jetzt gehen. Guten Tag«, und beobachtete ihn, wie er ging und die Tür hinter sich zuschlug.

»Der kommt morgen nicht«, dachte Karsten Cremer jetzt, als er fort war, und zerriss eine Notiz, die er sich über ihn gemacht hatte. »Und einen nächsten nehm ich nicht mehr« Er wusch sich die Hände: »Und mein Kollege kommt auch nicht mehr.«

Er sah auf seine Hände, die er jetzt abtrocknete und dachte dabei: »Ich könnte heute eigentlich mal wieder ein Stück von der: Suite for keyboard von Händel spielen, die ich so gern hab«, und locker-

te seine Finger und dachte bei der Gelegenheit daran, dass er ja den nächsten Tag frei hatte, und konnte mit einem Mal lächeln. Er schloss in Gedanken das Klavier auf, er hatte ein Ibach, und jetzt: legte sich ein Hauch von Wehmut auf sein Gesicht.
Von dem Tag an, als Karsten Cremer gewusst hatte, dass er nicht der Pianist sein, nicht zu denen gehören würde, die zu den Leuten mit ihrem Spiel sprechen, sondern nur noch allein mit der Musik umgehen, sich selbst finden würde, wenn er Bach, Schubert, oder weitere Grössen spielte; sie, wenn er sie spielte, in ihrer Musik kennenlernte, versteckte er sich innerlich. Mit anderen Worten, als er begriffen hatte, dass er das Leben, das er angestrebt hatte, nicht würde leben können, war die Welt zersprungen, war das Leben für ihn so dreckig gewesen, dass er es verachtet hatte. Es wurde ihm stumpf. Es liess sein Unglück das sein, was er des Lebens Schuld an ihm nannte.
Seine Familie hatte ihn festgehalten. Und er hatte sie gebraucht. Er war ein halbes Jahr in den USA gewesen und dann noch in Israel, um mehr und mehr mit diesem Unglück in seinem Leben fertig zu werden. Die Reisen schwächten es ab. Er hatte daran gedacht, Musikwissenschaften zu studieren. Aber dann überlegt, wofür sein Kopf etwas übrig hatte, was jedoch nicht sein Herz fesseln würde. Und kam auf die Medizin.
Er hatte Eltern, die nicht nur Ärzte waren, sondern die nichts anderes hätten machen wollen. Der Vater war Chirurg und auch Chefarzt gewesen. Die Mutter Gynäkologin. Das beeinflusste natürlich seine Wahl. Sonst hätte er vielleicht nicht Medizin studiert.
Er richtete sich sein Leben neu ein. Er machte die Medizin zu etwas, womit er einverstanden war, aber nicht zu einer Welt, die ihn erfüllte. Das wäre nochmal eine Frau, die er liebt. Aber das Klavierspiel erwählte er nun für sich ganz allein als *die Welt* in seinen Welten. Er konnte ja immer noch sehr gut spielen, trotz seines Unfalls. Er hätte nur nicht mehr Pianist werden können. Wenn seine Finger mehr als acht Töne greifen mussten, war das für sie ein Problem. Doch er spielte trotz der Schmerzen, die dann mehr oder minder kamen, mit unversöhnlichem Verlangen.
War er ein Mann, der schön war? Er sah tatsächlich gut aus. In seinen Augen aber war Zurückhaltung. Sie forderten Abstand, wenn er nicht wirklich einen Menschen bemerken wollte.
Eine der Krankenschwestern, eine ganz hübsche Person, hatte sich

für ihn sehr interessiert, ihn gewollt. Aber immerzu leicht süssliche Frauen verstimmten ihn.
Mit einer lustigen Französin, einer Dr. der Psychologie, hatte er eine längere Geschichte gehabt. Sie hatte ihn heiraten wollen. Aber für ihn ging es nicht. Es reichte nicht.
Davon, dass er Klavier spielte, wussten in der Klinik nur eine Handvoll Leute. Donald allein wusste, wie. Und dass er Klassik wie Jazz spielte - und liebte.
Wer ihn nicht kannte, konnte ihn für überheblich halten, weil er an vielen Menschen scheinbar unbeteiligt vorbeiging. Abschätzend. Aber man hatte Unrecht. Dieser Karsten Cremer konnte einfühlsam sein. Zärtlich. Manchmal auch schwärmerisch. Nur kam man ihm eben nicht leicht nahe. Er blieb fremd. In der Klinik war er gleichbleibend freundlich, aber beschränkte sich auf das Nötigste und hob seine Gefühle für Freunde und die Musik auf.
Er hatte anfangs eine Praxis aufmachen wollen, aber als die Frau, die er liebte, ihn wegen eines anderen Mannes verlassen hatte, war er in diese Stadt und in diese Klinik gegangen, und viel Arbeit hatte ihn dann auch diese Erfahrung überwinden lassen. Jedenfalls machten Gedanken an sie ihn nicht mehr bewegt. Er sah auf den Boden und sagte nach einem Atemzug: »Das ist nun auch schon vier Jahre her.«
Seinen Beruf machte er gründlich und mit viel Sachlichkeit, aber nicht mir einem bekennenden Ehrgeiz. Er zwängte sich so wenig wie möglich in diese Hierarchie. Er überlegte immer mehr, sich wieder von dieser Klinik zu trennen. Er hätte vielleicht doch gern eine Praxis, es könnte auch eine Praxisgemeinschaft sein. Und er wünschte sich ein Haus mit Garten, in dem alte Bäume stehen. Aber nicht allzu weit weg von einer Stadt, in der auch mal ein David Fray oder Brad Mehldau spielten.
Er stand jetzt auf und ging durch das Zimmer. Er dachte erneut an die Suite de piece von Händel, an: Allemande in b flat minor, HWV 440, als die Tür ging.
»Na, endlich.«
Aber die Schwester erschien. »Karsten, könnten Sie nicht vielleicht noch den einen aufnehmen?« fragte sie.
»Noch einen?«
Sie versicherte, noch bevor er den Namen seines Kollegen sagen konnte, der noch immer irgendwo im Haus war, und dem er noch den Funk geben musste: »Er ist schon unterwegs.«

Also war er überredet, und sie führte einen Mann mit schätzungsweise fünfundsechzig Jahren herein, der mit festen Schritten auf ihn zukam; ein grosser Mensch mit einem ergrauten Bart, der ihn auf freundliche Weise anblickte. Er hatte ein rührendes Lächeln. Er sah nur ein bisschen blass aus im Gesicht.
»Es wäre schön, wenn Sie ein paar Minuten Zeit für mich hätten«, sagte er mit Mühe.
Karsten Cremer nickte ihm zu.
»Nie war ich krank gewesen und nun habe ich eine Mandelentzündung«, sagte er jetzt und setzte sich.
»Waren Sie schon bei ihrem Hausarzt?« fragte Karsten Cremer nach.
»Da war ich vorgestern, und er hat mir ein Antibiotikum verschrieben«, und er zeigte ihm die Packung. Es war ein hochdosiertes Antibiotikum.
Karsten Cremer sah in seinen Hals. Und was er sah, war Eiter. Er dachte für sich: »Der Mann hat vielleicht einen Abszess hinter den Tonsillen.«
Und der Mann - er wusste selber nicht warum - aber er schien auf einmal zu erraten, was der Arzt dachte, fragte: »Möchten Sie mich etwa hierbehalten?«
»Ich denke, es wäre sinnvoll«, räumte Karsten Cremer ein. »Vielleicht haben Sie hinter ihren Mandeln einen Abszess.«
»Werden Sie mich in Ihre Abteilung aufnehmen?« fragte er dann und liess sich Zeit mit dem Sprechen.
»Nicht in meine«, sagte Karsten Cremer. »Ich werde unseren HNO-Arzt anrufen, Dr. Lehmann, der hier eine Belegabteilung hat, und bei dem Sie in guten Händen sein werden.«
»Glauben Sie, er wird meine Mandeln herausschneiden?« fragte der Mann nun doch etwas nervös und strich über seinen Bart.
»Ich glaube ja«, antwortete Karsten Cremer ohne zu zögern. »Weil es doch ganz schön eitrig aussieht.«
Bei diesen Worten zuckte es in dem Gesicht des Mannes.
»Sie waren offenbar noch nie in einem Krankenhaus.«
»Nein.«
»Sie müssen sich nicht ängstigen.«
»Nein?«
»Eine Entfernung der Mandeln ist nicht das Schlimmste.«
Er nickte.

»Wie alt sind Sie eigentlich?« fragte nun der Arzt.
»Sechsundsiebzig.«
»Was?« Karsten Cremer hatte ihn höchstens auf fünfundsechzig geschätzt.
»Ich habe noch einmal in der Liebe mein Glück gefunden«, antwortete der Mann und lächelte dazu.
Karsten Cremer streifte ihn mit einem kleinen bewegten Blick.
Doch jetzt legte er einen venösen Zugang und nahm ihm über diesen Blut ab. Der Mann war ganz ruhig dabei. Er hielt ihm ohne Abwehr seinen linken Arm hin. Er blickte nicht auf seinen Arm, als Karsten Cremer seinen Handrücken punktierte. Er schaute aus dem Fenster.
»Hat das weh getan?«
»Ach was«, lächelte der Mann. »Aber wie grossartig das Abendlicht ist.« Und Karsten Cremer schaute dorthin, wo der Mann hinschaute, und sah, wie die Sonne die Wiesen flimmernd färbte.
»Sehen Sie hier eigentlich den Tag?« fragte der Mann dann.
Er sagte Tag und meinte damit den ganzen Frühling. Und Karsten Cremer konnte das nachempfinden, und für einen Augenblick waren diese Männer gleichgestellt, waren nicht mehr Arzt und Patient.
Doch im nächsten Augenblick hatte Karsten Cremer dem Frühling wieder den Rücken gekehrt, ging zum Telefon und rief August Lehmann in seiner Praxis an und sagte: »Ich habe hier einen Mann mit einer schweren Angina Tonsilaris, die mit einem Antibiotikum anbehandelt ist. Er hat aber noch starke Schmerzen und kann nicht schlucken. Ich kann ihn auf meine Station nehmen und ihm das Penecilin intravenös geben, oder du kommst heute noch vorbei und schaust ihn dir selbst an. Wenn du mich fragst, würde ich sagen, du nimmst ihn gleich. Nicht, dass der hinter den Mandeln einen Abszess hat.«
August Lehmann dachte einen Augenblick lang nach; dann erwiderte er: »Ich denke«, da machen wir nicht rum.«
Und Karsten Cremer informierte ihn, was er bereits alles getan hatte: »Ich hab' dir den Patienten schon vorbereitet. Auch urologisch Routine abgenommen mit Entzündungszeichen und so weiter.«
»Dann schick ihn mir auf die HNO. Und die Schwester, die informiere ich.«
»Und was macht deine so tapfere Tochter?« fragte der Internist auf eine offene Art.
»Sie hat dich vergessen.«

Karsten Cremer bat den Kollegen noch, seiner Frau von ihm einen Gruss zu sagen und damit legten sie auf. Dann drehte er sich wieder zu seinem Patienten: »Sie kommen auf die HNO-Station. Dr. Lehmann wird Sie heute noch ansehen. Und alles, was nun zu tun ist, macht die Schwester.« Und danach reichte er ihm die Hand und sagte ihm, dass er selbst in zwei drei Tagen bei ihm vorbeischauen würde, und lächelte auch.
»Es würde mich freuen«, antwortete der alte Herr. Karsten Cremer gefiel ihm.
Dann kam die Schwester, und er verliess mit ihr das Zimmer.
Und jetzt kam endlich, es war sechs Uhr abends, der Kollege herein, der etwas schlaksig war. Karsten Cremer übergab ihm seinen Funk, sagte ihm noch, was er zu sagen hatte, rief ein freundliches Tschüss und wünschte ihm einen ruhigen Dienst.
Dann war er aus dem Untersuchungsraum, hoch in die Ankleidezimmer der Ärzte, wo er seinen Kittel weghängte und seinen Leib- und Magenpullover anzog. Er rannte wieder eine Reihe Stockwerke nach unten und trat vor die Klinik.
»Ich könnte aber auch das Allegretto in C minor von Schubert spielen«, dachte er jetzt, während er zu seinem Auto ging. Er summte die ersten Takte, während er das dachte.
Bei Luisa spielte das Soundsystem. Sie war vor mehr als einer halben Stunde wieder in ihren beiden Zimmern angekommen. Sie hatte, als sie ins Haus ging, im Briefkasten, in dem die Post für alle lag, nachgeschaut, ob ein Brief für sie da war. Sie hatte bemerkt, dass ein Umschlag für Julian dalag, und einer für sie. Der Freund, der ihr seinerzeit den Kredit gegeben hatte und den sie schon recht lang kannte, hatte geschrieben. Sie sahen sich kaum, aber schrieben sich regelmässig. Luisa schrieb Mails. Er antwortete ihr mit Karten. Mit dem Vertrauen, das er in sie gehabt hatte, in ihr Ziel, von der Kunst zu leben, war er für sie ein Freund geworden.
Er war ein Mensch, der immer Reisen unternahm. Er verdiente sein Geld mit Reisen. Heute schrieb er ihr, dass er gerade im Central Park war, in dem es so schön ist, und wollte von ihr wissen, was sie so macht. Luisa lächelte. Wieder einer, der New York mochte.
Dann schaltete sie das iPad ein. Im Eingang war die Mail eines zweiten Freundes von ihr und die aktuelle Handy-Rechnung. Sie antwortete auf diese Mail und schrieb dann noch dem Freund in New York.

Zwischendurch hatte sie den Käse - auf den sie sich schon freute - in den Kühlschrank geräumt.

Und dann war Christian Lenz aus der Klinik zurückgekommen, und wie gestern - früh nach Hause gekommen. Er wollte heute zu seiner Freundin, auf die er sich sehr freute. Aber mit Luisa ein paar Worte zu reden, die Zeit nahm er sich gerne. Er schwärmte von seiner Freundin. Luisa grinste innerlich. Dann redeten sie noch davon, wie es in der Klinik gelaufen war.

»Wie hat Donald seine OP gemacht?« fragte sie.

»Ich hab zwar nicht mit ihm im OP gestanden, aber was ich von Katja gehört habe, war er ganz souverän. Er hat natürlich mehr Zeit gebraucht.«

»Und wie lange?«

»Alles in allem vierzig Minuten für einen Eingriff, den man in einer halben Stunde machen kann. Aber er hat es wohl recht gut gemacht.«

»Und Kurt?«

»Er überlegt, zu Ärzte ohne Grenzen zu gehen.«

»Und, geht er?«

»Er überlegt.«

Jetzt fragte Christian Lenz, in der Hand den Zimmerschlüssel: »Und du, wie war dein Tag so?«

»Ich habe gemalt, bin in der Stadt gewesen, und werde jetzt dann Musik hören und von einem corsischem Käse essen. Ich würde dir ja davon geben«, scherzte sie, »aber dein Herz will nun einmal weg.«

Er dankte ihr mit einem Lächeln und begab sich in sein Zimmer, um ein paar Sachen zusammenzupacken.

Luisa hatte dann aufmerksam dem Album *Jasmine* von Keith Jarrett & Charlie Haden zugehört, das sie neulich bei einem Freund entdeckt hatte, und in das sie jetzt verliebt war - bis es das nächste gab - und dann noch mit einer Freundin telefoniert, die ein wenig reden wollte.

Und soeben hatte sie sich hingesetzt. Sie sass auf ihrem Sofa und ass vom Schafskäse mit den wilden corsischen Kräutern und dem Baguette. Der Käse schmeckte würzig. Einfach grossartig, fand Luisa.

Im Zimmer brannte das Licht einer kleinen Lampe.

Keith Jarrett und der Kontrabassist Charlie Haden - Luisa kannte niemanden, der rhytmisch so in sich spielte - kamen zu: *Goodbye*. Sie hörte dieses Album noch immer.

Ein Klopfen. Luisa öffnete. Julian stand vor der Tür. »Komm herein«, sagte sie und ging zum Sofa.

Sie setzten sich. Sassen beide da, er hingelehnt. Er schwieg eine Weile, dann fragte er: »Würdest du morgen mit mir auf die Aussegnung kommen? Weil - Babette, sie hat wahnsinnig viel Arbeit - und ausserdem sind noch die Kinder ...«

»Natürlich werde ich das«, sagte Luisa, für die diese Frage nicht überraschend kam.

Er sagte ihr, dass er von Wolffs Eltern Post bekommen hatte, eine kurze Mitteilung, dass morgen die Aussegnung sei. Auch von Beatrice habe er diese Nachricht erhalten.

Sie bot ihrem Gast von dem Käse an. Nein, von dem wolle er nichts haben. Aber von dem grünen Tee wollte er.

So stand sie auf und kochte ihm einen Tee.

Und er sass, trank von diesem Tee und fühlte sich recht wohl. Er schaute zerstreut die Farbtuben an, die vor ihm lagen, die immer auf diesem Tisch lagen. Dann ging sein Blick zu der neuen Komposition, die sie vor drei Tagen begonnen hatte. »Das wird wundervoll, Luisa«, sagte er.

»Es soll vollkommen werden«, sagte Luisa.

Er schaute noch einen Augenblick die Komposition an, danach sah er zum Soundsystem: »Ich kenne das Stück. Das ist gut«, sagte er. »Aber wer spielt das?«

»Was meinst du, wer hier spielt?« fragte sie.

Er schüttelte den Kopf: »Tut mir leid.«

»Keith Jarrett und Charlie Haden.«

»Keith Jarrett?« Er sagte nochmal: »Auf Keith Jarrett wäre ich jetzt nicht gekommen. Weil er sonst nicht so spielt.«

»Er spielt in seiner Art stiller«, sagte sie.

Jetzt hatte er sich auf einen Arm aufgestützt und schaute aus der Glastür, die etwas geöffnet stand.

Sie trank einen Schluck, dann schaute sie ihn an. Er sah jetzt aus, als wolle er flirten. Und in demselben Augenblick wollte er wissen: »Und du - du fühlst dich gut?«

Darauf antwortete sie nicht. Dabei wüsste sie auf diese Frage viel zu sagen. Was er in diesen Tagen bei ihr bewegt, was sie so gedacht hatte. Dass es ihr gefiel, wie er und sie reden konnten - er ihr gefiel. Dass sie sich aber liebend gern wieder masslos verlieben würde.

Sie sah ihn ein wenig zerrissen an. Und er drehte sich zu ihr, sah das und sagte ihr jetzt, was sie vor zwei Tagen selbst schon zu sich gesagt hatte, als sie mit sich sprach: »Luisa, ich will, dass du zu meinem Leben gehörst.«
Und für einen Moment sass Luisa mit einem bewegten Blick nach innen.
Er lehnte sich aufs neue zurück. Er griff nach ihrer Hand, die sie nicht zurückzog, und er sah, dass sie noch Farbe auf einem ihrer Finger hatte. Sie betrachtete ihn nun. Sein Gesicht sah sanft aus und warm. Das Helle der graublauen Augen, die er hatte, und die sie unglaublich fand, weil in ihnen alle Farben des Grau und Blaus waren, waren ganz leicht verhangen.
Sie schaute auf seinen Mund. Seine Lippen sahen nachgiebig aus, und zugleich waren sie trotzig. Luisa verspürte Lust, ihn zu küssen, so, wie er jetzt auf der Unterlippe herumbiss.
Sie machte einen tiefen Atemzug. Sie schaute ihn ein wenig verlegen an. Er besass ihre Zärtlichkeit. Er hatte sie einfach. So oder so.
»Er sitzt wie ein Junge neben mir«, dachte sie. »Ein Mann ist er im Krankenhaus.«
Und dann fragte sie, mit einem Lächeln auf den Lippen: »Gab es viele Frauen in deinem Leben?«
»Bis dreiundzwanzig alle.«
Das fand sie gut.
Dann sass jeder wieder für sich. Er hielt ihre Hand nicht mehr. Er war in Gedanken, Aber ohne zu grübeln. Jetzt nahm er eine der Farbtuben, die auf dem Tisch lagen und zog den Verschluss fester. Er sah noch einmal zu der Komposition, dann wieder auf die Tube. Und als er auf Luisa sah, sah er sie schon wieder lächeln. Ihre Augen schienen schwärmerisch. Er schaute sie sich an. Er sah Verlassenheit. Er sagte zu sich, er sagte es nicht ihr: »Du sitzt da mit deinem Lächeln, versuchst, leicht zu sein, und sehnst dich nur nach einem - nach Liebe.«
Sie streckte sich jetzt und sagte: »Ich sehne mich nach meiner griechischen Insel. Weil sich da das Leben richtiger anfühlt. Auch weil da einfach andere Einflüsse sind. Wie die Natur ...«
»Zurück zur Natur?« frotzelte er.
»Zurück zur Natur«, wiederholte sie ernsthaft. »Und dort ist die Natur sehr schön. Im Sommer sogar verschwenderisch.« Und sie versuchte,

ihm zu erzählen, wie es im Winter war: »Weisst du«, sagte sie, »ich habe da im Winter Unwetter erlebt, die dich hoffnungslos von der Welt abschneiden. Da stürzt der Regen. Und der Wind drückt alles nieder, was er sieht. Bäume, Büsche, kleine Steinmauern. Da siehst du keinen Menschen mehr auf der Strasse. Da schaust du nach dem Himmel und dem Meer aus und siehst nur verwaschenes Grau. Aber wie schön das aussieht, wenn dann - nach Tagen die Sonne wieder scheint und du wieder einen blauen Himmel siehst. Ich gehe dann immer ans Meer und sehe, dass winzige Veilchen zwischen den Steinen wachsen.« Sie nickte dazu: »Und die Bäume«, sagte sie dann langsam. Auch zärtlich: »Hier will man im Winter nicht glauben, dass es im Frühling wieder Blätter an den leeren Bäumen gibt. Doch dort, wenn an einem Busch ein Blatt abfällt, beginnen an dem daneben bereits die ersten neuen Blüten zu treiben. Auch gibt es keine Wiesen, die wie verkrüppelt sind. Es gibt auch im Winter blühende Landschaften. Und wenn ich einen Weg gehe, den im Sommer Tausende gehen, gehe ich ihn allein.«

Deutlich stand ein felsiger Pfad vor ihren Augen, der betörend nach Salbei und Thymian roch. Sie ging ihn ein Stück, blieb plötzlich stehen - und sah sich, wie sie dastand - auf das Meer schaute - sah den Wellengang - am Horizont das unverwechselbare Licht der Ägäis: »Ich kann nie genug bekommen von diesem Licht. So schön ist es. Ja - und wenn ich es malen könnte, es wäre ein vollkommenes Bild. Es ist natürlich an einem Wintertag sanfter. Aber nach wie vor einzigartig.«

»Du redest, als wäre diese Insel deine Geliebte.«

»Es ist so«, antwortete sie fast aufgeregt: »Wenn ich dort bin, möchte ich nicht woanders sein.«

»Und was ist mit hier?«

»Hier habe ich oft den Wunsch zu packen.« Sie wollte aber jetzt keine Worte darüber verlieren, wie die Enge dieser Kleinstadt sie manchmal erstickte; sie manchmal nicht genau wusste, wie es hier weitergehen sollte. Sie sprach weiter über ihre griechische Insel: »Sicher gibt es da alles, was es heute überall in der die Welt hat - alles Zeitgemässe. Es ist halt bloss, dass es immer noch das ist, was man ursprünglich und natürlich nennt.«

»Lebt es sich dort besser?«

»Für mich kann ich sagen, dass es besser ist, weil die Griechen ein

Leben leben, das mir sehr entgegen kommt. Sie arbeiten und leben nebenbei auch noch. Sie nehmen sich noch Zeit. Die Alten sitzen genauso wie in früherer Zeit im Kaffeehaus und machen ein Spiel. Die Menschen haben noch etwas Individuelles. Das ist ihnen wichtig.«
Und während sie das sagte, fiel ihr ein Beispiel ein, und sie sagte mit einigem Spott: »Auch Griechenlands Zitronen unterliegen den europäischen Bestimmungen. Und das bedeutet, dass man nur noch zwei oder drei Sorten hat. Und die kannst du auch in jedem Supermarkt kaufen. Aber, verstehst du, die Griechen, die lassen sich nicht zwingen. Jeder hat noch seine alten Samen und Zitronenbäume behalten. Doch Brüssel sollte sich freuen. Denn, wenn ihre Zitronen mal erkranken, hätten die Griechen weiterhin ihre Samenkörner von damals. Und nebenbei«, sagte sie und lachte, »diese Zitronen, die ich von einem Baum pflücke, schmecken schon etwas anders ...«
Auch er lachte und warf ein: »Die Russen, die Polen und die Griechen - sind so herrlich gleichmütig.«
Sie gab ihm recht.
»Und«, fragte er dann, »hast du nie zu dir gesagt: ab nach Griechenland - für immer?«
»Mir ist klar, dass ich, auch wenn man mich als Luisa begrüsst und nicht als Touristin, eine Fremde bin. Keine Griechin.« Sie lachte erneut: »Sie gehören irgendwie noch ihrem privaten Leben. Die Familie gilt noch etwas. Die Männer sind nach wie vor ein wenig alles.« Das sah er ein. »Mütter machen immer noch den Schwiegertöchtern das Leben schwer.« Sie fügte hinzu: »Man kann wie seinerzeit schwarzgekleidete Frauen auf der Strasse sehen. Und der Priester wird auch von einem Nichtgläubigen höflich gegrüsst. Ich hingegen komme aus einer anderen Welt, erzähle von anderen Gewohnheiten, einem anderen Alltag.«
»Du besuchst diese Insel nicht im Sommer?«
»Das ist nicht das gleiche. Ich habe herausgefunden, dass man im Winter das Land und die Menschen besser kennenlernt. Im Sommer, da sind ihnen die vielen Fremden gleichgültig. Sie sind freundlich und lächeln. Doch hinter diesem Lächeln, das aufgesetzt wird, blicken sie eigentlich nur auf das Geld der Touristen.« Sie grinste aufgeräumt: »Sie machen es aber mit einem grosszügigen Lächeln.«
»Und wie lange bleibst du immer.«
»Zwei drei - auch mal einige Monate.«

Und jetzt gestand er ihr: »Ich möchte nicht sagen, dass ich dich beneide. Aber irgendwie doch.« Er zuckte die Achseln. »Weil ich das manchmal auch gerne so können würde, so wie du. So frei leben können und so von wunderbaren Dingen sprechen. Wie jetzt von Griechenland. Von Kunst.« Er zuckte noch einmal die Achseln. »Und von was spreche ich? Ich werde wahrscheinlich eine oralchirurgische Praxis machen und sowas wie Belegbetten haben. Und dann werde ich mich abrackern und die Leute werden sagen, dass ich es geschafft habe.« Er seufzte: »Ich fühle mich so verantwortlich«, und räumte einen Augenblick später ein: »Ich bin es schliesslich ja auch.« Und sie konnte aus seiner Stimme hören, aus seinem ganzen Ton, dass ihn seine bürgerliche Lebensverantwortung im Moment erschreckte, auch wenn er sie ehrlich gewählt hatte. »Du hast Visionen, ich Vorsätze«, sagte er noch und kaute erneut an seinen Lippen. Luisa sprach jetzt nicht davon, dass eigentlich alle Leute ... auch Künstler in ihrem Leben immer wieder mal einen Kompromiss machen müssen. Sie lächelte und fragte nur sanft: »Aber hast du nicht ein Leben, das du liebst?«

Er dachte an seine Frau, an seine Kinder, und lächelte zurück: »Nur dass mir dieses Leben doch manchmal falsch vorkommt«, überlegte er dann vorsichtig. Und Luisa musste an die *MINIMA MORALIA* denken, die sie vor wenigen Wochen gelesen hatte.

Er, mit dem sie über das Buch geredet hatte und also auch Adornos Satz wusste, fragte dann: »Ist das - irgendwann - nicht gleichgültig, Luisa? - ob ein Leben - dieses eine Leben - wahr oder falsch ist?«

Und Luisa zögerte jetzt nicht lange Julian Sanders herauszufordern, schaute ihn an und setzte ein: »Könnte das eine Leben lange genug sein, dass auch alle Menschen - wenn sie wollten - kapieren, was wahr ist oder falsch?«

»Was ist es eigentlich: ein - unser aller Leben? Für immer ein Spiel unter Menschen?«

»Vielleicht ist so ein Leben alles in allem Zufall?«

»Ich weiss nicht, vielleicht geschieht, was geschieht, umsonst?«

Sie fragte: »Oder vielleicht mischt ein Schicksal die Karten?«

Er schaute sie an: »Die höchste Karte sticht.«

Sie steigerte: »Der Wolff kennt diese Karte.«

Er schluckte und sagte: »Wolff hat einmal gesagt, der Tod kennt die Wahrheit aller Gedanken.

»Sein Tod«, sagte sie darauf.
Er schloss die Augen: »Dazwischen lebte Wolff ein Leben, das so schien, wie ein Leben sein müsste ... Er machte beruflich genau das, was er sich ausgesucht hatte - und wollte ... war mit einer Frau zusammen, die er liebte ... sah - das war jedenfalls mein Eindruck - in eine Zukunft, die er sich auch so vorstellte ... Und dennoch verlangte es ihn, sein Leben zu begraben ...«
»Ja«, sagte sie und schaute ihn an. »Er hat so wahr ein Leben gelebt und zugleich für sich diese eine - letzte - Freiheit beansprucht ...«
»Nur - für was ist er gestorben?«
»Was es auch ist - es war sein Wille - sich von seinem Leben - seinen tiefen Wunden zu trennen.«
»Doch was war es, was ihn so krank machte? Was?«
»Sein Leben?« Sie sah ihn von der Seite an. Sie sah seine Trauer an. Jetzt flüsterte er: »Ich fürchte, ich versteh es nicht, Luisa, will es nicht verstehen«, und klagte sich zugleich an: »Ich fühle mich gerade so, als gehöre ich zu jenen um ihn, die ihn um sein Leben gebracht haben ... ich - der Freund ... ich bin doch kein Freund ...«
»Sprich nicht so, bitte nicht«, tröstete sie.
»Aber - ich kannte ihn doch - meinen Freund.«
»Und bitte, quäl dich jetzt nicht, Julian. Selbst wenn man einen Menschen kennt - wie du Wolff - kennt man ihn niemals ganz. Auch, wenn man viel von ihm weiss.«
»Du denkst also nicht«, fragte er noch einmal, »dass Wolff am Ende uns - mich - verachtete, weil ich nicht erkannt, auch nicht gefühlt habe, was ihm fehlte, oder dass er den Selbstmord vielleicht nicht getan hätte, wenn ich besser hingeschaut und etwas getan hätte.«
Sie sagte: »Nein«, und schaute ihn wieder an.
In seinen Augen ein dunkles Licht.
Dann schwiegen sie wieder.
Sie schloss die Augen und gab einer Ruhe Raum.
Er sass wach und sah zur Glastür hinaus. Die Unruhe in seinen Augen klang ab.
Und dann hatte sie den Kopf an das Polster geschmiegt und schien zu schlafen. Er sah sie einmal an und sah, dass sie kleine Sommersprossen im Gesicht hatte. Er dachte nicht daran, dass er mit ihr zusammengewesen war. Er dachte gar nichts. Er sass einfach neben ihr. Es hatte etwas Beruhigendes, neben ihr zu sitzen. Man war mit

ihr zusammen, und es war gut. Und jetzt nahm er zum zweiten Mal an diesem Abend ihre Hand. Und es war jetzt völlig einfach, ihre Hand zu nehmen. Wie wenn es schon oft geschehen wäre.
So sassen sie eine Weile und sie fühlte seine Hand, nichts weiter. Einmal drückte er ihre Finger, die sich leicht und trocken anfühlten. Sie öffnete die Augen und lächelte ihn für einen Moment an.
Sie fühlten, dass sie miteinander schweigen konnten. Als wäre das neue Gefühl ganz vertraut. Und gemeinsam fühlten sie den Abend, den Himmel, ja sogar das Sternenlicht vor der geöffneten Glastür.
Nun betrachtete er sie: »Du gibst dich so dem Leben hin, bist so leicht - und dabei so kraftvoll«, sagte er: »Wie geschaffen für dieses Leben.«
»Ich hab Lust auf Träume im Leben«, erwiderte sie, und dabei war ein winziges Lächeln in ihren Augenwinkeln.
Und nun wanderten seine Gedanken zu dem Film, den er mit seinem Freund gesehen hatte und er fragte: »Kennst du den Film Alexis Sorbas?
Luisa, die auch den Roman kannte, nickte.
»Wolff liebte diesen Film«, sagte er. Und er fügte hinzu: »Es war sein Film, auch wenn es ein recht alter ist. Und er hatte sich sogar einen Satz gemerkt, den auf eine Karte geschrieben, und sich die an die Wand gepinnt.«
Und Luisa fiel ein, dass sie das Zitat in dem Roman von Nikos Kazantakis gelesen hatte.
»Und magst du diesen Film?« fragte sie.
»Es ist schon ein schöner Film«, sagte er. Und dann stand er auf, dehnte die Schultern, forderte sie auf: »Tanz mit mir, Luisa«, und öffnete die Arme etwas.
Sie sah hoch: »Ich kann nicht tanzen.«
»Das kannst du«, bedrängte er.
Sie lächelte plötzlich leicht und ging wieder zum Soundsystem, nahm den iPod. Sie wusste genau, was sie suchte. Eines jener Musikalben, die sie kaum anhörte oder nur zwischendurch. Sie blätterte. Sie drückte kurz, dann kam sie zu ihm. Sie lächelte ihm zu. Im nächsten Augenblick lief das erste Stück an. *Zorbas*. Und auch er lächelte etwas. Danach fasste er ihre Hände, zog sie an sich, schloss seinen linken Arm um sie.
Jetzt wagten sie zu tanzen. Er führte sie mit einfachen Schritten

durch ihr Zimmer. In beiden steckten keine Tänzer; keine guten jedenfalls. Aber sie fühlten, dass sie ihren Tanz tanzten. Ihre Schritte zu: *The Very Best of Mikis Theodorakis* machten. Und mit geschlossenen Augen liess es sich leichter tanzen.
Nun tanzten sie langsamer. Und Julian Sanders lenkte sie zu einer der Glastüren. Ein längeres Stück verklang. Sie standen dann still. Sie lauschten. Und dann sahen sie sich noch einmal an. Beide sahen in bewegte Gesichter. Beide lächelten etwas.
»Wolff kann nicht mehr tanzen«, flüsterte sie. »Wolff hat uns verlassen.«
»Ohne Abschied verlassen«, gab er ihr als Antwort.

V

Am heutigen Freitag sass Luisa gegen acht Uhr in der Küche und hatte vor sich wie gewohnt Kaffee mit viel Milch und etwas Süsses, von dem sie aber noch nicht gegessen hatte. Sie trug dunkle Hosen und einen schwarzen Pullover, den einzigen schwarzen Pullover, den sie besass. Verloren in sich sass sie, in Gedanken, als sie plötzlich ein leises: »Luisa«, rufen hörte. Sie erkannte sofort Julian Sanders Stimme und erhob sich. Sie ging in den Flur und sah ihn mit schwarzer Hose und schwarzer Jacke und sie sagte: »Guten Morgen, Julian.« Sie sah, dass er wieder wenig geschlafen hatte und fragte: »Einen Kaffee?« »Nein«, sagte er, »aber gern ein Glas Milch.« Und sie schenkte ihm ein grosses Glas Milch ein, das er in einem Zug austrank.
Sie sassen noch ein paar Minuten in der Küche.
Dann fragte Julian Sanders, als sie wieder einen Schluck Kaffee trank: »Bist du soweit?« und Luisa nickte.
Jetzt traten sie aus dem Haus, in die kühle Morgenluft. Wolken waren. Julian Sanders ging vor ihr, die Autoschlüssel in der Hand.
Sie stiegen in sein Auto. Er sah sich kurz um, drehte am Zündschlüssel, gab Gas, und der BMW setzte sich in Bewegung. Sie fuhren eine kleine Strasse. Kurz darauf bogen sie rechts ab und fuhren wortkarg eine Bundesstrasse Richtung Autobahn.
Luisa sass auf dem Beifahrersitz, zog eine Haarsträhne durch den Mund und sah in die Landschaft; schaute ein zwei Mal zu Julian, und konnte beobachten, wie er mit einer Hand das Steuer hielt.
Eine dreiviertel Stunde später bog er in eine gottverlassene Strasse ein, und suchte nach einem Parkplatz.
Luisa, die sich umschaute, fragte: »Gibt es einen Gottesdienst?«
»Nein, keinen Gottesdienst«, sagte er und parkte jetzt auf der anderen Seite vor dem Eingang zum Friedhof. Sie stiegen aus dem Auto und er deutete nach rechts. Auf der Strasse Kastanien. Sie machten dann rasche Schritte. Sie fröstelten. Das Wetter hatte umgeschlagen. Es war kalt. Ein nieselnder Regen fiel. Sie schritten an einem gusseisernen Zaun vorbei, der ein wenig an den Zaun erinnerte, der vor dem Haus gestanden hatte, wo sie gelebt hatte, als sie mit Ben zusammen war. Luisa blickte auf diesen Zaun.

Sie traten durch ein Tor und gingen dann etwas langsamer einen breiten Weg, der zu einem Platz vor einer Kapelle führte. Und sahen erstaunt, als sie ankamen, dass wirklich viele Leute gekommen waren, und Wolff ihre letzte Ehre erwiesen. Sowohl die Familie und Angehörige, als auch Freunde, die es noch immer nicht begreifen konnten. Auch Kollegen von der Klinik standen zusammen.
Wolff lag drinnen aufgebahrt. In der Kapelle. Hinter ihr lag der Friedhof. Entfernt standen ein paar Bänke.
Sie gingen zu den Ärzten und sahen Karsten Cremer, der mit dem Kollegen mit dem schiefen Mund gekommen war. Er hatte sie schon gesehen, wie sie am Zaun gegangen und eingetreten waren.
Er wärmte seine Hände in den Ärmeln seiner Felljacke, die ihn so gut kleidete, dass Luisa es bemerkte. Und als sie nahe kamen, nickte sie Kurt Schaad zu, der auch dastand und gerade mit einem kleinen Mann redete.
»Das muss Bogart sein«, dachte Luisa.
Julian sagte allen: »Hallo«, dann sah er zu Karsten Cremer und fragte: »Du?« und sein Ton verriet, dass er nicht angenommen hatte, ihn hier zu treffen. Sie waren Kollegen. Aber sie kannten sich nicht gut. Sie hatten manchmal, wenn man sich in der Kantine sah, ein paar Worte gesprochen. Und mit Wolff hatte der Internist auch nicht viel zu tun gehabt.
»Ja«, sagte Karsten Cremer einfach, und trat etwas beiseite und stand Luisa gegenüber.
Luisa hörte, wie seine Stimme, die ruhig und sachlich klang, dunkel und weich war.
»Das ist Karsten«, sagte Julian jetzt zu ihr und wollte sie vorstellen. Aber da war eine kleine Verzögerung, weil Karsten Cremer ihr die Hand gab. Eine Hand mit sehnigen Gelenken, die sich warm anfasste. Und sie schlug die Augen auf und schwankte, ob sie sich nicht selbst vorstellen, oder warten sollte, bis Julian ihren Namen nannte. Aber sie sagte schon: »Ich bin Luisa«, und sah in Augen in einem schattigen Blau.
Er sah in die graublauen Augen einer Frau, die erst nicht, dann aber etwas überrascht lächelte.
Sie spürte seine Finger, und dachte: »Er hat Hände wie Ben«, und für einen Augenblick schien es ihr wirklich, als würde Ben ihre Hand halten. Und dieses Gefühl, dass Ben ihre Hand hielt, bestürzte sie unvermittelt. Sie vergegenwärtigte sich: »Das ist nicht Ben.« Sie sah

ihn mit grossen Augen an. In seinem Blick war etwas ganz Aufmerksames - von einem Verstehen, und es ging ihr unter die Haut, als sie spürte, dass er auf irgendeine Weise zu empfinden schien, wie es tief in ihr aussah. Es war etwas in seinen Augen, so etwas, das zu sagen schien: ich kenn das.
Sie wollte dann etwas sagen, eine Floskel wie, dass es schon eine sehr traurige Situation ist, in der man sich begegnet, und sagte es nicht. Sie fühlte sich eigenartig verlegen, ja geradezu befangen. Jetzt wäre kein Satz von ihren Lippen gekommen. Das wusste sie. Sie fühlte ihre Finger in den seinen ... sie fühlten, und wussten beide, dass dieser Augenblick zwischen ihnen einer jener langen - berühmten Momente war, der aufwühlte.
Sein Blick war nicht wie sonst klar und nüchtern. Er war ernst, drückte zugleich Zärtlichkeit aus und seine Finger hielten einfach die ihren. Und Luisa wollte nichts weiter, und war gleichzeitig benommen, verwirrt, dass sie nichts weiter wollte, als nur so mit ihm stehen und ihre Finger in den seinen zu wissen.
Doch jetzt kam Julian Sanders zurück, der inzwischen Prof. Dr. Detlev Klink begrüsst hatte, legte seine Hand auf ihren Arm und fragte: »Luisa, kommst du?«
Luisas Augen suchten nochmal die von Karsten Cremer. Ihre Lippen murmelten noch etwas wie: »Tschüss«, was er mit einem winzigen Lächeln erwiderte, dann wandte sie sich ab, um mit dem Freund zu Wolffs Eltern zu gehen.
Wolffs Eltern, die schon seit einer Stunde da waren, standen auf dem Platz neben der Kapelle. Die Mutter konnte nur mit Mühe stehen. Der Vater, ein Mann mit schütterem Haar, hielt seine Frau. Beatrice stand bei ihnen. Sie trug ein schwarzes Kostüm. Luisa und sie sahen sich an und grüssten sich ohne Worte. Julian sah nicht hin zu ihr. Es war, als ob er sie nicht sähe.
Wolff hatte noch einen älteren Bruder. Das hatte Julian gewusst. Man sah nicht, dass er Wolffs Bruder war. Er stand mit hellen Augen und hellen Haaren. Neben ihm stand seine Frau.
Julian Sanders richtete die Augen auf die Mutter und sprach dann einen Augenblick mit dem Vater. Die Mutter sagte nichts; sie weinte immer nur. Der Bruder umarmte und dankte ihm.
Luisa, die die Eltern nicht kannte, sagte, dass ihr Wolffs Tod leid täte, und wartete.

Dann gingen sie zu dem Toten, der dalag, die schlanken Hände ewig gefaltet und die schwarzen Augen geschlossen. Er lag ordentlich zurechtgemacht. Die Haare gewaschen, das Gesicht mit den etwas eingefallenen Wangen, hatte den Farbton von geschminktem Leben. Er trug die schwarze Jeans und die schwarze Lederjacke. Die Sachen, die er vor fünf Tagen getragen hatte.
Das Ave Maria von Philippe Rombi war zu hören.
Reden gab es keine. Es gab auch keinen Pfarrer, der über Wolffs Tod sagt, was man so sagt.
Aber ein kleines Meer von Kerzen brannte.
Auch hatten viele Blumen geschenkt.
Und es war gerade niemand bei ihm, als die beiden vor dem Toten standen. Sie waren sogar die eine oder andere Minute ganz allein. Oder vielleicht spürten sie auch die Nähe der anderen nicht.
Sie erschraken nicht. Aber sie schluckten. Das war kein Wolff mehr; kein Ich.
»Wolff«, sagte Julian mit tonloser Stimme und sah ihn an, als wartete er, dass der Tote antwortete.
Sie verharrten. Die Zeit schien anzuhalten. Es gab sie nicht. Alles, was es gab, waren gleichsam schwebende Augenblicke. Dann kam die Zeit wieder. Und sie spürten sogar noch ein wenig den Regen im Gesicht, mit Tränen im Gesicht,
Julian Sanders blickte auf Wolff nieder. Luisa sah ihn an, und sah, wie erschüttert er war. Sie war nicht so tief erschüttert. Sie betrachtete Wolff fremder.
Sie sprachen kein Wort. Er konnte nichts sagen. Er schüttelte ein wenig den Kopf.
Natalie Dessay sang.
Luisa lauschte der Musik und hörte: ... *Sancta Maria, ora pro nobis peccatoribus, nunc et in hora, in hora mortis nostrae* ... und dachte an diesen Mann, dem sie vorhin die Hand gegeben hatte ... dachte, wie schön er gewesen war - jener lange Moment - als ihre Hand in seiner gelegen war ... er sie - festgehalten hatte. Und sie konnte jetzt nicht anders, als ihm einen Blick zuzuwerfen.
Sie sah ihn mit den anderen Ärzten stehen, sah, dass einer der anderen redete. Sie sah sein braunes Haar, als nächstes seinen Mund, und konnte gerade noch den Kopf senken und wegsehen, als er unerwartet herübersah, und vor ihm verbergen, dass sie zu ihm geschaut

hatte. Sie dachte: »Er hat es ja nicht gesehen.«
Aber in Wahrheit hatte er gesehen, wie sie eiligst weggeschaut hatte, und wie sie sich jetzt Mühe gab, gleichmütig zu blicken.
Er reagierte darauf, dass er immer wieder zu ihr hersah.
Luisa und Julian, sie standen einige Minuten schweigend; vielleicht zehn Minuten.
Julian nannte seinen Freund immer wieder beim Namen. Er richtete seine Augen auf ihn und lächelte jetzt, als wäre es noch einmal nur der schlafende Wolff, der da lag.
Luisa spürte, dass etwas in ihm vorging, und machte einen heimlichen Schritt weg. Dann stand sie und wartete einfach.
Er sprach zu seinem toten Freund. Ohne den Blick von ihm abzuwenden.
»Hier steh ich. Schau - ohne Goethe, den du ja eh nicht mochtest. Und du stehst schon drüben? Wie ist denn die Welt da drüben? Steht Gott da?« Er beugte sich näher und fügte hinzu: »Gib zu, es gibt keinen Gott.« Und in seinen Augen zuckte es jetzt. Er schluckte. Schluckte Tränen. Dann nahm er seine Stimme wieder zusammen, während sein Blick wieder zu Woff ging: »Sie haben dein Gesicht ganz gut hergerichtet. Du ähnelst dir«, sagte er und schluckte wieder, und riss sich wieder zusammen.
»Was kann ich dir sagen?« rief er dann in Gedanken. »Es ist kalt heute, Wolff. Und Christian hat dich gefunden. Er hatte Dienst. Und ich musste vier Tage ertragen, die mich fast zerfetzten. Immerhin war ich dein bester Freund. Und du gingst einfach.«
Er biss sich auf die Lippen und fragte: »Sag mir, warum du nicht mal eine Zeile geschrieben hast? Aber«, sagte er dann, »vielleicht wäre ein Abschiedsbrief kein Trost gewesen«, und schaute auf Wolffs Augen, die seinen Blick nicht mehr erwiderten.
»Du weisst, dass du mir fehlst?« fragte er und nun konnte er seine Tränen nicht mehr zurückhalten. Er weinte. Aber nicht lange. Etwas in ihm schien sich dagegen zu stellen.
Und jetzt stand er mit einem fremden Gefühl und konnte den Toten plötzlich gegen alle Vernunft und zu seiner Verblüffung reden hören, er hörte ihn jedenfalls, dass es gar nicht so unangenehm war mit dem Tod.
»Willst du damit sagen, dass der Tod kein Grauen ist?« flüsterte er leichenblass, und kam gar nicht auf die Idee, zu überprüfen, ob seine Sinne fieberten.

»Ja«, schien der Tote zu sagen. »Der Tod erlöst. Er gibt Ruhe.« Er sagte noch: »Im Tod ist man aufgehoben.«
»Aber der Mensch ist doch für das Leben gemacht. Und dieses Leben - es lockt mit Hoffnungen. Der Idee der Liebe. Glück ...«
»Sagst du. Aber dieses eine Leben, das kann - glaubs mir - kann dich gnadenlos ungerecht um dein Leben bringen.«
»Wäre nicht einmal ich - dein Freund - fähig gewesen, dir zu helfen, dass du wieder einverstanden sein kannst - mit deinem Leben?« fragte Julian Sanders mühsam.
»Da war kein Leben mehr. Kein Atmen.«
»Hätten wir nicht gemeinsam ...«
»Nein!« sagte Wolff. Und sagte dann: »Julian, als alles von mir fiel - weit weg war - war ich sicher. Zurückgekehrt. Es war also leicht für mich zu sterben. Besser: es war logisch. Denn Tod und Leben sind wie die Nacht und der Tag, verstehst du?«
Julian Sanders nickte. Ohne Verstehen. Dann sah er den Toten an und fragte leise: »Trennt der Tod die Seelen?«
»Ganz innen, mein Freund, dort, wo deine Seele sich der Wahrheit erinnert, weisst du, dass alles weiterlebt, was endet. Und wer das weiss, der glaubt.«
Und für Julian bedeutete das - die verklärte Art, wie er es sagte - Trost. Er fragte noch erregt: »Du kennst deinen Tod, Wolff. Aber wie ist das, wenn der Tod kommt? Ich will das wissen. Erkennt man ihn? Würde ich ihn erkennen?«
»Er ist auf eine ruhige Art da, und du weisst, es geht um dich.«
»Kommt er zu jedem so?«
»Ich weiss nur als Antwort, Julian, dass ich, so wie ich lebte, auch in den Tod ging. Ich denke mir, jeder macht seine eigene Reise.«
»Ist der Tod etwas, das die Antworten geben kann, die das Leben nicht gibt?«
»Ich sah das, was ich gesehen habe, wie es hätte sein können. Oder vielleicht habe ich es so gesehen und erinnerte mich daran.«
»Wolff, ich werde mich immer daran erinnern, dass du anders warst«, sagte Julian Sanders seinem Freund jetzt. »Nicht so wie wir. Nicht um soziale Anerkennung bettelnd. Ja«, sagte er, »du warst wahrhaftig. Du wolltest es nicht, aber du warst es. Als Arzt. Als Mensch.«
»Das war ich nicht«, lachte Wolff, und er bildete sich ein, er lachte ihn aus.

Nun liess Julian Sanders einen Blick auf die anderen Leute fallen und gewahrte Wolffs Bruder. Er schaute ihn an: »Sehe ich in seinem Gesicht Wolff?« Sein Herz schlug. Und dann schaute er zurück zu seinem Freund und stellte ihm anschliessend die Frage, die ihm seit Montag keine Ruhe liess: »Sag, Wolff, warum - warum nimmt sich ein Mensch das Leben? Wo fängt ein Selbstmord an?«

»Julian, wir sind nur - nicht einmal nur«, sagte Wolff ihm so schnell und sonderbar flüchtig, dass er fast nicht mehr zu hören war: »Und alles was ein Leben endgültig schwächt - was es begräbt, fördert den Selbstmord, wenn man die Natur eines Menschen hat, der einen Suizid begehen kann.«

Und das letzte, was Julian Sanders seinen Freund fragte, war: »Wolff, gibt es da - wo du jetzt bist, wohin du gekommen bist, sowas wie ein anderes Sein?«

Aber niemand antwortete mehr.

»Wolff?«

Abermals blieb eine Antwort aus. Er biss sich von neuem auf die Lippen. Er wusste nicht recht genau, was er nun machen sollte. Er sammelte noch einmal Worte: »Wolff«, sagte er dann: »ich liebe dich, mein Freund, und du wirst in mir immer lebendig bleiben ...«

Und als er das gesagt hatte, konnte er auf einmal lächeln, und er schaute zu einem der Kastanienbäume. Er schaute wieder Wolff an und sagte ihm noch zum Schluss: »Ich hätte jetzt Lust, mit dir noch einmal Fussball zu spielen. Du spielst nämlich nicht besonders gut, weisst du das.«

Danach schaute er nach Luisa. Er hatte sie, die neben ihm gestanden war, vergessen. Sie schaute auf und sah in seinem Gesicht, dass es ruhig geworden war. Er lächelte sie an.

»Beatrice kommt«, murmelte Luisa, die auf einmal sah, dass sie nähertrat.

Er schien sie zuerst nicht zu bemerken, doch dann sah er sie wohl in ihrem dunklen Kostüm näherkommen, denn seine Augen verengten sich leicht. Sie kam zögerndes Schrittes. Ihm fiel auf, dass sie sich an einer grossen Tasche festhielt. Als sie bei ihnen war, fragte sie: »Könnte ich mit dir sprechen?« und warf ihm einen sehr ernsten Blick zu.

Daraufhin sah er sie an, mehr oder weniger unentschlossen.

Luisa zog sich ein paar Schritte zurück.
Und nun stand sie vor ihm, sagte ihm: »Julian, du musst mir glauben, ich wollte Wolff nie benutzen. Ich liebte ihn.«
Sie war erleichtert, dass er nickte.
»Nur ich wollte mit ihm allein sein und kein Familienleben wie er.«
»Du wirst das Kind bekommen?« fragte Julian Sanders.
»Ja, nun werde ich es bekommen«, sagte sie. »Nun will ich dieses Kind geradezu. In ihm lebt Wolff weiter.«
»Ja?«
»Für mich ja«, erwiderte sie und suchte seine Augen und bat ihn, ihren Blick zu erwidern.
Er schaute ihr grau in die Augen.
»Ich werde meinem Kind erzählen, was für ein Mensch sein Vater war«, sagte sie.
»Was für ein besonderer«, sagte Julian.
Sie nickte.
»Und ich werde ihm von dir erzählen. Ich werde ihm von deiner Freundschaft zu Wolff erzählen«, sagte sie dann.
Sie reichte ihm die Hand und er nahm sie. Es war jetzt ein besonderer Augenblick zwischen beiden. Nicht, dass man sagen konnte, sie wären versöhnt, aber sie waren nicht mehr sprachlos.
Beatrice betrachtete ihn, und einen Moment schien es, als wollte sie ihm noch etwas sagen, aber sie fand nichts mehr zu sagen. Und seine Augen sagten, du hast auch alles gesagt. Ihr Blick glitt noch zu Luisa. Luisa stand mit abgewandtem Gesicht. Sie verliess Julian und Luisa und ging zu Wolffs Eltern zurück.
Luisa, sie hatte zwei Männer beobachtet, die an einem Teil der Kapelle standen, wo sie nicht auffielen. Sie standen nebeneinander an einer Wand und redeten.
»Die beiden werden Wolff mitnehmen«, dachte Luisa.
Die beiden Trauerbestatter bemerkten jetzt, wie die Trauergemeinde sich langsam auflöste. Und da sie den Ablauf genau kannten, wussten sie, dass in ein paar Minuten die Aussegnung zu Ende war, und die Leute in kleinen Gruppen sich verabschieden und abfahren werden. Die ersten waren schon auf dem Weg.
Als letztes werden die Eltern gehen. Und der Mutter wird vielleicht schlecht werden und man wird sie führen müssen. Das gab es immer wieder.

Der eine, ein blasser Mann, warf einen Blick auf die Trauernden und sagte: »Die sind bald soweit.«

»Dann ist er unser Mann«, antwortete der andere ein wenig so, als sei Wolff ihr dritter Spieler für ein Pokerspiel.

Diese Männer werden, wenn alle den Friedhof verlassen haben, den Sarg verschliessen, und Wolff in einen Kühlraum bringen, bevor er ins Krematorium kommt, wo er mit anderen gereinigt und verbrannt wird.

Aber jetzt lag er noch da und machte den Eindruck, als ob er nur ein wenig schliefe. Nur irgendwie viel älter sah er aus. Und Julian Sanders sah noch einmal den Toten an, als ob der die Augen aufgeschlagen hätte. Er fühlte sich dabei wie zuvor. Er war wieder voll von dem, was er gedacht hatte, bevor Beatrice auf sie zugekommen war. Und plötzlich hörte es auf zu regnen. Der Himmel wandelte sich. Er hellte auf, ja, er wurde mehrfach blau. Die Sonne hatte ein paar Wolken zerrissen und schaute herunter. Eine der Sonnenstrahlen traf Julian Sanders Stirn. Er sah an sich herunter. Er sah Sonnenstrahlen, die den Boden streiften.

Ja, und Luisa erinnerte sich, wie gestern die Putzfrau zu ihr gesagt hatte, dass, wenn bei einem Begräbnis die Sonne scheint, dieser Mensch, der gestorben war, seinen Tod gewollt haben soll.

Sie blickte zu Julian Sanders. Auch er wandte sich zu ihr. Sie lächelten sich zu und er sagte: »Wolff tanzt jetzt mit Alexis Sorbas.«

Ein letzter Blick zu Wolff. Dann machten sie sich auf den Rückweg. Sie schlossen sich nicht den Ärzten an. Sie gingen nicht mehr zu Wolffs Eltern. Sie gingen allein. Sie wollten auch nicht unbedingt auf die Trauerfeier.

Sie gingen wieder den breiten Weg, den sie gekommen waren. Sie sahen sich nicht mehr um. Aber als sie am Tor waren, und auf die Strasse traten, drehte sie sich doch noch einmal aufgeregt um: »Luisa, du bist doch sonst nicht so«, dachte sie, während sie sich zu ihm umwandte.

Er schaute zurück mit einem entwaffnendem Lächeln.

Ihre Augen begegneten sich.

Und in seinem Blick ... im Gehen ... lächelte sie zurück und griff nach Julians Hand.

Luisas Seele war dabei - geschehen zu lassen - was geschah. Sie fand, dieser Karsten Cremer hier, der ihr gerade begegnete, war ein faszinierender Mann. Mehr noch: er war offenbar auch einer, der Luisa verstehen - ihr Herz ganz machen konnte. Sie wusste, er ist Donalds bester Freund, und dass sie ihn wieder sehen würde, wenn sie wollte. Sie ahnte, bei diesem Mann könnte man eine neue Liebe finden, die gut ist. Vielleicht brauchte Luisa noch ein bisschen. Bei Ben damals, der dann ihr Glück war, war sie zuerst auch etwas ungläubig zögernd gewesen.

Luisa, die neben Julian ging, sagte gerade: »Das ist ein schöner Zaun.«

Julian, der im Vorbeigehen einen Blick auf diesen warf, spürte Asphalt unter seinen Füssen. Er fühlte Luisas Hand in seiner Hand und ihre Freundschaft. Sehr viel Freundschaft.